民族文学的建构

——以《人民文学》（1949—1966）为例

袁向东　著

暨南大學出版社
JINAN UNIVERSITY PRESS

中国·广州

图书在版编目（CIP）数据

民族文学的建构：以《人民文学》（1949—1966）为例/袁向东著. —广州：暨南大学出版社，2011.5

ISBN 978-7-81135-964-0

Ⅰ. ①民… Ⅱ. ①袁… Ⅲ. ①少数民族文学—文学研究—中国—1949—1966 Ⅳ. ①I207.9

中国版本图书馆 CIP 数据核字(2011)第 174401 号

出版发行：暨南大学出版社

地　　址：中国广州暨南大学
电　　话：总编室（8620）85221601
　　　　　营销部（8620）85225284　85228291　85228292（邮购）
传　　真：（8620）85221583（办公室）　85223774（营销部）
邮　　编：510630
网　　址：http：//www.jnupress.com　http：//press.jnu.edu.cn

排　　版：广州市天河星辰文化发展部照排中心
印　　刷：佛山市浩文彩色印刷有限公司

开　　本：787mm×960mm　1/16
印　　张：12
字　　数：210 千
版　　次：2011 年 5 月第 1 版
印　　次：2011 年 5 月第 1 次

定　　价：28.00 元

目录

导言

一、中国文学杂志的“文化基因”

1813年，龚自珍乡试未第，想到自己的“医国”良方无处可施，不觉悲从中来，填《金缕曲·癸酉秋出都述怀有赋》，“才也纵横，泪也纵横”[①] 地对历史发出了一声长叹：“纵使文章惊海内，纸上苍生而已。”[②] 90年后的1902年，亡命日本的梁启超创办《新民丛报》、《新小说》杂志，旨在播新民思想，倡政治小说，先以“维新吾国”、“维新吾民”为号召，[③] 继之以稿酬为诱惑，[④] 逐渐将读书人集合在“印刷文化”的聚光灯下，在政治的文学和文学的政治间纵横驰骋，于现实和想象之中你来我往，将“纸上”救苍生的喟叹掷给历史，把“新中国未来记”呈现于当下。梁启超显然是喜欢这种“纸上救苍生”的方式，于是他把办报章杂志当作事业来经营，“自是启超复专以宣传为业”[⑤]，为此“每日属文以五千字为率”[⑥]。从某种意义上说，是杂志使梁启超首先在个人生存状态上进而在理解中国的方式上与龚自珍发生了“断裂”。更重要的是，在梁启超这位言论界骄子的带动下，读书人和出版商开始介入新兴的报章杂志事业，所以胡适才说“‘文字收功日，全球革命时’，此二语惟梁氏可以当

---

① 龚自珍：《龚自珍全集》，上海人民出版社，1975年版，第565页。

② 龚自珍：《龚自珍全集》，上海人民出版社，1975年版，第565页。

③ 《新民丛报·本报告白》，见夏晓虹编：《饮冰室合集集外文（上）》，北京大学出版社，2005年版，第75页。

④ 《新小说》将“作文受谢”的润笔转化为现代的稿费制度。参见郭延礼：《近代西学与中国文学》，百花洲文艺出版社，2000年版，第429页，第431页。

⑤ 梁启超：《饮冰室合集·专集》，中华书局，1989年版，第34页。

⑥ 丁文江、赵丰田：《梁启超年谱长编》，上海人民出版社，1983年版，第273页。

之无愧”[1]。

《新民丛报》是以言说政论为主的半月刊，但也发表文学、美术等作品；《新小说》是小说杂志，但目的却在“新政治”。两本杂志的这种内容格局，既是梁启超这一代人救国保种欲望的体现，同时也暗合了西语中有关杂志一词“仓库”的词源本意。[2] 发挥杂志这一救国工具的“仓库”特性，“抵挡列强之民族帝国主义，以挽救浩劫而拯生灵”[3]，20 世纪的中国文学就这样从作为储藏救国思想的“仓库”开始了现代化的进程。“仓库”里的思想不可能是单一的，“仓库”里的救国“物品”也不可能是按照流水清单般井井有条地摆放着的。从杂志中生长出来的20 世纪中国文学一开始就是博杂而又存在缝隙的。博杂是说从杂志生发出来的文学大而不纯，它和社会、政治、文化关系密切；缝隙是指这种文学里存有太多的话题交锋空间。

这种交锋很快就发生了，具体表现在当时学人对杂志的价值评价方面。对于借助仓库般的杂志去开辟文学的现代化道路，并不是所有人都能欣然接受的。1905 年 3 月，已发表了《红楼梦评论》的王国维撰写了《论近年学术》，文章批评时人在杂志上发表的文字所表现出的功利性，认为正是杂志妨碍了学术：“庚辛以还，各种杂志接踵而起。其执笔者，非喜事之学生则亡命之逋臣。此等杂志，本不知学问为何物，而但有政治上之目的。”王国维主张“欲学术之发达，必视学术为目的而不视为手段而后可”。在这篇文章中他直接批评了梁启超发表在《新民丛报》上的关于康德的文章，指责“其纰缪十且八九也”[4]。王国维的这种批评与其说是因学术而发，不如说是通过杂志的话题表达对中国文学现代化进程另一条道路的渴望。写于 1906 年的《文学小言》开篇里的一段话，可以帮助我们了解王国维批评杂志的深层原因：“若哲学家而以政治及社会之兴味为兴味，而不顾真理之如何，则又非真正之哲学……文学亦然，哺啜的文学，决非真正之文学也。”[5] 对于由杂志内容的功利性给读者带来的激动氛围，一些学者也表达了自己的担忧。1920 年熊十力在给蔡元培的信中说：“今日优

① 胡适：《胡适留学日记》第 1 卷，（台湾）商务印书馆，1980 年版，第 122 页。
② 余也鲁：《杂志编辑学》，（香港）海天书楼，1980 年版，第 26 页。
③ 梁启超：《饮冰室文集点校》，云南教育出版社，2001 年版。
④ 王国维：《王国维遗书》第 5 册，上海古籍出版社，1983 年版，第 95 页。
⑤ 王国维：《王国维文学美学论著集》，北岳文艺出版社，1987 年版，第 24 页。

秀之才，多从事于杂志，以东鳞西爪之学说鼓舞青年，对于精深之学术，不能澄思渺虑，为有系统之研究。默观今日之学生，每日除照例上课外，人人读杂志，人人做杂志。长此不改，将永远有绝学之忧。”①

20世纪初形成的由文学杂志所表现出来的博杂而又充满缝隙的“文化基因”，或显或隐地影响着20世纪中国文学的成长，同时也为人们在20世纪末从文学史、思想史和文化批评等方面研究中国文学杂志拓宽了视野，提供了广阔的空间。

二、文学杂志研究的现状

从1950年代中国现代文学作为学科门类诞生之时起，文学杂志就进入了文学史家的学术视野。② 如所有版本的中国现代文学史都会提到《新青年》、《小说月报》、《抗战文艺》等文学杂志，但在各种不同版本的中国现代文学史中多是把各种文学杂志当作一般的辅助性史料知识，用来说明选入文学史中的文学作品的出处，并不把文学杂志作为文学史基础性内容的叙述部分。③ 在文学史家中，王瑶先生的见解显得独到而深邃。据陈平原回忆，王瑶先生从文学史的角度“再三强调”“现代文学之不同于古典文学，与其发表形式与生产流程大有关系”。或许正是在这种思想的启发下，陈平原在1980年代完成的博士论文中就对“报刊生产过程以及报刊连载形式对于作家写作心态、小说结构和叙事方式的影响，已有较为切实的讨论”④。

把文学杂志作为一个独立的研究对象，且较大规模地从文学史、思想史、文化史的角度对其进行深入的研究，是从1990年代开始的。中国现当

① 《新潮》第2卷第4号，上海书店影印本，1986年版，第828页。

② 如刘绶松《中国新文学史初稿》（下）对《新民丛报》的介绍，作家出版社，1956年版，第329页。朱栋霖：《中国现代文学史》（1917—1997），高等教育出版社，1999年版，第4页。

③ 如丁易的《中国现代文学史》言“《狂人日记》发表在1918年的《新青年》上”，作家出版社，1955年版。

④ 陈平原：《文学报刊研究——以北大诸君的学术思路为中心》，《中华读书报》，2002年1月9日。

代文学研究领域在进行“重写文学史”[①]、文学教学改革的讨论中[②]，关注媒体、文化与权力关系的文化研究开始受到现当代文学研究者的重视，尤其是中青年学者为了开辟出自己的研究园地，更是积极借鉴，大胆引用。程光炜曾这样描述中青年学者对文化研究的态度：“为在本学科内获得更大的‘话语权’，文化研究自然是重新进入文学史的利器之一。”[③] 把文学史研究和研究者的生存状态联系起来，这种描述本身就充溢着“文化批评”的色彩。20世纪中国文学报章杂志本身的特性以及以往文学史对报章杂志的态度，使得文化批评研究者在文学报章杂志研究方面表现出了足够的热情。“进入1990年代以来，国内外学界日益关注晚清以降大众传媒与现代文学的紧密联系，相关论著也陆续涌现，且有成为新一波‘显学’的潜在优势。”[④] 从研究人员的多样性、研究对象的广泛性、研究方法的多元性来看，对文学报章杂志的研究确有成为“显学”之势。

首先，不同领域、不同专业、不同层次的研究者都表现出了对这个话题的极大兴趣和热情，研究人员呈现出多样性的特点。由各种研究者组成的队伍中不乏大学、研究所里的学者，同时也有新闻出版工作者，如黎之[⑤]、涂光群[⑥]等；有中文系的专门研究人员，也有新闻传播专业、历史专业的学者；有大学教授也有研究生。这里需要指出的是，研究生在对文学杂志的研究探讨中扮演着不可忽视的重要角色。近几年来，仅北京大学中文系博士研究生中以文学杂志为研究对象的学位论文选题就有李宪瑜的《〈新青年〉杂志研究》、方迎九的《文学性与新闻性的消长——早期〈申报〉文人研究》、颜浩的《1920年代中后期北京的文人集团和舆论氛围——以〈语丝〉和〈现代评论〉为中心》、孙晓忠的《建国初期文学报刊体制的建立与文学生产的关系——以〈文艺报〉为中心》等。[⑦]

其次，研究对象呈现出广泛性的特点。研究者的研究范围几乎覆盖了现当代文学史上所有重要的文学期刊，这一点在对现代文学杂志的研究中

① 1988年《上海文学》开设“重写文学史”专栏。

② 陈平原：《文学如何教育》，《文汇报》，2002年1月6日。

③ 程光炜：《大众媒介与中国现当代文学》，人民文学出版社，2005年版，第2页。

④ 陈平原、山口守：《大众传媒与现代文学》，新世界出版社，2003年版，第3页。

⑤ 参见黎之《回忆与思考》系列文章，《新文学史料》，2000年第2期。

⑥ 涂光群：《五十年文坛亲历记》，辽宁教育出版社，2005年版。

⑦ 陈平原：《文学的周边》，新世界出版社，2004年版，第118页。

表现得尤为突出。仅2002年《现代文学研究丛刊》上发表的有关研究文学杂志的文章中，研究《新青年》的有陈平原《思想史视野中的文学——〈新青年〉研究》，分上、下两篇，分别发表于《中国现代文学研究丛刊》2002年第3期和2003年第1期；研究《新潮》、《国民》和《国故》的有：杨早《五四时期的北大学生刊物比较》，发表在《中国现代文学研究丛刊》2002年第2期；研究《无轨列车》、《新文艺》、《现代》的有：葛飞《新感觉派小说与现代派诗歌的互动与共生——以〈无轨列车〉、〈新文艺〉与〈现代〉为中心》，发表在《中国现代文学研究丛刊》2002年第1期；研究《小说月报》的有：丁晓原《诗意的私语：〈小说月报〉散文的话语类型》，发表在《中国现代文学研究丛刊》2002年第4期；等等。

最后，在研究方法上，研究者大多选择在现当代文学史上有影响的文学杂志为个案，运用从1980年代以来陆续引进的文艺社会学、西方马克思主义、媒介研究、公共空间等理论和研究方法，对诸如文学生产与传播及其对作家的生存状态和文学观念、创作实践的影响①，报章杂志对“新中国”的想象与叙述②，文学制度的建构③，编辑与创作④，新媒体与创作⑤等问题展开具体论述。

在众多的研究成果中，陈平原的文学杂志与文体变化之关系⑥、李欧梵的报纸文学副刊与民族国家建设的关系⑦、王晓明的文学格局设计⑧等研究最引人注目。陈平原和李欧梵的研究分别代表了文学史研究和文化研究的研究指向，更具有方法论的意义。陈平原的研究思路是报章杂志—思想变革—文体演进，李欧梵则是报章杂志—文学—“公共空间”中的权利。

陈平原的研究认为“在文学创作中，报章等大众传媒不仅仅是工具，

---

① 参见陈平原：《二十世纪中国小说史》第1卷，北京大学出版社，1989年版。

② 参见王中忱：《媒体·民族国家论述·“新小说”观念的诞生》，《越界与想象》，中国社会科学出版社，2001年版。

③ 参见孟繁华：《传媒与文化领导权》，山东教育出版社，2003年版。

④ 刘增杰：《试论茅盾系列文学期刊——中国现代文学期刊考察报告之一》，《文学评论》，2004年第4期。

⑤ 欧阳友权：《网络文学论纲》，人民文学出版社，2003年版。

⑥ 陈平原：《小说叙述模式的转变》，上海人民出版社，1988年版，第289页。

⑦ 李欧梵：《“批评空间”的开创——从〈申报·自由谈〉谈起》，《现代性的追求》，三联书店，2000年版。

⑧ 王晓明：《一份杂志和一个社团》，《上海文学》，1993年第4期。

而是已深深嵌入写作者的思维与表达”，强调研究者通过报章杂志“触摸历史”。[①] 这种触摸是建立在对史料的占有、熟悉、旁征博引基础上的，如在《思想史视野中的文学》一文中，作者除了运用研究对象《新青年》自身提供的资料外，还广泛引用了《新青年》的同人、对手、《新青年》所依托的北京大学以及后人对《新青年》研究所形成的“历史记忆”等资料。正是由于资料丰富，他才能进入历史语境，对研究对象给予“必要的理解与同情”，进而认为对《新青年》里的作品应“更关注其文学史意义，而不是文学价值”。不难看出，陈平原研究报章杂志的落脚点还是在文学史上，在《思想史视野中的文学》一文中他“首先将《新青年》还原为‘一代名刊’，在此基础上，发掘其‘思想史视野中的文学’所可能潜藏的历史价值及现实意义”。

李欧梵则更倾向于从“文化研究”的角度解读报章杂志，他曾这样表述其研究思路：“就拿中国现代文学和文化研究的关系来说吧，它牵涉一个我怎么重新阅读文学史资料的问题，所以我很注重所谓的‘印刷文化’就是报章杂志。”[②] 他不像陈平原那样把史料导向文学史的研究，关注报章杂志对文体的影响或文学如何在思想史中获得发展动力。李欧梵所关心的是晚清报业“不再是朝廷法令或官场消息的传达工具，而逐渐演变成一种官场以外的‘社会’声音”。他研究的重点在于报章杂志上所表现出的这种“‘公共’声音是如何形成，用什么形式表现”的，他从报章杂志所刊发的文学作品中读出的是“新中国——一个新的民族群体的想象缔造”。[③] 顺便需要说明的是，李欧梵在做文化研究的同时，还通过中外文学经典的教学工作来发掘文学的意义。他的总体研究格局是将文学经典与报章杂志研究、都市研究“结合在一起”，[④] 文化研究只是他总体研究格局中的一部分。

---

① 陈平原：《文学报刊研究——以北大诸君的学术思路为中心》，《中华读书报》，2002 年 1 月 9 日。

② 罗岗：《视觉文化读本》，广西师范大学出版社，2003 年版，第 2 页。

③ 李欧梵：《“批评空间”的开创——从〈申报·自由谈〉谈起》，《现代性的追求》，三联书店，2000 年版，第 21 页。

④ 罗岗：《视觉文化读本》，广西师范大学出版社，2003 年版，第 3 页。

三、《人民文学》的研究现状

李欧梵在他的研究中描述了20世纪中国报章杂志从脱离官场到重新被纳入官场的过程。[①] 由于1950年代到1970年代的中国文学“一体化”[②] 的特征，使得这一时期的文学杂志不再具有现代文学杂志那样的多元性、丰富性特征。研究者所选择的研究对象主要集中在被茅盾称为“中央刊物”[③]的《文艺报》、《人民文学》上，其研究成果也不像现代文学杂志的研究成果那样多。在为数不多的研究成果中，洪子诚的研究成果比较突出，具有启发意义。他在《1956：百花时代》、《问题与方法：中国当代文学史研究讲稿》两部专著中从“一体化”的角度分析了包括《人民文学》在内的20世纪五六十年代的文学期刊，认为“当代文学对文学期刊的重视，不仅仅在于能及时地为作者提供刊发新作的场地，而且也是将全国的文学创作、文学批评加以集中、有序的管理，以建立有着统一路线的文学格局所必需的”[④]。在李欧梵研究中所发现的由报章杂志所想象出的“国家”，在这里已变为由国家管理的文学了。

2003年，吴俊关于《人民文学》的研究计划获得教育部博士点课题基金资助，当时的《文艺报》报道了这条消息。吴俊在研究计划中确定的研究思路是：清理《人民文学》史料；在此基础上进行期刊专题研究，在当代文学史和文化研究的层面上，对《人民文学》及其文学和文化的代表性与典范性的多方面意义、价值进行综合研究。[⑤] 从2004年开始，吴俊陆续发表了一组以资料描述为主的关于《人民文学》的研究文章，主要有：《〈人民文学〉的创刊与复刊》（《南方文坛》2004年第6期）；《文艺整风学习运动（1951—1952）与〈人民文学〉》（《南方文坛》2006年第3期）

① 李欧梵：《“批评空间”的开创——从〈申报·自由谈〉谈起》，《现代性的追求》，三联书店，2000年版，第22页。

② 洪子诚对“一体化”问题有富有启发性的辨析。参见洪子城：《问题与方法：中国当代文学史研究讲稿》，三联书店，2002年版，第188页。

③ 茅盾：《茅盾全集》第26卷，人民文学出版社，1996年版，第115页。

④ 洪子诚：《1956：百花时代》，山东教育出版社，1998年版，第131页。

⑤ 《文艺报》，2003年7月26日。

等。在《组稿：文学书写的无形之手》中，作者以注释的形式提出了“国家文学”的概念：“所谓国家文学，简言之就是由国家权力（包括其制度和意识形态等）全面支配的文学；同时，国家文学相应地也就成为国家权力表达或体现的一种自觉形态或方式。显而易见，当国家权力全面掌握了所有的文学资源、文学评判（标准）和文学可能性的最高乃至唯一的权力时，国家文学就必然成为文学的现实，文学就必然成为国家文学。”①

吴俊对《人民文学》的研究尽管不断有成果发表，但他的研究也存在明显的不足，主要表现在用想象来弥补因为史料来源的单一性所造成的研究结论的不稳固性。从已发表的几篇研究成果看，他的史料主要来源于《人民文学》本身以及《人民文学》编辑涂光群的《五十年文坛亲历记》，而作为一种以发表创作作品为主的文学杂志，《人民文学》本身所能提供的可支撑他的研究话题的史料是非常有限的，根本就不具有自足自证性。于是作者在研究中对历史的想象就不可避免地发生了。如在《组稿：文学书写的无形之手》一文中，他并没有注意到身为《人民文学》编委而主张停办《人民文学》的胡风在《三十万言书》和日记中关于《人民文学》组稿方面的言论资料，也没注意到丁玲等人对《人民文学》组稿意见的资料，致使在分析向胡风派作家组稿过程中所表现出的权力斗争时，明显表现出想象的成分：“只有超越了周（扬）、胡（风）的权力及其之间利益关系的胡乔木，以其特殊的政治身份和政治地位，才能决定《人民文学》在组稿与发表上充满着人际权利角力的胜负结果。如果没有胡乔木的因素，那么，是否向‘胡风派’作家组稿或发表其作品，就将完全取决于周、胡之间的权利关系了。如此，结果肯定会是另一种样子了。本文对此还有另一种判断，胡乔木当时之所以‘力挺’‘胡风派’的作家，是否含有‘平衡’、‘制约’周扬权力（一统文坛）的政治策略用意呢?”

这里提到吴俊研究的不足，正说明当下对《人民文学》的研究就其研究程度而言，基本上还处于起步阶段，研究者多是把它作为“资料库”，虽然试图“以披露‘史料’的处理方式，将它们与文化研究的互动关系尽可能地呈现和展示”出来，② 但是由于研究成果的积累和研究者的切入点

① 吴俊：《组稿：文学书写的无形之手》，《华东师范大学学报》（哲社版），2006 年第 3 期。
② 程光炜：《文化研究：中国现当代文学文学史研究的多样观察》，《文艺争鸣》，2005 年第 3 期。

等原因，要想达到像陈平原等人研究《新青年》那样的研究深度，还有很多工作要做。而这正是我选择《人民文学》作为研究对象的起因。如何从整体上把握作为新中国文学“司令台”① 的《人民文学》对中国当代文学的格局设计，进而梳理《人民文学》与中国文学发展的前因后果关系等，都是我应该面对的研究课题。

四、研究目标及方法

本书作者秉持学术探究与现实关怀相统一的基本理念，以 1949—1966 年出版的《人民文学》杂志为研究对象，运用历史学和美学的方法，借鉴人类学、民族学等相关理论，重点考察这一时段的《人民文学》在建构民族文学过程中所表现出来的基本特征。通过对《人民文学》的细读，梳理出《人民文学》建构民族文学的历史过程。在历史的精确性和理论的简约性之间，揭示《人民文学》与民族国家、民族文学的互动关系，以及在这种互动关系中所体现出来的新中国文学版图的显著特征。

本课题研究目标的提出基于以下几点考虑：

第一，《人民文学》具有时间跨度长、作品数量多的特点，以此为研究对象就必须选择合适的切入点。通过对《人民文学》刊载作品的研读，我发现，作为中国作协的机关刊物，《人民文学》从创刊之日起就把建构民族文学作为自己参与“新民主主义国家建设”的一个重要任务。因为它在《创刊词》中就已明确提出“开展国内各少数民族的文学运动，使新民主主义的内容与各少数民族的文学形式相结合，各民族互相交换经验，以促进新中国的多方面发展”②。而对民族文学的建构势必又和建设民族国家、描绘文学版图等学术前沿话题发生关联。对这种关联的研究有助于我们从一个新的角度来认识《人民文学》在中国现当代文学史中对民族文学建构的作用。选择这样一个切入口进行研究是可以让人产生学术期待的。

第二，《人民文学》从 1949 年到 1966 年这 17 年当中，共出版了 198 期，其中发表民族文学作品 670 篇、民族题材的美术作品 34 幅。这些作品

① 丁玲：《为提高我们的思想性、战斗性而斗争》，《人民文学》，1952 年第 1 期。

② 茅盾：《〈人民文学〉发刊词》，《人民文学》创刊号。

本身的特征及其与《人民文学》杂志、民族国家之间的关系也是值得探讨的。

第三，梁启超通过办杂志等，把中国的核心话题由“家族”扩大到了“民族”，认为“欧洲所以发达，世界所以进步，皆由民族主义（Nationalism）所磅礴冲击而成”[①]。梁启超欲通过“新民”而使中华民族取得和西方民族平等的地位。《人民文学》建构民族文学则是对内整合民族认同，它关注的不再是“新民”的时间性问题，而是“疆界”的空间性问题。对这种变化的描述，正是本课题的研究意趣所在。

关于研究方法，我们强调历史学和美学方法的基础性，在这个原则之下发现新的学术领域，把握研究对象，提出研究问题，落实研究目的，在历史联系中将问题还原为历史过程。以《人民文学》作为研究对象，而它是以发表创作作品为主的文学杂志，因此，在对其研究之中自然不能忽略文学作品自身的美学因素。这对于已有的以“报告”式[②]为主要特征的民族文学研究来说显得尤为重要。成功的研究案例告诉我们，在历史学、美学的方法指导下注重研究方法的多样性，是祛除遮蔽、敞亮问题的有效途径。《人民文学》杂志的形成与发展本身就是社会、政治、文学等多种因素共同作用的结果，我们提出的民族文学建构问题，也必然涉及文学之外的民族学、人类学领域。面对这样一个研究对象和所要解决的问题，运用多样化的研究方法，从不同侧面接近研究对象，就不仅仅是个策略问题了。一般说来，每种研究方法背后都有一个理论体系作支撑。这样一来，理论的简约性就成为我们必须注意的一个问题。陈平原在文学研究中所使用的“暗度陈仓”法，即将理论背景巧妙地融入行文叙述中，[③] 是值得借鉴的。

---

① 梁启超：《新民说》，《饮冰室文集点校》，云南教育出版社，2001 年版，第 548 页。

② 参见姚新勇：《萎靡的当代民族文学批评》，《西南民族大学学报》（人文社科版），2004 年第 8 期。

③ 陈平原：《文学报刊研究——以北大诸君的学术思路为中心》，《中华读书报》，2002 年 1 月 9 日。

第一章　民族文学与民族国家

运用民族、民族国家的理论，从政治共同体、历史文化共同体和想象共同体之间的关系来论述《人民文学》建构民族文学的社会文化背景。

一、被正名与释义的民族文学

“民族文学”，在现代汉语里又被称为少数民族文学、兄弟民族文学。从它的不断被正名和释义的过程来看，民族文学还是一个“未竟的工程”。关于什么是民族文学，对其内涵应作何种解释，相关的争论直到今天仍在进行。如仫佬族作家鬼子就不承认于文学之外还有所谓的民族文学。[①] 姚新勇博士也认为因为宏观把握的缺失和微观批评的空泛，中国民族文学学科并没有建设起来。[②] 但大多数学者认为民族文学及其学科是存在着的。如梁庭望先生就从研究、教育机构的设立，资料的整理和翻译，理论探索的成就等方面论述了中国当代少数民族文学的存在和发展。[③]

对于民族文学概念的内涵和外延，人们一般是从作家族属、作品题材、作品语言等方面进行界定的。中国社会科学院民族文学研究所和中央民族大学相关学者的研究著作，多是以作家族属为依据来辨认民族文学。[④] 梁一儒先生则对少数民族文学的概念进行了更为严格的界定，认为少数民族文学是产生自某个民族，表达了这个民族特有的心理素质，为本民族所

---

① 袁向东：《中国当代少数民族文学研究会第八届年会综述》，《民族文学研究》，2004 年第 1 期。

② 姚新勇：《萎靡的当代民族文学批评》，《西南民族大学学报》（人文社科版），2004 年第 8 期。

③ 梁庭望：《20 世纪的中国少数民族文学研究》，《中南民族学院学报》（人文社科版），2001 年第 1 期。

④ 赵志忠：《民族文学论稿》，辽宁民族出版社，2005 年版，第 2 页。

喜闻乐见的文学。[1] 而杨义博士是从少数民族与汉族文化关系的角度来思考这个问题的。[2] 总的来讲，从1990年代以来，学界逐渐把作家族属作为民族文学识别的标准。

文学史的实际情况总要比理论概括鲜活和复杂。《《人民文学》在建构民族文学时，其理论思路和编辑实践是把汉族作家所写的少数民族题材的作品也算在内的。文学刊物的"发刊词"、"编后记"等文字旨在表明刊物编者的文学立场和编辑策略，是读者了解编者文学观念的重要窗口。《人民文学》的编者在其"发刊词"、"编后记"等文字中，将我们今天所说的民族文学具体表述为"少数民族文学"[3]、"少数民族文学和有关少数民族文学"[4]、"兄弟民族文学"[5]。《人民文学》的这种观念和实践，一直坚持到1966年停刊之时，在这年第3期发表李沛生的西藏题材的小说《黑刺林》时，《人民文学》用"编者按"的形式呼吁"希望能读到更多的反映兄弟民族新的生活的作品"[6]。《人民文学》关于民族文学的这种观念和编辑实践，明显地和当下"标准"的民族文学术语产生了缝隙。为了使我们的研究对象在今天的语境下获得"合法性"，在这里有必要阐述我们研究对象的范围。

学界曾认为，有关民族文学的概念是在1958年提出的。[7] 其实，中华全国文艺工作者协会早在1949年就提出了民族文学的概念，只不过那时将民族文学表述为"少数民族文学"。在1949年7月14日通过的《中华全国文学艺术界联和会章程》中，把"发展少数民族文学艺术运动"当作新中国文学艺术工作的一项重要内容。作为全国文协机关刊物的《人民文学》，在1949年10月创刊号的"发刊词"中也明确提出民族文学建构的问题："作为全国文协的机关刊物，本刊的编辑方针当然要遵循全国文协章程中所规定的我们集团的任务。这个任务就是：……开展国内各少数民

① 梁一儒：《文艺民族化论稿》，内蒙古人民出版社，1984年版，第200页。

② 杨义：《当代中国文学地图新页》，《今日民族》，2006年第3期。

③ 茅盾：《〈人民文学〉发刊词》，《人民文学》创刊号。

④ 《编后记》，《人民文学》，1952年第1期。

⑤ 《读者对本刊的意见》，《人民文学》，1956年第3期。

⑥ 《〈黑刺林〉编者按》，《人民文学》，1966年第3期。

⑦ 邓敏文、吕微等人的观点。见吕微：《中国少数民族文学史研究：国家学术与现代民族国家方案》，《民族文学研究》，2003年第4期。

族的文学运动，使新民主主义的内容与各少数民族的文学形式相结合，各民族互相交换经验，以促进新中国的多方面发展。”虽然在发刊词中也呼吁作者给杂志提供包括民族文学在内的理论稿件：“要求给我们专门性的研究或介绍的论文。在这一项目之下，举例而言，就有中国古代和近代文学，外国文学，中国国内少数民族文学，民间文学，儿童文学……”但《人民文学》很快就被定位为以发表短篇创作为主的文学杂志，对于什么是民族文学它并没有从理论上进行界定，只是在被胡风批评的“不像样子”① 的编后记中将民族文学描述为“少数民族和有关少数民族的创作和论文”②，并将之贯彻到编辑实践当中去。不仅是《人民文学》，就是当时的理论界也没有对这个问题发表过意见。以发表理论评论文章为主的《文艺报》在 1954 年第 8 期发表了唐挚的《读几篇描写兄弟民族生活的作品》一文，这是《文艺报》发表的较早的关于民族文学的评论文章。唐挚评论的文章以发表在《人民文学》上的作品为主，介绍了当时民族文学的创作情况。作者认为民族文学有团结兄弟民族、培养少数民族作家的功效和责任：“真实深刻地反映各兄弟民族的生活所经历的空前的变革。反映他们如何在和共同的敌人的斗争中，摆脱了反动统治者的挑拨离间的影响，真正感到自己成为祖国大家庭血肉相连的一部分，并与各兄弟民族之间建立了如同亲兄弟般的友谊，团结在共产党和伟大的领袖毛主席的周围；无情地揭露反动阶级民族压迫的罪恶和阴谋，歌颂各族人民的空前团结和他们建设祖国的无比热情，这个正是各民族文艺工作者不可推卸的责任。同时，从各兄弟民族中不断发现和培养出有才能的文艺工作者，发挥他们的天才和智慧，继续发扬各兄弟民族固有的优美的文学艺术传统，也是一个重大的任务。”在如何识别民族文学的问题上，这篇文章作者的标准和《人民文学》的尺度是一致的，作者在论述过程中既选取了发表在《人民文学》上的汉族作家白桦的反映少数民族生活的小说《竹哨》、《山间铃响马帮来》来进行分析，也选取了彝族作家李乔的报告文学《拉猛回来了》作例子，可见当时人们并没有对“什么是民族文学”这样的问题产生疑问。这就是当时的历史“语境”。

在当时的官方报告中，也是把“少数民族和有关少数民族”的文学作

---

① 胡风：《胡风三十万言书》，湖北人民出版社，2003 年版，第 355 页。

② 《编后记》，《人民文学》，1952 年第 1 期。

为民族文学概念的外延的。从当时的官方报告中我们可以看出，把汉族作家写的“关于少数民族”的作品也视为民族文学，最初可能是因少数民族作家队伍尚未形成而作出的策略性选择，但这种“少数民族和有关少数民族”的民族文学格局，还是逐渐被官方固定下来了。1955 年 5 月，中国作家协会在北京召开少数民族文学工作座谈会，中国作协副主席、满族作家老舍主持会议，与会的有彝族、蒙古族、维吾尔族等 11 位少数民族作家，还有两位熟悉少数民族文学的汉族文学工作者。《人民文学》也派人员列席了会议。1956 年 3 月，老舍在中国作家协会第二次理事会议上所作的《关于兄弟民族文学工作的报告》，就是在 1955 年 5 月少数民族文学座谈会基础上形成的民族文学的重要文献。在这份报告中，老舍强调因为少数民族队伍尚未壮大起来，汉族作家在民族文学建构中就应该发挥替代作用，使少数民族的生活得到及时、真实的反映。他是这样表达这种思想的：“在兄弟民族作家队伍还未壮大的今天，汉族作家去描写兄弟民族的新生活是有很大作用的。”虽然是替代的作用，但老舍还是把汉族作家写的少数民族题材的作品算在民族文学之列，并要求汉族作家写少数民族题材作品时，要尽量站在少数民族的立场上，去接近真实的少数民族生活和心理，为少数民族读者服务，而不是为了满足汉族读者的好奇心，在注意少数民族特殊性的同时，还要注意少数民族的生活和“建设祖国的大事业的关系”这样的一般性问题。他说：“写兄弟民族的生活，首先应当克服猎奇心理。有这样心理的作家是要以最少的劳力，从事物表面上找到异族情调，去满足读者的好奇心。动机在猎奇，就不会热诚地去深入生活，而只凭东看一眼，西问一声，便要进行‘创作’了。这一定抓不住今天民族生活的重大变化和问题。也会使作者只找特殊的情况，而忽视了这特殊情况与一般的建设祖国的大业有什么关系。这样，就把民族生活孤立起来，而忘记了整体。不看整体，一定体会不到民族间兄弟般的友谊与热爱，也就不会写出有热情的作品来。在兄弟民族作家心中也难免猎奇心理的作祟，假若他的目的是在写给汉族的读者，满足汉族读者的好奇心。这个苗头已被我们看见了。”① 经过几年的民族文学建设，到了 1960 年，“少数民

① 老舍：《关于兄弟民族文学工作的报告》，《人民日报》，1956 年 3 月 25 日。

族已有了自己的作家队伍”，[①] 老舍曾经论述的汉族作家“关于少数民族”的作品在民族文学中的替代作用的前提已经不存在了，但不论是茅盾在中国文学艺术工作者第三次全国代表大会上的报告，还是老舍在中国作家协会第三次理事会（扩大）会议上的报告，仍然把汉族作家创作的少数民族题材的作品放在少数民族文学中论述。老舍的报告题目是《关于少数民族文学工作的报告》，在这个被后人认为是“中国当代少数民族文学的发展纲领”的报告中[②]，老舍在谈到“各少数民族文学的兴起与文学队伍的成长”时说：“有些汉族作家曾在民族地区深入生活，并写出来一些反映少数民族地区生活和斗争的作品……这些作品对于民族团结与繁荣民族地区的文学创作都起到了积极作用。”[③] 茅盾在题为“反映社会主义跃进时代，推动社会主义时代跃进！”的主调报告中也是以这样的思路来展开对少数民族文学成就的叙述：“反映少数民族在共产党领导下的革命斗争、解放后的幸福生活、建设社会主义的冲天干劲以及民族间团结友爱的作品，近几年在数量上和质量上都有很大成就。这些作品，大部分是少数民族作家写的（或用民族的文字，或用汉文），少数是汉族作家写的，真正是花团锦簇，盛况空前。”[④] 茅盾还列举了汉族作家陈其通、季康分别发表在《人民文学》上的剧本《柯山红日》（1959 年第 11 期）、《摩雅傣》（1959 年第 6 期）作为例证。这说明，此时的官方文件中，把汉族作家写的“关于少数民族”的文学作品认定为民族文学，已经不是策略性的选择，而是一种有意识的建构了。但有的学者为了说明以作家的族属为标准界定民族文学的历史一贯性，在引用上述文件时，放弃了历史的精确性要求，把“汉族作家写的”用省略号省掉，[⑤] 在有意无意间犯了“剿说”这个为学的大忌。

这就是当时民族文学的历史“语境”，是我们将研究对象具体化为《人民文学》在这个时期发表的“少数民族和有关少数民族创作”作品的

---

① 老舍：《关于少数民族文学工作的报告》，《老舍全集》第 18 卷，人民文学出版社，1999 年版，第 372 页。

② 关纪新：《20 世纪中华各民族文学关系史》，民族出版社，2006 年版，第 33 页。

③ 老舍：《关于少数民族文学工作的报告》，《老舍全集》第 18 卷，人民文学出版社，1999 年版，第 377 页。

④ 茅盾：《茅盾全集》第 26 卷，人民文学出版社，1996 年版，第 47 页。

⑤ 李鸿然：《中国当代少数民族文学史论》，云南教育出版社，2004 年版，第 9 页。

真实历史基础。至于民族文学的作家族属标准问题则是在中国文学史的研究和编写中提出来的。

历史的语境总是多姿多彩的，从上面的论述中，我们可以强烈地感受到民族文学的建构从根本上说是国家行为。国家是从两个方面建构民族文学的：一是通过《人民文学》等杂志发展少数民族文学创作；二是通过中国社会科学院等单位整理、编撰少数民族文学史，寻找少数民族在文化心理方面的特色。不论是发展创作，还是编撰文学史，国家都试图在体现国家意志和民族文化之间找到一个平衡点。中央宣传部于1958年开始组织中国社会科学院等单位编写包括少数民族文学史在内的中国文学史。[①] 因为要编写各民族的文学史，所以，文学作品的民族归属问题出现了，甚至还发生了几个民族争一部作品的现象。在这种背景下，以作家族属来划分作品的民族归属问题被当作解决问题的手段提了出来。1961年何其芳发表了《少数民族文学史编写中的几个问题》，论述了以作家的族属为标准划分民族文学的问题，提出“判断作品所属民族一般只能以作者的民族成分为依据”[②]。中宣部组织编写少数民族文学史与《人民文学》建构民族文学的目的是一致的，都是要动员国家资源，描绘国家文学版图，为“民族国家”的建设打造意识形态基础，但二者的着力点显然是不一样的。《人民文学》杂志是感性地进行当下文学的建设，而文学史的编写则是在“厚今薄古”理性指导下对“古”文学的挑选。

老舍代表中国作协所作的《关于少数民族文学工作的报告》等文件，表明了中国作协是从“少数民族文学和有关少数民族文学”方面来建构民族文学的。作为中国作协的机关刊物，《人民文学》杂志必然要体现中国作协发展包括民族文学在内的中国当代文学的总体思路，必然要体现中国作协对民族文学的理解与实践。而且中国作协对《人民文学》发表民族文学也有具体的要求，如让《人民文学》派员列席1955年的少数民族文学座谈会，老舍在1960年的《关于少数民族文学工作的报告》中要求“全国性的与地方性的文学刊物应经常发表少数民族作品和评论这种作品的文

---

① 中宣部：《请协助督促有关单位编写少数民族文学史的通知》，1958年8月18日，原文见广东省档案馆，卷宗号：214－1－176。

② 何其芳：《少数民族文学史编写中的几个问题》，《文学评论》，1961年第5期。

字”[1]。这样我们就可以更进一步地从组织层面上来理解《人民文学》为何会以“少数民族和有关少数民族”为标准来建构民族文学的问题。

除组织层面的原因外，稿源问题也是使《人民文学》把汉族作家写的有关少数民族生活的作品算作民族文学的一个原因。由于新中国成立前的作家队伍已被拆解，新作家队伍尚未完全建立起来，导致初创时期的《人民文学》缺乏稿源。丁玲在任《人民文学》的副主编时，就曾忧心地说“这刊物稿件太成问题”[2]。来自民族地区的稿件更是少得可怜，1950 年 7 月出版的第 2 卷第 3 期《人民文学》上发表的编辑部关于稿源的统计表明，《人民文学》创刊后八个月的来稿主要出自华北地区，出身自华北军区、华北联合大学的作者是其主要投稿者。[3] 在所有“来稿”中，来自内蒙古的文学稿件只有诗歌，并且仅占全部诗歌稿件的 0.8%。[4] 由于可供选择的民族作家的稿源极少，而作为“国家期刊”的《人民文学》杂志又必须尽快地形成国家文学版图，以显示“开国规模”，所以这势必影响了《人民文学》杂志的编者对民族文学的理解，也势必导致《人民文学》建构的“民族文学”和文学史编写中的“民族文学”在外延上不一致。这些都是有史实可以证明的。《人民文学》对民族文学的这种理解和实践，到了 20 世纪 70 年代末 80 年代初，又因为在我国编写少数民族文学史而引发了什么是民族文学的争论，这时也还有人认为题材是界定少数民族文学的标准。[5] 这也可以看作是 20 世纪五六十年代普遍的民族文学观念的余绪尾音。

1949 年至 1966 年的《人民文学》，从文学观念和编辑实践上都把民族文学建构为“少数民族和有关少数民族”的文学。这种理解和实践深刻地影响了中国民族文学的建构，也规定了笔者的研究对象的界限，框定了本课题的研究范围，那就是发表在 1949 年到 1966 年《人民文学》上的少数民族作家创作的文学作品和汉族作家创作的有关少数民族题材的作品。这

---

① 老舍：《老舍全集》第 18 卷，人民文学出版社，1999 年版，第 388 页。

② 丁玲：《丁玲全集》第 12 卷，河北人民出版社，2001 年版，第 45 页。

③ 《人民文学》的作者徐光耀在回忆他在华北联大读书情景时，说到了老师艾青、萧殷、俞林、贺敬之、陈企霞等，这些人也都是《人民文学》的作者。见徐光耀：《昨夜西风凋碧树》，北京十月文艺出版社，2001 年版，第 57 ~ 71 页。

④ 《本刊各地区来稿初步统计比率表》，《人民文学》，第 2 卷第 3 期。

⑤ 梁庭望：《中国少数民族文学》，山西教育出版社，2003 年版，第 2 页。

样，只有将研究对象还原成“历史的真实”，我们才能更好地理解《人民文学》建构民族文学的现代意义。

在理论界，民族文学研究者普遍认为“共和国建立之初的17年间，我国少数民族作家的创作活动，曾经出现了一个历史性的热启动过程”[①]。而《人民文学》无疑是这“热启动”最初和持久的推动者。从1949年10月在创刊号上提出建构民族文学开始，到1966年第5期出版后停刊，《人民文学》以国家杂志的身份，始终对民族文学保持着高度的热情。少数民族作家创作的文学作品和汉族作家创作的有关少数民族题材的作品不断地被《人民文学》刊载。即使是在“文革”开始的前夜，《人民文学》也没有放弃对民族文学的建构。如《人民文学》在1966年第3期为西藏作者李沛生的小说《黑刺林》加的编者按中说：“这是一篇写西藏新生活的小说。我们看到西藏一代新人在成长。这些‘骏马’‘雄鹰’般的青年，在党的阳光雨露滋润下，以伟大的毛泽东思想武装自己。他们向往明天，昂首挺胸，无所畏惧地向前挺进。我们止不住要为他们在阶级斗争、生产斗争中取得的每一个胜利击掌欢呼！我们希望能读到更多地反映兄弟民族新的生活的作品。”顺便值得一提的是，即便是在1966年5月《人民文学》的“停刊号”上，还有两篇批判文章的内容和民族文学有着些许的关联。一篇为中国人民大学文艺评论组的《吴晗鼓吹反革命到底的一棵大毒草》，另一篇是《剥开“吴晗〈敕勒歌〉歌唱者家族的命运”的画皮》。这两篇文章是批判吴晗发表在《人民文学》1962年第9期上的杂文《〈敕勒歌〉歌唱者家族的命运》的文章。尽管批判文章蛮横无理，但其写作也是为了说明吴晗关于《敕勒歌》的文章是为彭德怀翻案。在写作方法上，这两篇文章是在对少数民族历史和文学的“解读”中实现其批判目的。《人民文学》在1949—1966年17年间共出版了198期（此外，在新中国成立一周年的时候，《人民文学》还和《文艺报》、《人民戏剧》、《人民美术》、《人民音乐》合编了一期名为“胜利一周年”的纪念特刊），[②] 共发表少数民族或与少数民族有关的文学作品670篇，其中少数民族作者的作品约占半数。这些民族文学作品在人民文学观念的总体要求下，从作品体裁、内容

① 玛拉沁夫：《中国少数民族文学经典文库·理论批评卷》，云南人民出版社，1999年版，第2页。

② 《人民文学》第2卷第6期编后。

题材、艺术形式、审美趣味等诸多方面丰富了《人民文学》，《人民文学》也借此完成了对新中国国家文学版图的建设。

二、民族：20世纪中国社会的核心话语

1949年到1966年的《人民文学》杂志对民族文学的建构怀有持久的热情，与中国是统一的多民族国家这一基本社会结构有关，也是20世纪中国社会的核心话语由传统的家族扩展到包括民族在内的现代话语的一个结果。

殷海光在《中国文化的展望》中认为："每个社会结构有一个中心，这种中心以各种方式沁入或辐射这个社会的各种建制，例如，家庭、团体、政司以至朋友、夫妇、兄弟。这个中心是价值和信仰的领域。换句话说，它是安排和支配社会的符号、价值和信仰秩序之中心。它之所以是这样一个中心，因为它被当作是最后的、无可替代的及无可化约的根据。"①民族是影响20世纪中国社会各方面、各层次的"无可化约"、无可回避的核心话语之一，它深刻地影响了中国社会的发展。在20世纪，中国人通过言说民族话语标示出现代化的路径。大体上说，在20世纪前半期，中国人用民族的话语和外国人打交道，民族成为救国保种、全民动员的利器；后半期则主要是用民族话语来调整国内各民族间的关系。民族话语与革命、新民等话语一样，也是20世纪的关键话语之一。而20世纪中国的民族话语总体上是从中华民族"多元一体"的思路上展开的。②

中国地处东亚大陆，"四周有自然屏障，内部有完整的结构体系……这一片地理上自成单元的土地一直是中华民族的生存空间"③。中华民族在这片土地上繁衍生息的漫长过程中，有两个至为关键的时期，深刻地影响了中华民族的格局，一个是春秋时期，一个就是20世纪。

早在春秋时期，中国的典籍就有对不同"民族"间交往的书写，④在

① 殷海光：《中国文化的展望》，中国和平出版社，1988年版，第155页。

② 费孝通：《中华民族的多元一体格局》，《北京大学学报》（哲学社会科学版），1989年第4期。

③ 费孝通主编：《中华民族多元一体格局》，中央民族学院出版社，1989年版，第2页。

④《春秋公羊传·僖公四年》：南夷与北狄交，中国不绝若线。

“民族”交往过程中逐渐形成了华夏民族集团，“黄帝部落和炎帝部落……通过战争和经济文化交往，与羌人、夷人、戎人、狄人、苗人、蛮人相互融合，奠定了后来华夏族的基础”[①]。在“民族”交往过程中，华夏族起了主要的作用，逐渐成为核心。费孝通这样描述华夏族的核心地位的形成过程：“距今三千年前，黄河中游出现了一个若干民族集团汇集和逐步融和的核心，被称为华夏，它像滚雪球一般地越滚越大，把周围的异族吸收进了这个核心。它在拥有黄河和长江中下游的东亚平原之后，被其他民族称为汉族。汉族继续不断地吸收其他民族的成分日益壮大，而且渗入其他民族的聚居区，构成起凝聚和联系作用的网络，奠定了以这疆域内部多民族联合成的不可分割的统一体的基础，形成为一个自在的民族实体，经过民族自觉而成为中华民族。”[②] 虽然在春秋时期，中华民族作为一个“自在的民族实体”业已形成，但在诸如“夷狄之有君，不如诸夏之无也”[③]、“德以柔中国，刑以威四夷”[④] 等华夷观念影响下，民族并未成为影响当时社会进程的核心话语。华夏农业文明的发展使中国形成了以家族为核心的话题体系。冯友兰就认为家族制度是中国社会制度的表现形式，他说：“传统的五种社会关系：君臣、父子、兄弟、夫妇、朋友，其中三种是家族关系。其余两种，虽然不是家族关系，也可以按照家族来理解。”[⑤] 这种由家族而形成的社会秩序是中国人用来衡量文明与野蛮的一个标准，中国传统中的“华夷之辨”其核心是用这种秩序去教化“蛮夷”，使之“文明”起来。这种教化的功能像水中涟漪一般，呈由统治中心向边缘递减的态势，越到边陲地区，华夏的教化功能越弱。与此相关的另一种情况是，因为相信这种教化的力量，华夏对自己的文化表现出强烈的自信，即使是“蛮夷”入主华夏，民众还是可以从总体上接受的。说总体上接受，并不是说在“蛮夷”统治时期民众与“异族”统治者没有矛盾，清朝的文字狱就是矛盾的集中表现。所以吕思勉认为中国的民族主义因受异族的压迫而起，“中国在宋以后，受异族的压迫，渐次深了，所以民族主义亦渐次勃兴”[⑥]。

---

① 王锺翰：《中国民族史》，中国社会科学出版社，1994 年版，第 6 页。

② 费孝通主编：《中华民族多元一体格局》，中央民族学院出版社，1989 年版，第 1 页。

③ 《论语·八佾》。

④ 《左传·僖公二十五年》。

⑤ 冯友兰：《中国哲学简史》，北京大学出版社，1985 年版，第 27 页。

⑥ 吕思勉：《中国民族史》，1934 年世界书局初版，1996 年东方出版社再版。

不过中国人真正开始用“民族”、“民族主义”这样的术语讨论问题，却是因为西方对中国构成了威胁，是在中国政治危机日益严重的清朝末年。也就从这时起，中华民族逐渐成为一个自觉的民族实体。

一代之治即一代之学。[①] 在清朝学术由经入史的过程中，有关边陲的历史地理研究成为一时之显学，与此相关的“藩部”也成为人们的研究对象，学者及官员们对边陲历史沿革、山川舆图的研究与描述，为民族话题的出现做了学术和思想上的准备。陈寅恪在《朱延丰突厥通考序》中这样描述这一时期的学术思潮：“其时（光绪朝——引者注）学术风气，治经颇尚公羊春秋，乙部之学，则喜谈西北史地。后来今文公羊之学，递演为改制疑古，流风所被，与近四十年间变换之政治，浪漫之文学殊有连系。”[②] 今文学者尚公羊春秋，“独得先圣微言大义于语言文字之外”[③]，以此破除夷夏绝对界限，为华夷一体寻找学理依据，其旨归在政治。正如钱宾四所言：“常州言学，既主微言大义，而通于天道、人事，则其归必转而论政，否则何治乎春秋？何贵乎公羊？……其极必趋于轻古经而重时政。”[④] 而重视史学的学术风气的形成，除了陈寅恪所说“变换之政治”的原因外，还和清朝疆域的扩大有关。龚自珍曾这样描述清朝西北边陲之广阔：“我朝之有天下，声教号令，由回部以达于葱岭，岭外属国之爱乌罕、那木干以迄于西海；由蒙古喀尔喀四部，以达于北方属国鄂罗斯，以迄于北海。回部为西海内卫，喀尔喀为北海内卫。”[⑤] 随着清朝实际控制疆域的扩大，一些学者、被贬谪流放的官员，有机会从各种渠道获得边陲地区的资料，使得他们有可能对“藩部”的历史、地理、风情等进行论述。如祁韵士在流放伊犁时完成的《皇朝藩部要略》中，对回部、内外蒙古、西藏等地的历史进行了纪年式的编撰。荣新江在介绍西域历史的研究时说道：“从乾隆年间清朝征服占领天山南北的准噶尔部和回部，到光绪十年（1884）建新疆，有关新疆地区的山川地貌、行政建制、民族宗教等方面的情况，渐次记录到清朝的官书和地图中，使内地的学人初步掌握了有关的知识。另一方面鸦片战争前后，欧洲殖民主义者东来，对清朝构成威

---

① 龚自珍：《乙丙之际箸议第六》，《龚自珍全集》，上海人民出版社，1975 年版，第 4 页。
② 陈寅恪：《寒柳堂集》，三联书店，2001 年版，第 163 页。
③ 钱穆：《钱宾四先生全集》第 17 卷，（台湾）联经出版社，1998 年版，第 677 页。
④ 钱穆：《钱宾四先生全集》第 17 卷，（台湾）联经出版社，1998 年版，第 689 页。
⑤ 龚自珍：《拟进上蒙古图志表文》，《龚自珍全集》，上海人民出版社，1975 年版，第 305 页。

胁，中国的边疆问题日益严重。一些知识分子开始特别注意了解外国的情况，探讨边疆问题。乾嘉朴学考据的方法和西洋制图学的传入，为边疆史地的研究提供了有力的工具。”① 尽管疆界的扩张为清朝的学者、官员讨论“藩部”问题提供了机会和便利，但他们对藩部史地的撰述只是为民族话语的出现做了学理上的准备。之所以这样讲，是因为“藩部”并不是可以与今天的“民族”相置换的术语，“藩部”还只是表述靠朝贡来维持和朝廷归属关系的边陲地区，突出的是中心和边陲之间在文化上的文野之分。汪晖就曾发挥滨下武志、艾尔曼等人的观点，把藩部和朝廷间的朝贡关系进一步概括为不对等的礼仪性质的政治文化关系，② 而且朝廷以距离京畿地区9 000里以外的“藩服”称呼这些边陲地区，明显有强化中心、强调朝廷中央集权的用意。这虽有点像安德森所说的“官方民族主义”，但我们必须进一步说明的是，安德森的“官方民族主义”是一个民族把“既短又紧的皮肤撑大到足以覆盖帝国庞大身躯的手段”，其结果是“民族与王朝帝国的刻意融合”③，而清朝对待藩部采取的则是“修其教不易其俗，齐其政不易其宜”政策，④ 因俗而治，既强化了中心，也保留了边陲的丰富性。正是这种丰富性为民族话语的出现提供了历史基础，也成为后来人们用“中华民族”称呼全体中国人的前提。

中国人真正以民族话语讨论中国问题，是从清末民初梁启超等人开始的。也就是说用民族话语讨论中国问题的做法不是发生在清朝疆土的扩张之时，而是出现在中国的边疆危机形成之际，出现在中国社会由传统向现代转折的关键点上。民族话语在中国出现和运动的轨迹大体上是先有因西方民族国家的欺压而引起的民族主义情绪，后引进并形成有关民族的概念，再形成民族国家的欲望和实践。

现代汉语中关于“民族”一词的词源史可以从时间上证明这一点。一般认为民族一词，是源于日语对英文“nation”的翻译，后又由梁启超、黄遵宪等人在清末引进汉语里的。⑤ 1896年《时务报》发表了一篇译自日

---

① 荣新江：《西域史研究的回顾与展望》，《历史研究》，1998年第2期。

② 汪晖：《现代中国思想的兴起》第二部上卷，三联书店，2004年版，第692~694页。

③ ［美］本尼迪克特·安德森：《想象的共同体——民族主义的起源散布》，上海人民出版社，2005年版，第84页。

④ 祁韵士：《皇朝藩部要略·序》。

⑤ 刘禾：《跨语际实践》，三联书店，2002年版，第395页。

本《东京日报》上的《土耳其论》，文中使用了“民族”一词，这是较早出现的现代汉语意义上的“民族”一词。有学者认为最早把我国各个族群称为“民族”的人可能是梁启超，而最早用“汉族”、“藏族”这样的称谓来描写中国族群的则是黄遵宪，他在《驳革命书》中说：“倡类族者不愿汉族、鲜卑族、蒙古族之杂居共治，转不免受治于条顿民族、斯拉夫民族、拉丁民族之下也。”① 尽管也曾有人论证汉语里的民族一词最早是在中国的典籍中出现的，② 但从20世纪最早使用民族来讲述中国故事的梁启超等人的文字中，我们可以清晰地感受到民族一词在含义上是一个外来语，因为他们在书写中特意用英文注释等手段强调他们是在现代意义上使用民族一词的，如1902年梁启超在《新民说》中明确写道：“自十六世纪以来，（约三百年前）欧洲所以发达，世界所以进步，皆由民族主义（nationalism）所磅礴冲击而成。”③ 民族话语之所以有由英入日再抵达汉语的思想旅程，是和当时中国的现实语境密切相关的。它的抵达首先是坐着西方的坚船利炮，之后才生出思想的翅膀。民族话语之于中国，首先是中国人应对西方的一个策略选择。

众所周知，清末的边疆危机引发了中国千古未有之大变局，亡国灭种的危机感弥漫中华，正如邓实所言：“欧风美雨，驰卷中原，陆沉矣，邱墟矣，亡无日矣。”④ 西方列强给清末中国边疆带来的危机，引发了比由清朝现实统治而产生的反满情绪更为强烈的民族主义情绪，全民动员的时代由此开始。把救国保种、全民动员的情绪以何种话语展开，这对于梁启超等人来说并不是一件难事。在经历了政治改革失败后，亡命日本的梁启超等人很快就把这种情绪和民族话语联系起来，并把“民族”的术语引进到汉语中。他们当时或许并没有完全意识到，正是这种联系和引进使中国和当时全球性的民族国家潮流发生关联，形成一种主义，成为日后人们表达现代化欲望的一个关键词语。

李慎之曾说“中国的‘民族主义’到19世纪末是在列强环视欺压下

---

① 韩锦春、李毅夫：《汉文“民族”一词考源资料》，中国社会科学院民族研究所民族理论研究室印，1985年版，第33页。

② 茹莹：《汉语“民族”一词在我国最早出现》，《世界民族》，2001年第6期。

③ 梁启超：《饮冰室文集点校》，云南教育出版社，2001年版，第548页。

④ 邓实：《中国地方自治论》，《政艺通报》，1904年3月号。

产生的"[1]，这个命题是符合梁启超等人用民族话语书写的事实的。1902年前后是作为"言论界骄子"的梁启超著述最为丰富的时期。张荫麟在《近代中国学术史上之梁任公先生》中说这时是他以"致用"为鹄的而介绍西方思想的时期。这时的梁启超一方面用"美人"的修辞讲述西方的故事，用书写把西强中弱的现实关系转化成中国语境中的性别关系并以此表达他对西方的复杂感情；[2] 另一方面用"民族主义"的主张来抒发自己的政治抱负。梁启超认为民族主义是国家的核心精神。1901年他在《国家思想变迁异同论》中就认为"凡国而未经民族主义之阶级者，不得谓之国"[3]。梁启超还对什么是民族、什么是民族主义以及民族主义功用等问题作了说明。"民族主义者何？各地同种族、同语言、同宗教、同习俗之人，相视如同胞，务独立自治，组织完毕之政府，以某公益而御他族是也。"这里梁启超采用了种族、语言、宗教等客观标准描述了与国家相对应的民族群体，并提出以此民族群体所形成的民族主义为基础，建立一个"组织完毕之政府"，形成一个民族国家的观点。这明显流露出了梁启超介绍民族主义的目的，那就是要"御他族"而救己国。同样的观点还多次出现在梁启超的其他论著中，如在著名的《新民说》中，他强调："今日欲抵挡列强之民族帝国主义，以挽浩劫而拯生灵，唯有我行我民族主义之一策。"[4] 讨论民族主义不可避免地要涉及民族，梁启超用归纳法将民族分为黑色民族、红色民族、棕色民族、黄色民族和白色民族。令我们感兴趣的是梁启超在描述民族时又不自觉地逆推出了人类现代化的进程。1902年的《新民说》是较为系统地阐述梁启超启蒙思想的重要著作，其中在"释新民之义"时梁启超如此说道："凡地球民族之大别五，问其最有势力于今世者谁乎？白色种人是也。白色民族之重要者三，其最有势力者谁乎？条顿人是也。条顿民族之重要者二，其最有势力者谁乎？盎格鲁撒克逊人是也。"[5] 这样一来，梁启超的民族话语也就自然具有了现代化的意义。

作为今文学者的梁启超显然是不满意仅从学理上讨论民族及民族主义的，他更看重的是"民族"话语所蕴藏的解决中国现实问题的希望，并将

---

① 李慎之：《全球化与中国文化》，《太平洋学报》，1994年第2期。
② 参见袁向东：《20世纪中国文学对西方美人的叙述》，《太原日报》，2003年9月3日。
③ 梁启超：《饮冰室文集点校》，云南教育出版社，2001年版，第767页。
④ 梁启超：《饮冰室文集点校》，云南教育出版社，2001年版，第549页。
⑤ 同上，第551页。

这希望寄托在民族国家的建立上。民族国家和新民是梁启超这时讨论中国问题的两个互相联系的思路，其实这也是人类现代化进程两条互相联系的基本路线。民族国家是人类现代化实践中的一个成果，它是作为传统的封建割据、外来权威及王权专制的对立物出现的。[①] 列宁认为民族国家是随着资本主义的扩张而出现的，“为了使商品生产获得完全胜利，资产阶级必须夺得国内市场，必须使操着同一种语言的人所居住的地域用国家的形式统一起来”，这样一来，以民族主义为其合法性基础的民族国家就出现了。[②] 吉登斯说它是现代性的一个后果，[③] 民族国家的构成要素包括领土、法律、政治和文化意识形态等方面。简单地说，领土要素是清晰的边界和独立的主权，吉登斯在论述民族国家时特别强调了“民族国家是拥有边界的权利集装器”，[④] 边界是传统国家的“边陲”意识的替代品；法律要素是指以法律制度为根据的国家暴力以及主权在民的观念；以国家为单位的民族主义是其政治和文化意识形态方面的典型表现。汪晖以《尼布楚条约》为例[⑤]、葛兆光以中国自宋朝以来所形成的相对稳定的中心为史实[⑥]，分别论述了中国在民族国家建构中的特殊性，并想以此说明中国民族国家的早熟性。其实，中国人有意识地建设民族国家的历史并不早，它就开始于梁启超等人所处的时代。汪晖、葛兆光两位学者在论述时都没有充分考虑到中国无论是在历史上还是在现实中都是一个多民族的国家，汉族由所具有的稳固中心这一史实所形成的中心心理，恰恰就是颠覆“条约”的要素。孙中山就曾认为满洲是“东北一游牧的贱种。要将满洲鞑子从我们国土上驱除出去”[⑦]。陈璧君更是在1930年代还认为东北是满族人的嫁妆。虽然梁启超也未摒弃汉族中心的思想，但他从强国梦想出发，对中国建设一个包括藩部在内的民族国家的描述，实在是值得我们重视的。

1912年12月，梁启超在《庸言》上发表了《中国立国大方针》，描

① 贾英健：《全球化背景下的民族国家研究》，中国社会科学出版社，2005年版，第55页。

② 列宁：《论民族自决权》，《列宁全集》第20卷，人民出版社，1958年版，第396页。

③ ［英］安东尼·吉登斯著，田禾译：《现代性的后果》，译林出版社，2000年版，第7页。

④ ［英］安东尼·吉登斯著，胡宗泽等译：《民族——国家与暴力》，三联书店，1998年版，第145页。

⑤ 汪晖：《现代中国思想的兴起》第二部上卷，三联书店，2004年版，第687~694页。

⑥ 葛兆光：《重建关于“中国”的历史叙述》，《二十一世纪》，2005年8月。

⑦ 孙中山：《孙中山选集》，人民出版社，1981年版，第52页。

述他所欲新之民与国家的关系，认为建立民族国家乃世界之大势："今世界以国家为本位。凡一切人类动作皆以国家分子之资格而动作者也。此说果为中庸之真理与否虽未敢知，而现今时代思潮实畸于此。虽有大力，莫之能外也。故人民能建完全国家者则日以荣，其不能者则日以悴。夫国家如何而始为完全？其分子调和，其结合致密，能持久而不涣者，斯可谓完全也已矣。"① 边疆危机引发了中国知识分子对民族的忧虑，梁启超更是通过报章杂志等媒介展开对民族国家的想象，以此摆脱"老大帝国"的"不名誉历史"②，树立"少年中国"之新形象。在对外强调民族国家的同时，梁启超也觉得有必要通过对内讨论不同民族的边界来丰富其民族国家的内核。1905 年 3、4 月间，梁启超在《新民丛报》上发表了《历史上中国民族之观察》，认为"今之中华民族，即普通俗称汉族者，自初本为一民族乎？抑由多数民族混合而成乎？此吾所欲研究之第一问题……民族混合，必由迁徙交通。中国若是初有民族，则其迁徙交通之迹，有可考乎？"③ 接着梁启超征引《左传》、《说文解字》、《山海经》等文献，考证了"苗蛮族"、"蜀族"八个民族同汉族的交往过程，并指出这八个民族中"除苗、濮二族外，率皆已通化于中华民族"④，也就是说融合到汉族之中了。

梁启超把汉族叫作中华民族，这既与中国历史上长期以来形成的相对稳定和清晰的汉族中心有关，也与当时中国的政治地理格局相连。因为当时的中国还是由所谓的"本部"和"藩疆"组成的，汉族主要居住在"本部"的 18 个省，其他民族则聚居在"藩疆"。在梁启超的叙述中，"藩疆"不是可有可无的装饰，而是拱卫中心、安置移民的宝地。1911 年梁启超写了《新中国建设问题》，讲到蒙、回、藏诸藩疆问题："然我诸藩疆与本部之关系，平昔本以隔阂，尔来强邻介煽，久已生心外向，今若非别有道以维系之，则唯有俟勘难之后，陈兵镇抚，窃恐此愿未偿，而物已非我有矣。"带有这种忧患意识，梁启超是不同意按照欧洲那种一个民族一个国家的模式来建构"少年中国"的。"或谓欧洲诸国，壤地率皆比我数郡，犹能泱泱称雄，我但拥十八省旧疆，安在不可以立国？况地大难治，甫田

① 梁启超：《饮冰室文集点校》，云南教育出版社，2001 年版，第 2413 页。

② 梁启超：《张博望班定远合传》，《饮冰室文集点校》，云南教育出版社，2001 年版，第 2021 页。

③ 梁启超：《饮冰室文集点校》，云南教育出版社，2001 年版，第 1678 页。

④ 同上，第 1685 页。

莠骄，稍缩政区，易受臂使，即暂时放弃诸藩疆，未足病也。虽然，今列国方以机会均等相揭橥，我一放弃，则诸藩不能自保，势必将有所属。泰东之均势一破，则本部金瓯，又安能保？况人满为患，我亦犹人，移植之图，急不容缓，人方不惜糜烂其民以求辟新地，我安可举所固有而弃若弁髦？故今者建设伊始，当刻刻以蒙、回、藏疆为念，务使不自屏于中国之外。"[①] 这种溯漠屏藩式的叙述，已经在认识上开始了吉登斯所谓的把边疆由"边陲"变成"边界"的转变，开始了由传统国家向现代民族国家转变的进程。[②] 不难想象，按照梁启超的叙述，传统文化中的"蛮夷"说法自然会发展成我们今天所谓的"少数民族"的观念。

梁启超对民族话语的叙述，得到了胡适的高度评价，说梁启超是"吾国革命第一大功臣，其功在革新吾国之思想界。十五年来，吾国人士所以稍知民族思想主义及世界大势者，皆梁氏之赐，此百喙所不能诬也。去年武汉革命，所以能一举而全国响应者，民族思想、政治思想入人已深，故势如破竹耳。使无梁氏之笔，虽有百十孙中山、黄克强，岂能成功如此之速耶！近人诗：'文字收功日，全球革命时'，此二语惟梁氏可以当之无愧"[③]。

诚如胡适所言，梁启超所展开的有关民族国家的想象影响了中国的主流话语，他那"笔锋常带感情"式的关于民族的叙述感染了他欲新之民，使后来的民族革命实践有了一定的思想基础。在梁启超之后，革命确已开始，但有关民族的文字并未"收工"。值得一提的是 1928 年成立的中山大学历史语言研究所，这是由当时国民政府创立，由知名学者组成的研究机构。当时的历史语言研究所肩负着学术与国家政治的双重使命，他们"不只是建立中国自身的新学术传统，以凝聚国族及刻画国族边缘，更是要提防西方与日本学者在'学术调查研究'中所隐藏的政治与资源野心，特别是对中国周边地区。民族主义传播与盛行的时代，也是一个'边疆'争夺的时代。在 20 世纪上半叶，许多法国、英国的调查者走入中国西南边疆，在此常宣称他们'发现'当地非汉族群为'以色列的后裔'或'印欧民族'。许多日本调查者也走入满、蒙，并宣称日本大和民族与这些北亚游

① 梁启超：《饮冰室文集点校》，云南教育出版社，2001 年版，第 1611 页。

② 参见［英］安东尼·吉登斯著，胡宗泽等译：《民族——国家与暴力》，三联书店，1998 年版，第 140 ~ 147 页。

③ 胡适：《胡适留学日记》第 1 卷，（台湾）商务印书馆，1980 年版，第 122 页。

牧人群有密切的民族文化关联。如在20世纪20~30年代日本人提出‘满、蒙在中国历史上非支那领土’之论时，傅斯年等历史学者乃急就而成并出版《东北史纲》一书，辩证‘满洲’乃中国之‘东北’，自古以来一直为中国一部分”①。

亚里士多德有言“人是政治的动物”②。20世纪中国学者对民族的叙述，多包含着国家政治的目的，也就是说，他们是把对民族的叙述和国家的想象联系在一起的。学者们不论是从学术上探源，还是从现实中推演，大体上是围绕多民族的国家来展开话语的。此外，民族话语还是20世纪中国革命实践的中心话语，革命家的实践与学者的研究相互作用，促使中国人的“边陲”意识最终转变为“边界”意识，最终组建了一个费孝通所说的“多元一体”的民族政治共同体。

在经历了梁启超的民族、新民的启蒙之后，民主革命逐渐成为主流。对外确立“自己”，对内要求“自主”的民族民主意识逐渐成为潮流。革命首先遇到的是民族问题。在清朝的背景下，民主革命最初是以民族革命为号召的。1897年11月24日，孙中山在夏威夷的火奴鲁鲁成立政治团体“兴中会”，在《兴中会章程》中明确提出：“是会之役，专为振兴中华，维持国体起见。盖我中华受外国欺凌，已非一日，皆由内外隔绝，上下情罔通，国体抑损而不知，子民受制而无告，苦厄日深，为害何极。兹特联络中外华人创兴中会，以申民志，以扶国宗。”如何“振兴中华”？何为“以扶国宗”？两个月后孙中山在香港修正增补《兴中会章程》时，明确地将推翻清王朝作为兴中会的目标，并将朱元璋的“驱除胡虏，恢复中华”改造成为会员的誓词：驱除鞑虏，恢复中华，建立民国，平均地权。1904年，孙中山更是富有煽动性地说满洲是“东北一游牧的贱种。要将满洲鞑子从我们国土上驱除出去”③。但孙中山很快修正了自己的说法，将民主作为革命的首要目标：“革命宗旨，不专在对满，其最终目的，尤在废除专制，创造共和。”④并在中华民国临时大总统就职宣言中申明五族共和的主张：“国家之本，在于人民”，“合汉满蒙回藏诸族为一人——是曰民族之

① 王明珂：《华夏的边缘——历史记忆与族群认同》，社会科学文献出版社，2006年版，第213页。

② 亚里士多德著，吴寿彭译：《政治学》，商务印书馆，1965年版，第130页。

③ 孙中山：《孙中山选集》，人民出版社，1981年版，第52页。

④ 孙中山：《孙中山选集》，人民出版社，1981年版，第78页。

统一”。[①] 孙中山对民族统一的盛景充满了期望，赞美这民族共和的局面“洵为美事”。孙中山从“驱除鞑虏”到“五族共和”转变的结果，为后来者奠定了治国理政的基本思路。

中国共产党人对民族问题的主张则经历了一个从“民族自决”到“民族自治”的过程。在1938年中共六届六中全会之前，中国共产党人曾主张用民族自决和建立邦联国家来解决国内民族问题，认为少数民族可以建立“民族自治政府”，享有和“中国本部”脱离的权利。[②] 在中共六届六中全会后，民族区域自治逐渐成为中国共产党处理民族问题的基本方针。在新中国建立后，中国用民族区域自治的方法来解决民族问题，以实现巩固统一、民族平等团结的目的。从1949年全国政协通过的《共同纲领》，到1954年中央颁发的《关于过去几年内党在少数民族中进行工作的主要经验》，都以国家统一和民族平等、团结为号召。1955年毛泽东在中共七届六中全会上回答“大多是同志们提出的问题”时，特别强调：“中国没有少数民族是不行的。中国有几十个民族。少数民族居住的地方比汉族居住的地方面积要宽，那里蕴藏着的各种物质财富很多。我们国民经济没有少数民族的经济是不行的。”[③]

三、“让我们共同想象吧！”

在1938年八路军政治部编撰的《抗日战士政治课本》中，民族被列为一个专题内容，其中讲道“中国有四万万五千万人口，组成中华民族，中华民族包括汉、蒙、满、回、藏、苗、瑶、番、黎、夷等几十个民族，是世界上最勤苦耐劳，最爱和平的民族”[④]。1940年中国共产党就在陕甘宁边区建立了1个蒙民自治区和5个回民自治乡，[⑤] 这可以看作是为日后建立民族国家所做的小规模的实验。当中国共产党从革命党变为执政党

① 孙中山：《孙中山选集》，人民出版社，1981年版，第80页。

② 《中华苏维埃中央政府对回族人民的宣言》，国家民委政研室编：《民族问题文献汇编》，中央党校出版社，1991年版，第367页。

③ 毛泽东：《毛泽东选集》第5卷，人民出版社，1977年版，第214页。

④ 国家民委政研室编：《民族问题文献汇编》，中央党校出版社，1991年版，第807页。

⑤ 张植荣：《中国的边疆与民族问题》，北京大学出版社，2005年版，第54页。

后，其民族主张也由在延安等地区的小规模的实验变成一种全国范围的行政实践。首先是从宪法和法律上确立各民族的平等地位，其次是为了消除各民族间事实上的不平等，制定了一系列特殊政策，帮助少数民族发展政治、经济和文化。当时新中国和苏联成为世界上仅有的两个大的统一的多民族国家。至此，民族国家由梁启超等人的想象真正变成了现实，并且成为新中国文学的表现对象。但这只是对政府而言，对于一般的国民，民族是什么，民族国家是什么样子，仍是需要体验和想象的。新中国虽然已是一个统一的多民族国家，但各民族间因为缺少生活、艺术方面的交往，所以在新中国成立之初，事实上各民族间彼此并不甚了解，更谈不上理解。因此，生活在新中国里的不同民族之间存在着互相了解的愿望。舞蹈演员戴爱莲在第一次文代会上的发言中就描述了新中国成立前后各民族间的相互了解的愿望：1946 年，为了寻求“民族性”的舞蹈，中国舞蹈艺术社的工作者深入广西、贵州、云南、西藏、青海、新疆等边疆地区，采集民族舞蹈，他们所接触的“民族包括了瑶人，苗族，摆夷，阿细族，嘉戎族，羌民，番人，藏族，维吾尔族……边疆一带的社会形态，一般都是封建社会，部分还保留着奴隶制度，宗教方面是喇嘛教，巫教，由于交通的阻隔，受外界文化和儒教的影响很小，生活是比较原始的”。当舞蹈演员们在 1946 年春天把边疆的民族舞蹈带到重庆时，受到了热烈的欢迎，“使沉闷的重庆焕然一新，观众反应非常热烈，同时引起了文艺界的注意”①。不同民族间的民众相互了解、理解的愿望，在新中国成立后因为国家政权的空前强大、国家的空前统一而表现得更为强烈，这突出地表现在作为主体民族的汉族对少数民族生活、文化了解的热情上。1952 年，玛拉沁夫的小说《科尔沁草原上的人们》在《人民文学》的第 1 期发表后，读者首先的反应是通过小说印证或修正了以前对蒙古民族的想象。后来成为剧作家的张天民就说：“内蒙，对于我们这些十多岁的青年来说是生疏的。读完了这篇小说，好像跟内蒙人民更熟悉、更近了！就是说我们了解了和我们生活在一个大家庭中的兄弟们的心。草原上的人们对草原的爱，对祖国的爱，鼓舞了我们。”②《人民文学》作为国家杂志，首先在民族间的互相了

① 戴爱莲：《舞蹈工作者的发言》，《中华全国文学艺术工作者代表大会纪念文集》，新华书店发行，1950 年版，第 294 页。

② 张天民：《多写些好的短篇小说》，《人民文学》，1952 年第 3～4 期。

解以及了解之后对未来展望方面找到了参与建设民族国家的切入口，以《在延安文艺座谈会上的讲话》所确定的反映现实的原则为编辑方针的《人民文学》，在新中国成立之初，确实为事实上彼此间少有实际联系的不同民族的读者和作者的交往提供了想象的园地。费孝通的“中华民族多元一体格局”、安德森的民族是“想象共同体的理论”或许可以使我们更好地理解《人民文学》的这种民族间想象的功用和方式。

作为人类社会发展进程中出现的一种身份认同形式，民族究竟是什么？人们从客观、主观、现代主义和族群—象征主义等方面回答过这个问题。客观派从地域、体质、语言、风俗习惯等方面来定义民族，对中国民族理论和实践深有影响的斯大林有关民族的论述，当属这一派。主观派则强调情感和意愿在民族形成中的作用。以爱立克·霍布姆斯、安东尼·吉登斯、本尼迪克特·安德森为代表的现代主义民族理论，是当今占主导地位的民族理论，其基本观点认为民族为拥有疆域的政治共同体，是由法律上平等的公民组成的有主权的相互联系的共同体；民族只具有现代性，不具有永久的历史性；民族还是现代国际政治舞台的主要政治行为者。① 英国社会学家安东尼·史密斯是族群—象征主义民族观的代表人物，这一派民族观强调民族（nation）是以族群（ethnic community）为基础的，一个国家的核心族群往往塑造该国的民族特征并使其疆界形成。

新中国成立后，斯大林在《马克思主义与民族问题》中提出的民族的“四个特征”等理论对中国的民族理论和实践影响最大。斯大林认为“民族不是普通的历史范畴，而是一定时代即资本主义上升时代的历史范畴”②，“民族是人民在历史上形成的一个有共同语言、共同地域、共同经济生活以及共同文化上的共同心理素质稳定的共同体”③。中国社会科学院民族学学部委员郝时远这样评价斯大林的民族定义：“斯大林的定义可能有不完善之处，但是他提炼出来的四大要素（或特征）是具有普遍性的，对认识民族国家层面的民族具有科学价值。”④ 但中国是个多民族组成的社会主义国家，斯大林关于民族的定义，事实上首先是在解决国内民族问题

---

① 参见叶江：《当代西方的两种民族理论》，《中国社会科学》，2002 年第 1 期。

② 斯大林：《斯大林全集》第 2 卷，人民出版社，1953 年版，第 300 页。

③ 同上，第 294 页。

④ 郝时远：《斯大林民族定义及其理论来源》，见王建：《族际政治与民族国家》，社会科学文献出版社，2004 年版，第 92 页。

上得到了应用。具体地说，斯大林关于民族的定义首先是在民族识别工作中发挥了指导作用。为了落实民族政策，也为了使边疆地区的少数民族逐步融入新中国的社会秩序中来，受苏联户籍制度的影响，在新中国的户籍登记制度中，设置了民族成分一项，要求每个人必须明确申报。在个人申报的过程中，出现了民族成分多而杂乱的现象。据1953年人口普查的结果显示，当时全国共上报民族成分400多个，仅云南一省就申报了260多个。民族称谓混乱的情况，在《人民文学》杂志中也同样有所反映。如《人民文学》1952年第1期上发表的朱叶的诗歌《高山彝族和尼苏》，作者在注释中说："尼苏是一种少数民族，散居在康滇边界。"在同年的第6期上，《人民文学》发表了白桦的小说《竹哨》，其中写了云南的"碧约人"和"沙人"以及汉族战士一起保卫边疆的故事。出现在《人民文学》上的"尼苏"、"碧约人"、"沙人"等，都是某一群人的自称或邻近人群对他们的称呼。在这种情况下，中国政府在1950年代组织开展了大规模的民族识别工作，[①] 当时民族识别所依据的"标准主要是民族特征和民族意愿"，而民族特征标准就是"结合中国民族的实际，灵活运用（斯大林）现代民族四个特征"[②]。斯大林关于民族四个特征的具体内容，前文我们已作了介绍，在这里我们想重点分析的是运用这四个特征时所结合的"中国民族实际"的标准问题。"中国民族的实际"，除了专家实地调查所了解的情况外，领袖的参与也是重要的"中国实际"。施联朱先生所透露的一段民族识别工作的史料，对民族特征标准中的"结合中国民族的实际"情况作了重要的说明："1953年，中共中央讨论《关于过去几年内党在少数民族中进行工作的主要经验总结》时，毛泽东同志对于'民族'一词的含义明确指出：'科学分析是可以的，但政治上不要区分哪个是民族，哪个是部族或部落。'根据毛泽东的这个指示精神，我们在民族识别工作中，不论人们共同体的人口多少，在分布地域大小，也不论其社会发展阶段高低，只要是历史上形成的，分布地域、经济生活、语言文字、风俗习惯、民族意识等方面具有明显特点的稳定的人们共同体，都称为'民族'。这就是我

---

① 参见马戎：《民族社会学——社会学的族群关系研究》，北京大学出版社，2004年版，第86页。

② 黄光学：《中国民族识别》，民族出版社，1995年版，第146页。

国对‘民族’一词的定义内涵的识别和实践的应用上的特色。”① 斯大林的理论和毛泽东的实践，深刻地影响了中国民族整体框架的形成。经过民族识别工作，到1980年代，在中国最终形成了由汉族和55个少数民族共同构成的中华民族大家园。通过以上对民族识别工作的简单描述，我们不难看出，斯大林的理论和毛泽东的实践也最终使现代汉语里的“民族”一词成为指涉两个层面共同体的术语。一个是在特定的地域上生活并结合成政治共同体的全体人民，如现代汉语中“中华民族”的“民族”，与西语中的nation相对应，与日语的“国民”相当。这个层面意义上的民族，与国家相对应。另一个指涉对象是在历史上形成的族裔文化共同体，和西文的ethnic group相当，如少数民族、民族团结等。这个层面意义上的民族与文化相联系。② 包括外国学者在内的许多学者都注意到了汉语里民族术语含义的两重性在表意方面引起的矛盾，如松本真澄就提出过表示国家主权者的民族和少数民族为什么都用“相同的‘民族’字眼来表述”③ 的疑问。为了避免“民族”这种一词二义带来的麻烦，有学者建议用“国族”来代替中华民族层面上的“民族”④，也有学者认为应该用“族群”来指少数民族层面上的“民族”含义⑤。

对现代汉语里民族的一词二义的讨论还只是在学理层面，更实际的问题是在一定条件下，这两个层面的“民族”是可以发生转化的，这是一个多民族统一国家所面临的实际问题。苏联、南斯拉夫的解体使一些民族由ethnic group变成nation，就是这种转化的证明。在东欧剧变之前的1988年11月，费孝通在香港发表了题为“中华民族的多元一体格局”的演讲，他试图从“中华民族多元一体格局”的思路来解决两个层面民族认同的矛盾，实际上也提出了解决汉语里作为术语的民族在指称上产生混乱问题的方案。费孝通从历史角度出发，把两个层面意义上的民族结合起来思考：“中华民族包括56个民族实体，并不是把56个民族加在一起的总称……多

---

① 施联朱：《中国民族识别研究工作的特色》，《中央民族学院学报》，1989年第5期。

② ［美］菲利克斯·格罗斯著，王建娥译：《公民与国家：民族、部族和族属身份》，新华出版社，2003年版，第32页。

③ ［日］松本真澄著，鲁忠慧等译：《中国民族政策之研究——以清末至1945年的“民族论”为中心》，民族出版社，2003年版，第3页。

④ 宁骚：《民族与国家》，北京大学出版社，1995年版，第5页。

⑤ 马戎：《民族社会学——社会学的族群关系研究》，北京大学出版社，2004年版，第60页。

元一体的格局有个从分散的多元结合成一体的过程，在这个过程中必须有一个起凝聚作用的核心。汉族就是多元基层中的一元，由于它发挥凝聚作用把多元结合成一体，这一体不再是汉族而成了中华民族，一个高层次认同的民族……高层次的认同并不一定取代或排斥低层次的认同。”① 中国是个以汉族为主体的多民族国家，由于族际差异和利益诉求的多样性，使得国家的建构和民族的建构有可能产生矛盾。这种矛盾的解决，既需依靠国家政权，更需要理论支撑和文化的认同。费孝通的多元一体理论，根据中国民族的历史事实，把属于不同层面的民族理解问题归合到民族国家的认同问题，提出了解决国家建构和民族建构之间的矛盾的理论方案，即使在今天看来，这也是一个高明的方案。在费孝通看来，经济的联系和语言的联系是56个民族能联结成中华民族的两个重要原因。以农业为主的汉族和以畜牧业为主的少数民族在经济上形成了互补的经济类型，汉族人口与少数民族人口数量悬殊，“在少数民族地区的交通要道和商业据点一般都有汉人长期定居”，这样汉族在中国就“形成了一个点线结合、东密西疏的网络，这个网络是多元一体的骨架”②，与此同时“汉语已逐渐成为共同的通用语言”③。但56个民族对中华民族的认同方式应该是什么样的呢？

本尼迪克特·安德森的“想象的共同体”理论描述了把国家认同和文化认同两个层面的民族整合在一起的方式，那就是曾经是地方性的语言文字通过资本主义的印刷科技成为民族认同的胚胎。在安德森看来，民族“是一种想象的政治共同体，并且，它是被想象为本质上有限的，同时也是享有主权的共同体”。同一民族内的成员，并不都发生直接的联系，但“他们互相联结的意象却活在每一位成员的心中”。正是通过这些把彼此联结起来的“意象”，最后生成了民族主义。“民族被想象为一个共同体，因为尽管在每个民族内部可能存在普遍的不平等与剥削，民族总是被设想为一种深刻的、平等的同志爱。最终，正是这种友爱关系在过去的两个世纪中，驱使数以百万计的人们甘愿为民族——这个有限的想象——去屠杀或从容赴死。”想象的共同体之所以能够发生，是因为印刷资本主义的

① 费孝通主编：《中华民族多元一体格局》，中央民族学院出版社，1989年版，第5页。

② 同上，第29页。

③ 同上，第31页。

发展。[①]

费孝通和安德森的理论，为我们解读《人民文学》为何建构民族文学、如何建构民族文学提供了可进入问题、解决问题的路线。前文我们已经说过，从发表民族文学作品的目的和读者对其的反馈信息来看，《人民文学》其实就是为不同民族间的相互交往提供想象的平台，以期最终形成国家认同的“印刷品”。我们这里所说的想象，首先是以现实为基础的，主要是基于文学工作之于实际工作的特性而言的，并不是指天马行空般的虚构。《人民文学》之所以能成为民族想象的“印刷品”，是因为中国的现实使然。新中国成立初期的现实是中国确实存在着民族分裂的危险，国家急切地需要理顺民族认同和国家认同的关系，巩固国家的统一。这在当时的一些重要文件中都有所反映。1949 年周恩来在向全国政协说明《共同纲领》时特别强调：“我们主张民族自治，但一定要防止帝国主义利用民族问题来挑拨中国的统一。”“任何民族都是有自治权的，这是毫无疑问的。但今天帝国主义者又想分裂我们的西藏、台湾甚至新疆。在这种情况下，我们希望各民族不要听帝国主义的挑拨，为了这一点，我们国家的名称叫中华人民共和国，而不叫联邦。”[②] 1954 年中共中央发布了《关于过去几年内党在少数民族中进行工作的主要经验总结》，文件透露了边疆地区的复杂情况：“三四年来，在若干民族地区曾发生过许多次叛乱。发生这些叛乱的原因，主要由于残余匪特及其他反革命分子的挑拨和煽动；但也由于我们在这些地区的工作有缺点，个别地区也确实存在着严重的缺点和错误，以致为敌特、反革命所乘。现在，所有这些事件大都已获得适当的解决。”在各民族与国家间的经济联系还未广泛建立起来的时候，从意识形态方面建立起国家和少数民族间的联系，便成为巩固国家统一、实现民族团结的首选。作为中国作协机关刊物的《人民文学》自然地分担了国家在这方面的责任，这也就是茅盾在发刊词中说“开展国内各少数民族的文学运动……以促进新中国的多方面发展”的原因。和分裂因素的现实相联系，在《人民文学》所发的民族文学作品中，直接讲述与分裂行为作斗争

① ［美］本尼迪克特·安德森著，吴叡人译：《想象的共同体——民族主义的起源与散布》，上海人民出版社，2005 年版，第 7 页。

② 周恩来：《关于人民政协的几个问题》，国家民委政研室编：《民族问题文献汇编》，中央党校出版社，1991 年版，第 1267 页。

故事的作品主要集中在西南边疆，而在这些反分裂的作品中，又几乎是所有的分裂势力都与外国人有联系。白桦发表在1952年第6期《人民文学》上的小说《竹哨》写的就是因为“土匪由法国军队那边又过来一股”，瑶族少年儿童和汉族军队以及“碧约人（1954年在民族识别工作中被确定为哈尼族——引者注）、苗人和沙人（云南壮族——引者注）”一起参加战斗的故事。1953年第3期《人民文学》以“编后记”的形式向读者推荐白桦的小说《山间铃响马帮来》，白桦在这篇作品里也写了法国势力参与的破坏、分裂活动。有关西藏题材的作品，外国参与的分裂活动更多、更直接。顾工发表在《人民文学》1955年第9期上的剧本《森林中的火光》也写了外国神甫和汉族特务、藏族分裂分子的分裂活动。从1957年开始，西藏反动上层开始秘密组织叛乱活动，“在帝国主义势力的支持下，于1959年3月10日发动全面武装叛乱，图谋把西藏从中国分裂出去”①。这一时期的《人民文学》杂志以自己的方式参加了反对分裂的斗争。1957年第3期《人民文学》上发表的刘克的五幕历史话剧《一九〇四年的枪声》，写1904年英、俄两国争夺西藏，西藏各阶层人士抵抗英国第二次侵略西藏的故事。于翔实的历史资料中，艺术地表达出藏族同胞“我们不能让英国鬼子占领西藏，我们不能放下枪”的心声。1959年，西藏叛乱发生后，《人民文学》发表西藏题材作品的密度明显地增加了。当年的第4期上发表了新华社驻西藏记者郭超人的报告文学《拉萨两姐妹》；第5期发表了郭超人的小说《雅鲁藏布江的夜火》，还发表了5篇藏族民间故事；第6期转载了4月20日发表在《人民日报》上的《雨过天晴——拉萨平乱两周日记》，比较详细地记录了平定叛乱的过程，同时还发表了郭超人的报告文学《流浪儿索郎》和刘克描写汉族医生救藏族奴隶的小说《巴莎》；第9期又发表了刘克写的反对叛乱的小说《古堡上的烽烟》。

其次，我们说《人民文学》是为不同民族间的交往提供想象平台的印刷品，是因为在其所发表的民族文学作品中，大量地写到了民族间的交往以及由这种交往所形成的“共同体”关系。民族间交往的目的是要认同国家的统一，汉语文化中家国一体的传统，使民族大家庭成为最有感情冲击力的比喻。《人民文学》在建构民族文学时，把中国境内的不同民族间的关系想象成兄弟关系，编辑部经常用“兄弟民族”或“民族兄弟”称呼少

① 国务院新闻办公室：《〈西藏的民族区域自治〉白皮书》，2004年5月23日。

数民族，如1958年第12期“编者的话”就说“我国各民族兄弟，有丰富的文学遗产”。在《人民文学》所发表的想象民族兄弟的作品中，有个有意思的现象，那就是先是把汉族和某一少数民族——比如蒙古族——想象成兄弟，后来发展成所有民族都是兄弟，而仅仅写两个少数民族之间兄弟关系的作品反倒较少见。1955年发表的蒙古族诗人纳·赛音朝克图的诗歌《幸福和友谊》（奥其译）写蒙古族青年和来自北京的汉族工人之间因实际交往而产生的友谊：“来自北京的工人兄弟，/挽着盛装的/青年牧民的手臂，/亲切地坐在一起……”[①] 这位曾留学日本、蒙古的诗人，从现实生活中感受到了蒙汉之间的团结气氛，在诗歌的注释中诗人强调了这一点：“那时锡林郭勒草原正修第一座发电厂。七月二十五日晚，在广场举行露天的跳舞会，由小发电机临时供电，会场上灯火辉煌，草原的牧民、工人和机关干部一同欢舞。”1960年已是中国作协理事、《诗刊》编委的纳·赛音朝克图在《人民文学》上发表了《共同的幸福》（丁师灏译），在诗中，诗人歌唱的是“各民族英雄的工人”，“那饱尝贫穷苦难的各民族，比亲兄弟更加亲密”。这种在《人民文学》上只写少数民族与汉族的交往、各民族大团结的现象，不仅表现在像纳·赛音朝克图这样的专业作家的创作中，还表现在民间歌手的歌唱里。1960年《人民文学》发表蒙古族歌手帕杰的诗歌《团结之歌》，以赞歌的形式歌唱全国各民族的团结：“楠木紫檀的芳香/也比不了我们甜蜜的友谊/同母生的兄弟/也比不了我们无间的亲密。”[②] 由对单一少数民族同主体民族关系的书写到歌唱所有民族的和睦，标志着中华民族共同体在《人民文学》上想象地建构出来了。即使不同民族间发生了直接交往，但由于语言等原因，他们之间的交流并不顺畅，这个时候，共同的理想和追求，便成为彼此想象的依据了。1956年12月公木代表中国作家协会出席在呼和浩特举行的“内蒙古自治区文学工作者会议”，在会上听了蒙古族歌手帕杰用蒙古语作的发言之后，不懂蒙古语的公木却感觉自己听懂了帕杰在说什么，为此还特意写了首诗歌《听帕杰同志发言》，发表在《人民文学》1957年第4期上。公木写道：“我一点不懂蒙语，/你底话我却能听懂。/我从你底眼睛、你底手势、你底声音，/我从你底满面昂奋，/以及颤跳着的银白色的头发和胡须，/读出你底心思和衷情。/而整个会场的气氛，/就是我的翻译和校对。”不懂蒙语

① 纳·赛音朝克图：《幸福和友谊》，《人民文学》，1955年第5期。

② 帕杰：《团结之歌》，《人民文学》，1960年第1期。

的诗人却听出了“你在表达由衷的感激，/你在倾吐心底的欢喜”，“你的心是红色的”。

再次，《人民文学》所感兴趣的是当中华民族共同体形成之后给民族生活带来的变化，而且特别重视对这种变化的展望和想象。这也是《人民文学》成为为不同民族间的交往提供想象平台的印刷品的一个原因。要使实际交往并不频繁的各民族拥有一个想象的共同体，必须有一个各民族能普遍接受的美好意象做连接，《人民文学》把中国共产党领导下的对幸福有着真切的追求作为各民族建立起彼此联系的核心意象。刘克勤的小说《援朝·阿列克姆》讲的是一个由汉族部队战士和哈萨克族生父共同抚养的哈萨克少年援朝·阿列克姆的故事，他的名字是汉哈合作的结晶。小说通过这个故事表现了“共产党领导汉人，也领导哈萨克人”的主题。之所以承认共产党的领导，是因为少数民族对幸福有着真切的感受和向往。1955 年第 5 期的《人民文学》发表了闻捷的组诗《博斯腾湖滨》，诗人以日记摘抄作为诗歌的序言，说博斯腾湖滨是著名的和硕草原，那里“聚居着勤劳而勇敢的蒙古族人民”。诗歌写新疆蒙古族人民对祖国的忠诚，对生活的热爱。在其中的《志愿》一诗中，特别写了劳作归来的蒙古族人民围在篝火旁，“牧人们乘着酒兴，/纵谈自己的志愿。/他们想把和硕草原，/建设成人间的乐园”。“小姑娘林娜哟，/你有什么志愿?”“她愿古老的蒙古民族，/人口一天一天地增添，/在这美丽的草原，/实现共同的志愿——牧场上奔跑着割草机，/部落里开设兽医院，/湖边站起乳肉厂，/河上跨过水电站”。《人民文学》的编者认为这就是幸福生活的写照，在“编后记”中推荐这首诗和发表在当年第 3 期上的《吐鲁番情歌》时说“作者歌颂了人们在幸福的建设生活中正在成长着的新思想感情和精神品质，是值得重视的两组诗篇”。蒙古族诗人牛汉在 1955 年第 2 期上发表的《我赞美北京西郊》中有这样的诗句：从一个偏僻的角落奔跑着赞美，“幸福像蝴蝶和蜜蜂在到处飞舞和歌唱”。这两句描写北京郊区的诗歌，完全可以说明《人民文学》在建构民族文学时形成了各民族间彼此联系的核心意象。在《人民文学》所发表的民族文学作品中，幸福真是“像蝴蝶和蜜蜂一样”到处飞舞。之所以有这样的感受，第一是因为他们感受到了自己也是祖国大家庭的主人，享有相应的政治权利，“在伟大的祖国，/成为主人，/得到了最大的幸福，/尝到了最甘甜的果实”[①]。这种主人翁的感觉往往是和过去的边缘地位相对照来抒发的。1952年第1期的《人民文学》，民族文学作品的篇幅较前几期有了明显的增加，在“编后记”中编者还特别提醒读者注意这种变化。在这些作品中，苗族作者永英的诗歌《我们是一群苗家》，描写了新旧社会苗族人民不同的社会地位，从新旧社会的对比中作者感觉到了自己的身份变化。过去，汉族统治者“烧掉了苗寨八千八，/杀死了苗家几十万，/他们把我们赶进了深山，/我们失掉了自由和田园”。受到压迫的苗家得出了“石头不可当枕头，/汉人不可做朋友”的结论。在这种情况下，苗族和汉族的关系变得更加紧张，“我们苗家进了城，/被骂做‘苗子’/大姑娘们进了城，/被剪去头发脱去裙子，/说我们放蛊害人”。在“我们等了十四年”之后，“毛主席，终于来了。/他像我们的父亲一样/……我们派人到北京去会他，/把我们的衣服送给他，/他欢欢喜喜接待了我们”。因为得到了领袖的厚待，所以诗人有了主人的感觉，于是在诗歌的结尾诗人表达了“把往后的日子过得更好些”的愿望。第二是因为新中国使兄弟民族的日常生活得到了改变。饶阶巴桑发表在《人民文学》1956年第10期上的诗歌《让我变成一条金鱼》，写的是生活在新社会里的一位藏族姑娘对爱情的歌唱。“舞会还没结束，但都携着心爱的走了，/繁闹的余音里，/蟋蟀的歌声声声高昂。”像过往一样，青年男女仍然是在“舞场上”相互结识，仍然是在“乳牛和小驴向我低声叫唤”时，“一只粗壮的手轻轻地把我拉住，/一个晶亮的戒指放进我的手心”。幸福而羞涩的姑娘“从门缝窥见，一个魁伟的身子/仍在门外伫立，/腰刀上的镶银映着月光，阵阵的叹息湿润了门外的空气”。正是门外被小伙子的叹息“湿润”了的空气，使我们感觉到虽然爱情的程序仍然如常，但爱情的内容有了重要变化。在做了充分铺垫之后，在结尾处，诗人点明了这种变化，姑娘所爱的不再仅仅是“腰刀”、“魁伟”这些传统的因素，还有到北京去学知识的新元素：“迎着朝霞全村人欢送一个青年，/人们说青年要到中央民族学院；/啊，是他！昨夜你为什么不说出理由？/现在你一眼也不看我，又叫我怎样表示心愿？”姑娘为没有机会明确表示自己的爱恋而遗憾，从心里希望“只有让我变成一条金鱼，/顺着泉水不分日夜地追逐……”在这一时期的《人民文学》中像这样描写日常生活的作

① 纳·赛音朝克图：《幸福和友谊》，《人民文学》，1955年第5期。

品并不多，更多民族文学作品愿意把日常生活浪漫化、宏大化，汉族作家写的少数民族题材的作品尤其如是。1953 年第 5 期《人民文学》发表了王余的诗歌《幸福的苗家青年》，诗中把苗家的生活想象得永远都跟在“马郎坡”上“摇马郎”（谈恋爱）似的浪漫，“我们的生活永远跟马郎坡一样年轻，/金黄色的谷穗在田野里迎风摆动，/山上山下到处为我们唱着欢喜的歌声。人们的眼睛总喜欢看那光明的远景，/苗家的心里充满了建设家乡的决心，/毛泽东的太阳照亮了我们的眼睛，/我们的幸福多过了夜晚的星星”。

最后，当时的文学环境和《人民文学》杂志的机关刊物的性质，也是促使《人民文学》成为想象中华民族“多元一体”的印刷品的一个重要因素。在 1949 年到 1966 年间，社会主义现实主义成为中国文学环境中的重要话语。毛泽东在《在延安文艺座谈会上的讲话》中就说“我们是主张社会主义的现实主义的”。这种艺术主张在新中国成立后成为文学必须遵守的一个规则。1952 年主管文艺宣传工作的习仲勋明确表示，“在文学艺术上学习苏联，学习社会主义现实主义的创作方法是坚定不移的，是不能动摇的”①。周扬也把社会主义现实主义描述为“我们创作方法的最高准则”②，社会主义现实主义要求在现实主义的创作中融入浪漫主义的理想因素。对此，《人民文学》的第一任主编茅盾有过很清楚的论述：“各种浪漫主义对于表现崇高的理想的追求，对于未来的美好生活的‘梦想’，是有现实基础的，是被现实的革命运动所指引而向着确定的目标并且烧起了旺盛的斗争的情绪的；表现在人物描写上，这就是肯定的人物的性格往往为作者的理想所提高，比现实人物更完美，因而也就有更大的教育意义。”茅盾强调“这样的结合了现实主义的革命浪漫主义的创作方法，也就是被称为‘社会主义现实主义’的”③。这种对理想与想象的创作方法的提倡，客观上促进《人民文学》在建构民族文学时，充分发挥了营造中华民族“多元一体”的“想象的共同体”书写的特点。“我的幻想宛如一个纯真的婴儿，/不时地为吸吮慈母的双乳而神往。/我凝视着天空沉浸在甜蜜的想象里，/以思维的眼睛瞧见了光明的身影。”这是维吾尔族诗人黎·穆特

---

① 习仲勋：《对于电影工作的意见》，《电影创作通讯》，1952 年第 2 期。

② 周扬：《毛泽东同志〈在延安文艺座谈会上的讲话〉发表十周年》，《人民日报》，1952 年 5 月 26 日。

③ 茅盾：《文艺创作问题》，《人民文学》，第 1 卷第 5 期。

里夫的诗歌《幻想的追求》中的诗句，发表在《人民文学》1956 年第 10 期上。这是诗人写于 1943 年的作品，13 年后《人民文学》再发表这首诗歌显然是看中了诗歌中那种可以穿越时空、淡化背景的对远大理想的追求和由此而生的“一种甜蜜的想象”。在《人民文学》上发表或转载的民族文学作品中，有个突出的特色，那就是像这样和想象发生关联的作品比较多。有些作品，特别是诗歌作品干脆就用和想象相关联的语汇做题目，如表现边界地区瑶族少年生活的季康的小说《蒙帕在幻想》（1956 年第 6 期）、抒发维吾尔族诗人内心情感的黎·穆特里夫的诗歌《幻想的追求》(1956 年第 10 期)、表现藏族牧民生活变化的饶阶巴桑的诗歌《牧人的幻想》（1956 年第 10 期转载）等。在《人民文学》所发表或转载的民族文学作品中，表现“想象共同体”的更多，像江虹整理的藏族散文诗《寻找太阳的故事》(1955 年第 4 期)、郭超人的报告文学《流浪儿索朗》（1959 年第 6 期)、端木蕻良的散文《月亮最圆的时候》（1958 年第 10 期)、刘克勤的小说《援朝·阿列克姆》（1960 年第 1 期)、刘克的小说《古堡上的烽烟》（1959 年第 9 期）等。

必须指出的是，当时的文学环境对《人民文学》建构民族文学的影响，并不是《人民文学》成为书写“想象共同体”的印刷品的唯一因素。民族文学本身的那种追求铺排、神性的书写特点，那种源于独特生活的表达方式，也是使《人民文学》所营造的想象共同体得以实现的重要因素。发表在 1955 年第 4 期上的散文诗《寻找太阳的故事》，写的是中甸藏族人民寻找太阳的故事，当然在作品的最后写出了太阳就是毛泽东。从整篇作品看，铺排夸张、神性的渲染使作品充满了想象的成分。作品从中甸曾经是个“冰冷的不见亮的黑国”写起，在这黑国里，“我们藏族人流的血啊，能把高峻的雪山染红；藏族人苦难的眼泪，比十条金沙江还要多”。终于有一年，“中甸曾经亮过一颗明星，这颗明星和藏民成了好朋友，把宝贵的话告诉了父亲和青年们。他说世界上有一颗发光的太阳，他要把光亮和幸福带到每一个地方”。显然，这颗明星是指曾经路过金沙江畔的红军。于是藏族人民就派出最勇敢的青年去寻找太阳，青年在狮子、大树、小鸟、青草、蜜蜂、海水、青稞、金鱼、鸡等 37 种动植物的帮助下，历尽艰辛，终于找到了北京，找到了毛泽东——各族人民的太阳。作品赋予数十种动植物以生命，利用它们的引导，反复铺排，与从传说开始逐渐形成的汉族文学中的清楚明白的叙述形成了对照。少数民族的独特生活、生产方式，也影响了他们对想象的书写方式。《牧人的幻想》是藏族诗人饶阶巴桑的成名作，1956 年 3 月发表在《边疆文艺》上，同年《人民文学》、《解放军文艺》都转载了这篇作品，作品受到了广泛的好评，被认为具有“浓厚的时代生活气息、鲜明的地方民族特色和奇丽而清新的风格”[①]。在笔者看来，饶阶巴桑这首诗最突出的特色，是建立在牧人的生活方式上的想象方式。孤独的牧羊人站在辽阔的高原草原上，对着默默的牛羊，望着悠悠的白云，想象自然而生。牧人将天上的白云想象成身边的事物：“云儿变成了低头饮水的牦牛；/云儿变成了拥挤成堆的绵羊；/云儿变成了纵蹄横飞的白马……/天空哟，才是真正的牧场。”现实生活的改变，使牧人“对白云不再羡慕，/他对天空也不再幻想；/他骄傲地骑在马上，/对天空傲慢地歌唱”。他骄傲地歌唱的是民族间交往所带来的新生活，诗人用拖拉机、汽车等经济元素表现这种交往所带来的新生活，有意思的是在结尾诗人再次强调“新的生活带给他的是新的幻想”。这“幻想”显然是由民族间的经济交往而形成的对政治共同体的想象。

在 1955 年第 6 期的《人民文学》上发表了公刘的诗《给撒尼民族》，诗人通过亲眼见到和交往的事实，展现撒尼人的民族特性。自由、爱情、勇敢和真诚都让诗人激动不已：“我也见过你的狂热的夜晚，/月琴、笛子和口弦彼此应和，/我仿佛置身在一群自由的茨冈中间，/哦，爱情竟能这样的勇敢和赤裸。”但这还不是主要的，在诗人和《人民文学》的编者看来，更为重要的是“让我们一起想象”，以“完成超越历史的飞渡”。所以诗人把视角转向了对国家的认同：“坚强而英武的撒尼族，/让我们一起想象吧，/想象你明天的创造和财富/……不是节日的夜晚，/阿诗玛也穿着绸缎衣服，/而阿黑自然打扮得更加英武，/公房，早已改造成共产主义青年团的/学习知识与锻炼身体的俱乐部/……/你这个爱吹军号的民族，/你这个爱打羊皮小鼓的民族，/快排好威风凛凛的队伍，/像童话中的神马一般，/去完成超越历史的飞渡！”

作为国家级的出版物，《人民文学》就是这样通过文学的想象参加了国家建设，以想象的方式表达了对国家的政治认同和民族的文化认同，从而完成了“多元一体”中华民族的文学建构，同时也实现了自己作为文学杂志对文学性的追求。

① 晓雪：《饶阶巴桑和他的诗》，《诗美的采撷》，河北教育出版社，1998 年版，第 204 页。

第二章　从新民启蒙到边疆经略的转换

《人民文学》杂志是“人民文学”观念的具体化。在解决《人民文学》杂志的理论资源问题的同时，指出作为新中国文学“司令台”的《人民文学》通过民族文学的建构，把从梁启超开始形成的、从造就新国民维度展开想象民族国家的办刊理念，发展成为以书写新空间（国界）的方式营造想象共同体的编辑实践。这种变化与《人民文学》所依据的功利文学观的目的性相一致。《人民文学》对民族文学的建构轨迹折射出一条后现代化国家的现代化之路。

1936 年 9 月童天鉴（田间）、欧阳山等人曾出版过《人民文学》杂志，但仅出版一期，便被国民政府查禁了。[①] 而 1949 年 10 月开始出版的《人民文学》则不同，它是由政府财政支持的、体现国家文学思想的国家级文学期刊。它是新中国文艺工作的“司令台”[②]，承担着审美意识形态生产和再生产的重任，肩负着领导新中国文学建设并引导全国的文学工作者参加国家建设的使命。毛泽东将之表述为“希望有更多的好作品出世”[③]。陆定一曾说“若干年来，解放区的文艺工作者，在毛主席的直接指导同教育下，做了许多工作，真正以文艺为我们国家的主人翁……服务”[④]，毛泽东直接指导文艺工作同样体现在新中国成立后的《人民文学》杂志上。毛泽东于百事待举的新中国成立准备阶段，为《人民文学》题词，并写信给杂志主编茅盾，说明他和《人民文学》的编者都把《人民文学》当作建国事业的一部分。[⑤] 迄今为止还没有资料直接显示新中国的第一本文学期刊为什么名之以《人民文学》，但可以推断出以下两条原因是《人民文学》

---

① 周而复：《往事回首录》，中国工人出版社，2004 年版，第 43 页。

② 丁玲：《为提高我们的思想性、战斗性而斗争》，《人民文学》，1952 年第 1 期。

③ 毛泽东为《人民文学》的题词，《人民文学》创刊号。

④ 《中华全国文学艺术工作者代表大会纪念文集》，新华书店发行，1950 年版，第 11 页。

⑤ 毛泽东：《毛泽东书信选集》，人民出版社，1983 年版，第 341 页。

名字的深层背景：《人民文学》杂志既是新中国政权架构中的重要一环，也是毛泽东等人所倡导的人民文学观念的体现。

毛泽东在“九月会议”上的讲话及茅盾的《人民文学》发刊词等文件可以帮助我们理解《人民文学》杂志是新中国政权架构中的一环的问题。1948年9月8日，中共中央在西柏坡召开“九月会议”，为成立新中国做准备。会上毛泽东作了重要讲话，阐述了即将建立的新政权的性质。毛泽东说：我们要建立的是无产阶级领导的以工农联盟为基础的人民民主专政，这个政权不仅仅是工农，还小资产阶级、民主党派、从蒋介石那里分裂出来的资产阶级分子。政权采用民主集中制，即人民代表会议制，而不是采用资产阶级的议会制。各级政府都要加上“人民”二字，各种政权也要加上“人民”二字，如法院叫人民法院，解放军叫人民解放军，以示与蒋介石政权的根本区别。[①] 这既是中国共产党执政后把政府叫“人民政府”的直接原因，也可以帮助我们理解《人民文学》杂志名字的由来。茅盾在发刊词中提出《人民文学》的基本任务，其核心精神就是将政府的责任文学化，把杂志当作一个有担当的权力机关：

> 作为全国文协的机关刊物，本刊的编辑方针当然要遵循全国文协章程中所规定的我们集团的任务。这个任务就是：
>
> 一、积极参加人民解放斗争和新民主主义国家建设，通过各种文学形式，反映新中国的成长，表现和赞美人民大众在革命斗争和生产建设中的伟大业绩，创造富有思想内容和艺术价值，为人民大众所喜闻乐见的人民文学，以发挥其教育人民的伟大效能。二、肃清为帝国主义者、封建阶级、官僚资产阶级服务的反动的文学及其在新文学中的影响，改革在人民中间流行的旧文学，使之为新民主主义服务，批判地接受中国的和世界的文学遗产，特别要继承与发展中国人民的优良文学传统。三、积极帮助并指导全国各地的文化群众运动，使新的文学在工场、农村、部队中更普遍更深入地开展，并培养群众中新的文学力量。四、开展国内各少数民族的文学运动，使新民主主义的内容与各少数民

① 转引自王元化：《毛泽东为国家定制》，《人物·书话·纪事》，人民文学出版社，2006年版，第274页。

族的文学形式相结合，各民族互相交换经验，以促进新中国的多方面发展。

任务是明确的，如何使它具体化——或者借用我们常用的术语“形象化”，那就是我们的责任。

毛泽东在“九月会议”上的讲话把人民的范围尽量地放大，但在后来的实践中很快又将之缩小为工农兵。王元化在《毛泽东为国家定制》中记述了他在上海文委当处长时，文委书记夏衍提醒他注意1954年后毛泽东在中央有关文件上删掉“小资产阶级”的现象。[①] 这说明至少从那时起毛泽东已从“人民”中删除了小资产阶级。后来小资产阶级还成了斗争的对象，人民的敌人。1958年广东省负责文教工作的领导杨康华在带队到北京大学等高校学习、考察思想改造工作的途中给广东省负责同志写信介绍考察心得，说思想改造要搞臭资产阶级个人主义，解决政治立场观点和知识分子的红专问题，“资产阶级教育思想与学术思想，是资产阶级知识分子之大本营，这是一场斗争，是直捣黄龙的斗争”[②]。人民范围的这种变化，在《人民文学》中有清楚的反映。《人民文学》初期发表的小说如萧也牧的《我们夫妇之间》（第1卷第3期，1950年1月）、方纪的《让生活变得更美好》（第1卷第5期，1950年3月）、路翎的《初雪》（1954年第1期）、《洼地上的“战役”》（1954年第3期）等都引起了争议，争论的一个焦点就是这些作品所表现出的小资产阶级情绪，而这已超出了人民文学的规范。比如在陈涌1951年发表的批评《我们夫妇之间》的文章中就说这篇小说“依据小资产阶级的观点、趣味来观察生活，表现生活的不健康倾向”[③]。

《人民文学》的创办者中华全国文学工作者协会（1953年改为中国作家协会）是一个文学集团，也是一个政治团体。它的任务既来自中国革命和建设的实际，也来自于以“为人民大众服务”为核心内容的人民文学理论。还是在《人民文学》的创刊号上，发表了周扬在中华全国文学艺术工

① 转引自王元化：《毛泽东为国家定制》，《人物·书语·纪事》，人民文学出版社，2006年版，第274页。

② 《杨康华致吴南生、梁嘉的信》，广东省档案馆，卷宗号：214－1－459。

③ 陈涌：《萧也牧创作的一些倾向》，《人民日报》，1951年6月10日。

作者代表大会上作的关于解放区文艺运动的报告《新的人民文艺》，报告中周扬热情赞美解放区的文艺是“真正新的人民文艺”，把集中阐述人民文学理论的《在延安文艺座谈会上的讲话》规定为新中国文艺的方向：“毛主席的《文艺座谈会上的讲话》规定了新中国的文艺方向，解放区文艺工作者自觉地实践了这个方向，并以自己的全部经验证明了这个方向的完全正确，深信除此之外再没有第二个方向了，如果有，那就是错误的方向。”[①] 所以从根本上说，《人民文学》杂志所要“具体化”、“形象化”的是人民文学的观念。为了更好地理解这本文学杂志，也为了历史地接近我们的研究对象，解决我们所要研究的问题，我们有必要梳理一下人民文学的发展历史。

一、从什么是文学到人民文学

1953 年中央政治局开会讨论第二次文代会问题，周扬、林默涵列席会议。会上毛泽东讲了社会主义文艺从何时开始的问题，他认为不是从延安开始的，而是从五四开始的。[②] 毛泽东为什么这样认为呢？毛泽东自己在 1940 年发表的《新民主主义论》中关于五四运动的反帝反封建性质的论述可以算是一种解释，那就是曾长期作为文学史研究的一条主线而深刻地影响了中国现当代文学史研究的反帝反封建的著名论断：“五四运动是反帝国主义的运动，又是反封建主义的运动”，“五四运动所进行的文化革命则是彻底的反对封建文化的运动”。[③] 反帝，是要国家独立自主；反封建，是要个人的觉醒自由。反帝的任务，在当代文学中得到了进一步的发展，而反封建的话题在社会主义文艺建设中则被研究者认为是遭受了压抑的。对于毛泽东关于社会主义文艺从五四开始的命题，后来的人民文学理论研究者也试图从人的自主与自由方面加以研究，而且他们也得出了在社会主义人民文学的建设中包含着“五四”时期人的文学的因素。如朱德发认为在人民文学时代，“知识作家所接受的主流话语、认同的权力政治并非都是

① 周扬：《新的人民文艺》，《人民文学》创刊号。

② 林默涵：《林默涵文论集（1952—1966）》，当代中国出版社，2001 年版，第 6 页。

③ 毛泽东：《新民主主义论》，《文学运动史料选》，上海教育出版社，1979 年版，第 3 ~4 页。

非人性的、非人道的、非民主的、非现代性的霸权话语和专制政治……对以工农兵为本位的‘人民文学’的现代人学内涵与非人学因素务必进行实事求是的具体分析，决不能轻率随意断定这些知识作家只具有‘人’的符号而不具备‘人’的自足自律的充分本质”①。冯宪光在《人民文学论》中也提到了人民文学与人的文学的关系问题。② 邝新年论述了“20世纪‘人民文学’的出现和发展是个曲折的过程，‘人民文学’与‘人的文学’成为20世纪文学发展中重要的碰撞和冲突”③，并试图用人民文学是个“尚未完成的历史建构”来解决新中国成立后的人民文学和五四时期的人的文学的冲突。

其实，若从另一个角度看，这与毛泽东对文学的提问和解决方式有关，而这种方式与五四时期的胡适提问和解决文学问题的方式是相同的。毛泽东和胡适都不是专门的文学家，但他们都对“什么是文学”感兴趣并发表过意见，而且他们的意见又都深刻地影响了中国文学的发展，这种有意思的现象本身就是对20世纪中国主流文学观念的呈现。对“什么是文学”提问，表面上看只涉及如何给出一个定义的说明，但“它以命题陈述的方式表现出来。命题是思想的表达。因此，说文学是什么，本质上也就是一种关于文学的某种思想的表述。这种思想可以恰当地名之为文学观，即关于文学本质特性的基本观念”④。

1920年钱玄同写信请胡适用历史经验的方法描述什么是文学，以解当时人们对什么是文学的困惑。⑤ 胡适在回答“什么是文学”问题时将钱玄同所要求的历史描述方法转化成了逻辑定义的方法，将有利于传达和接受的“明白清楚”作为文学定义的充分必要条件。这使得钱玄同和胡适关于什么是文学的“酬唱”，有点像苏格拉底和大希庇阿斯关于什么是美的对话。⑥ 胡适对钱玄同说，对于文学，“我曾用最浅近的话说明如下”，“文学有三个要件：第一要明白清楚，第二要有力能动人，第三要美”。⑦ 但他在

---

① 朱德发：《勘探“人民文学”的“现代人学内涵”》，《齐鲁学刊》，2002年第1期。
② 冯宪光：《人民文学论》，《当代文坛》，2005年第6期。
③ 邝新年：《人民文学：未完成的历史建构》，《文艺理论与批评》，2005年第6期。
④ 周宪：《文学与文学观》，首都师范大学出版社，2001年版，第169页。
⑤ 钱玄同：《钱玄同文集》第6卷，中国人民大学出版社，2000年版，第95页。
⑥ 柏拉图：《文艺对话集》，人民文学出版社，1963年版，第180页。
⑦ 胡适：《什么是文学》，《胡适文集》第3卷，人民文学出版社，1998年版，第165页。

论述何谓有力、如何才美时，都把明白清楚当作首要条件。也就是说，胡适的三个文学要素，最重要的是明白清楚，明白清楚是前提条件。胡适很快就把这封信发表了。王元化曾通过统计胡适这篇短文发表的次数来说明这篇短文中的文学观就是胡适一贯的文学主张。① 胡适所倡导的“明白清楚”的文学观，影响了胡适的文学欣赏，也影响了他的文学创作。胡适在1918年8月发表在《新青年》上的《答任叔永》说杜甫的《咏怀古迹》之三中的“一去紫台连朔漠，独留青冢向黄昏”是“律诗中极坏的句子，上句无意思，下句是凑的。‘青冢向黄昏’，难道不向日吗?”② 连胡适自己也觉得这样的欣赏水平有问题，所以用“一笑”为自己开脱。但胡适在“宁鸣而死，不默而生”③ 的精神影响下开始的文学革命实践以及在清楚明白的文学观念指导下完成的《尝试集》，使胡适做到了与中国以含蓄为特点的审美传统发生断裂，自然也引起了新文学与持文化保守立场的“学衡”派的争论，更引起了梁实秋等人对胡适新诗的激烈批评。④ 其实若从整个文学史上看，“明白清楚”与后来人民文学理论中的普及问题是有联系的，创刊初期的《人民文学》杂志就不断地检讨自己所发表的作品，反省自己在文学的清楚明白方面做得不够。⑤

毛泽东的《在延安文艺座谈会上的讲话》结论部分也提到了什么是文学的问题，他说：“我们讨论问题，应该从实际出发，而不是从定义出发。如果我们按照教科书，找到什么是文学、什么是艺术的定义，然后按照它来规定今天文艺运动的方针，来评判今天所发生的各种见解和争论，这种方法是不正确的。我们是马克思主义者，马克思主义叫我们看问题不要从抽象的定义出发，而要从客观存在的事实出发，从分析这些事实中找出方针、办法来。我们现在讨论文艺问题也应该这样做。”但这里的事实不是单纯的文学，而是更重要的决定文学的革命事实（紧接着上述的方法，毛谈了“现在的事实是什么呢”），在这个思路下，毛泽东自然地把什么是文学变成了文学是干什么的问题：“那么什么是我们的问题的中心呢？我以

---

① 王元化：《思辨录》，上海古籍出版社，2004年版，第147页。

② 胡适：《胡适文集》第1卷，人民文学出版社，1998年版，第81页。

③ 胡适：《胡适文集》第2卷，人民文学出版社，1998年版，第244页。

④ 梁实秋：《浪漫的与古典的》，人民文学出版社，1988年版，第17页。

⑤ 如《人民文学》1955年第4期的《读者·作者·编者》。

为，我们的问题基本上是一个为群众和如何为的问题。”①

文学是为人民大众的，人民是什么呢？毛泽东讲：“那么什么是人民大众呢？是最广大的人民，占全人口百分之九十以上的人民，是工人，农民，兵士与小资产阶级。”而地主、资产阶级他们不赞成广大人民的民主，“他们有他们自己的文艺，我们的文艺不是为他们，他们也拒绝我们的文艺”。

毛泽东的《讲话》其实是“什么是文学”的话题延伸，并在用历史和经验的方法回答这一问题时，把什么是文学转化成了什么是文学的功用。在《讲话》之后，关于人民文艺、人民文学话题的文章逐渐多了起来。郭沫若、茅盾都有以“人民文艺”为题目的文章发表，郭沫若所论的“人民的文艺”便是在讲话的背景下回答文艺的功用的。而要想实现人民文学的功用，清楚明白就是一个关键性的问题。这在讲话中是普及的问题，在郭沫若的话语里是三寸金莲的对立面——天足。这样一来人民文学就和胡适的清楚明白主义在形式上发生了关联。人民文学从新中国成立一开始，就成为共和国文学的唯一目标。而之所以要建立人民文学，就在于人们要求文学发挥自己的功利性功能，参与新中国成立。这在第一次文代会的所有文件中都有所反映。②《人民文学》杂志就是在这种背景下诞生的。

新中国成立后，人民文学观念虽然有强大的政权支持，成为文学思想的主流，《人民文学》杂志也主动以人民文学思想为指导并承担起文学建国的任务，但在《人民文学》将人民文学思想“具体化”的过程中还是表现出了矛盾和紧张。这种矛盾和紧张表现为“共时性”和“历时性”两种形式：前者表现为信奉人民文学观念的作者和读者之间因清楚明白标准而发生争论；后者则表现为同一个体由于文学观念的变化而产生的对过去作品的“愧疚”感。我们试以《人民文学》的两个重要作者何其芳、何为为例，分析这种矛盾和紧张是如何形成的。

1949 年到 1966 年期间的《人民文学》杂志，“明白清楚”成为判定作品优劣的一个重要的标准，而执行这个标准的，除了其主办机构、期刊编辑之外，还有读者，有时甚至主要是读者。而对何其芳《回答》一诗的批评就是由读者和《人民文学》及其主办机构发动的。

---

① 《文学运动史料选》第 4 册，上海教育出版社，1979 年版，第 524 页。

② 参见《中华全国文学艺术工作者代表大会纪念文集》，新华书店发行，1950 年版。

曾经发出让人嫉妒的青春诗音的何其芳，在新中国成立后，其在文学界的身份大踏步地由诗人转向理论家。依据《矛盾论》、《在延安文艺座谈会上的讲话》等文献阐释毛泽东文艺思想是他的主要工作，认为“从文学本身的发展看来，毛泽东同志提倡表现工农兵正是扩大了文学的世界，绝不是缩小它的描写范围”[①]。应该说他对人民文学的文学思想深信不疑。《人民文学》曾是何其芳阐述毛泽东文艺思想的重要阵地。如在《人民文学》第1卷第2期（1949年12月出版）上发表了批评在创作中强调偶然因素、个人因素的论文《文艺作品必须善于写矛盾和斗争》，在第2卷第1期（1950年5月出版）上以“随笔四篇”为题发表了四篇文艺短论，在第3卷第1期上又发表了《论民歌》。凡此种种，都是对人民文学的阐发。其中《文艺作品必须善于写矛盾和斗争》一文还作为华北军区宣传部关于“解决创作思想和创作方法”座谈会的参考文件。[②] 何其芳在《人民文学》上发表的文学作品的数量远不如理论文章多。在创刊号上发表纪实性的长诗《我们最伟大的日子》之后，何其芳在诗歌方面就鲜有新作。到了1954年，何其芳在第10期的《人民文学》上又发表了“诗三首”——《回答》、《讨论宪法草案以后》、《我们好像听见了波涛的呼啸》。后两首清楚明白地表现了现实生活中制定《宪法》、武汉抗洪这样的重大事件，而《回答》则是对个人内心矛盾的抒发——“我的翅膀是这么沉重，像是尘土，又像有什么悲恸，压得我只能在地上行走，我也要努力飞腾上天空”。在这首诗中，何其芳本是要回答读者对他为什么没有新诗作问世的询问，却引来了读者的不满。这位人民文学观念的阐述者受到了读者的批评，而批评的标准正是人民文学思想中的艺术和政治标准。在1955年《人民文学》第4期的《读者·作者·编者》栏目中发表了两篇对《回答》的批评文章，一篇是北京女三中盛荃生写的《要以不朽的诗篇讴歌我们的时代——读何其芳诗〈回答〉》，另一篇是旅大教育工作者叶高的《这不是我们期待的回答》。在同期的“编者的话”中，编者介绍了发表这两篇文章的背景：“本刊1954年10月号刊载了何其芳的《诗三首》，关于其中的一首《回答》，我们收到了不少来信，对这首诗提出了疑问和批评。我们已将这些来信转送作者考虑，并从其中选出盛荃生、叶高的两篇在本期发

① 何其芳：《何其芳文集》第5卷，人民文学出版社，1983年版，第345页。

② 侯金镜：《记华北军区创作座谈会》，《人民文学》，第2卷第3期。

表。这两封信虽然还不能代表所有读者的看法，但从总的精神上说，我们认为这两篇来信所提出的意见都是好的，值得倾听的。”“不少来信”说明对《回答》的普遍不满，那么读者不满这首诗歌的原因是什么呢？这两篇有代表性的“值得倾听”的“好的”意见告诉我们的是什么呢？

这两篇批评文章的作者，是何其芳诗歌的老读者，他们都期待何其芳能有歌唱人民时代的新作出世。从编辑部所披露的他们的职业身份和他们的文章中，可以看出他们都有一定的文学修养。但他们对何其芳的新作《回答》显然是失望的，甚至是不满的。旅大的作者叶高干脆直接用《这不是我们期待的回答》作为文章的题目，足见其失望和不满的程度。从他们的文章可以看出，两位读者的不满可归结为一点，那就是《回答》这首诗，没有做到明白清楚。盛荃生的文章说“耐人寻味，应该说是诗歌的含蓄的美；但是既经寻味而仍然把握不住，那就不免流于晦涩了……这些，都成了《回答》在被人理解上的困难”。读者所谓的“不晦涩”，除了要求诗歌所表现的情绪要明白清楚外，还要求诗歌要有适应时代的歌颂倾向。“诗应该明朗一些，特别是今天，正如许多人所说的，是一个唱赞歌的时代。和许多文学艺术一样，诗首先要使人懂，这样才能起教育和鼓舞的作用。”叶高的文章则用对比的方法，在批评《回答》晦涩的同时，肯定了与《回答》同时发表的另外两首诗的清楚明白。这和 1921 年胡适提出的“一要明白，二要明白之至”的要求十分相似。① 当然这篇批评文章所使用的标准也是毛泽东在《讲话》里所提出的普及与提高理论的运用。从这两篇文章看，懂与不懂还只是一个首要标准，但不是唯一的标准。显然，两位作者应该是读懂了《回答》的，盛荃生的文章在分析《回答》最后一节时就说：“从结构上来看，从韵律上来看，《回答》是相当严谨，也是比较富有音乐美的。”看得出他对《回答》的领悟还是很深的。这两篇文章还告诉我们，在懂的标准下，还有一个更重要的根本标准，那就是情绪的健康与否，也就是《讲话》里所说的政治标准。“这首诗在情绪上不够健康，和时代精神不够协调，因为晦涩，使人难以捉摸，这样结构的严谨之美和语言的韵调之美的优点，也就只能退居次要地位了。”② 这还是说

① 胡适：《什么是文学》，《胡适文集》第 3 卷，人民文学出版社，1998 年版，第 167 页。

② 盛荃生：《要以不朽的诗篇讴歌我们的时代——读何其芳诗〈回答〉》，《人民文学》，1955 年第 4 期。

艺术掩盖了政治，诗人《回答》一诗作出了不合时代潮流的回答。叶高的文章通过对什么是健康情绪的阐述，批评了《回答》的忧郁情绪。“作者的感情显然健康得多。作者在《讨论宪法草案以后》中热情地希望‘让每一个人加倍地努力，加一些石头，加一些泥土，铺平到达未来的道路’。是的，只有在我们共同的事业里，在人民沸腾着欢乐和劳动热情的生活里，人才能正确理解生命的意义，才能获得生命不朽的力量。”① 这样一来，我们可以从这两篇文章中得出这样的结论：懂和懂什么是人民文学对“清楚明白”要求的关键问题，这也是“为什么人”的功利文学观的必然要求。尽管所谓的“懂”的标准极有可能导致倾向性的外露的传声筒式的作品出现。

类似的批评还出现在与《人民文学》同属中国作家协会的机关刊物的《文艺报》上。曹阳在1955年第6期的《文艺报》上发表《不健康的感情》一文，在逐节分析了作品之后说：“我们逐渐清楚了：原来诗人在回答他的崇拜者，说明他所以这样沉默，不能像鸟一样飞翔歌唱，是因为有像尘土，又像是有什么悲恸的东西沉重地压着他的翅膀，使他只能在地上行走。这难道是我们需要的回答吗？”“何其芳同志的这首诗，使我们再一次深刻体会到：当一个诗人只在个人的狭窄感情圈子里拍打翅膀，他产生出来的诗篇就注定了一定要失败。这不能不是一个重要的教训。”② 中国作家协会两个机关刊物同时对一首诗歌发表意见，显然不只是巧合，也不仅仅是读者的不满了，明显地这是《人民文学》的主办机构中国作协的一种文学主张的表达，那就是要清楚明白地歌颂时代。

歌颂时代是件很难的事情吗？何其芳《回答》中不也是写了“我祖国的疆域是多么广大，/北京飞着雪，广州还开着红花。/我愿意走遍全国，不管我的头/将要枕着哪一块土地睡下”这样的句子吗？这不是时代之精神吗？我们似乎只能把《回答》和那些批评文章组合在一起，才能回答这个问题。歌颂了时代，又将如何呢？歌颂了时代，人民文学观念真的就“具体化”了吗？这种具体化就不会出现矛盾和紧张了吗？作家何为在晚年对发表在《人民文学》上的旧作深表愧疚这一事件，似乎能回答这个问题。何为何愧？对这个问题的追问，可以使我们比较清楚地理解《人民文

① 叶高：《这不是我们期待的回答》，《人民文学》，1955年第4期。

② 曹阳：《不健康的感情》，《文艺报》，1955年第6期。

学》杂志在把人民文学观念“具体化”的过程中所表现出的历时性的矛盾和紧张。

1960年代初期是中国当代散文的复兴时期，[①] 也是《人民文学》发表散文的黄金时代。具体地说是1961年到1963年间，《人民文学》发表了茅盾、叶圣陶、冰心、老舍、巴金、丰子恺、沈从文、李广田、李健吾、夏衍、曹靖华、端木蕻良、师陀、饶孟侃、徐迟、范烟桥、吴晗、叶君健、梅兰芳、周瘦鹃、司马文森、吴伯箫、季羡林、方纪、李季、碧野、郭风、光未然、魏巍等作家的散文。在当代文学中产生了广泛影响的刘白羽的《长江三日》（1961年第3期）、杨朔的《茶花赋》（1961年第3期）、秦牧的《年宵花市》（1961年第4期）也都发表在《人民文学》上。由于处于经济困难时期，所以这时的《人民文学》所用的纸张很是粗糙，印刷质量也比较差，以致在今天看来，才过去40年的杂志，其中的内文就出现字迹难以辨认的现象了。但这时的散文却传达出了高昂的时代精神。在当代，作为以写散文为主的作家，何为这个时期在《人民文学》上发表了四篇散文，其中有1962年发表的两篇游记，1963年年发表在第1期上的《壶江新春》和1963年第10期上的《张高谦》。晚年的何为在2003年发表短文《旧文记愧》，作者“怀着沉重的心情”对他在1960年代发表于《人民文学》上的散文进行了反思。他说那时的创造多是“政治任务”，“在特殊年代，文艺界为响应某一号召，以文艺形式为政治服务，在当年司空见惯不足为奇。我也诚惶诚恐地努力去配合。在不同时期，还写过一些应景文章”。在这篇短文中他还回忆了当时文学体制中的缝隙：“我在《人民文学》发表了一篇渔村大跃进的散文，人物苍白无力，行文干涩。在北京开会时，当时中国作协领导之一，已故诗人郭小川说他看过了，却又沉吟无语。随后含蓄地说了几句不以为然的话，但又不明说。我很快意识到，由于缺乏真情实感，从概念出发，写了一篇完全失败的散文。虚假不可能有感染力，当然更没有生命力。”何为回想起这些应任务、赶时代的没有生命力的作品时有种深深的悔意：“类似的旧作还有几篇，且无一例外地是硬写出来的。回想那一次一次浪费稿纸和印刷纸张，既浪费了自己的生命，也浪费了读者的时间。岂止浪费时间，且延误读者。”当时产生了很大影响的报告文学《张高谦》更是他心中的痛，是他“回忆中一个

① 洪子诚：《中国当代文学史》，北京大学出版社，1999年版，第153页。

沉重的包袱。少年英雄张高谦的英勇事迹自然应该赞颂，但其对手只是一个贫困山村的二流子，饿汉走投无路下毒手，举柴刀杀人，是刑事犯。从现实的角度来说，事件的发生归根结底是社会穷困贫乏造成的。在那个年代，一件小事被‘上纲上线’夸大了，社会穷困是悲剧的根源之一”。何为认为自己的生命消耗在这种创作之中，对己对人都是一种浪费，他在愧疚中深深忏悔：“我在晚年的写作生活中，时或想起早已消逝的旧文。有些被认可的且不说，由于复杂的历史原因，不少旧作消耗了我生命中最好的时光，造成很大的浪费，我深感愧疚。”①

何为在1963年第10期的《人民文学》上发表的报告文学《张高谦》，叙述了少年英雄张高谦在“社会主义阵地上的一个堡垒”的羊栏里，为集体利益同地主分子作斗争的故事。张高谦的事迹经何为等人的书写，在全国影响很大，张高谦也因此成为全国少年儿童学习的榜样。何为在这篇报告文学中写了张高谦从牧羊少年成长为英雄的过程，重点写到革命、社会主义意识形态对他成长的影响。其中有一节张高谦跟父亲的船队去给生产队运物资的描写，集中地体现了当时的叙述方式。年少的张高谦面对急流险滩，有些害怕，他爸爸回答道：“我的船只能向前，不能退后，更不能驶向岔道……”这里的航道在当时的报刊社论中是常见的意象，具有象征社会主义正确道路的意义，张高谦因为这样的修辞获得了战胜困难的勇气和力量，也为自己最后成为英雄奠定了思想基础。本是父子间的日常交谈，却变成了报纸社论式的议论，这可能是何为晚年“愧疚”的一个写作技术上的原因。刘小枫在讨论社会伦理叙述时，有如下一段话：“人们在日常生活中每天碰到的为社会主义事业而活的生活并不是生活的真实，而只是社会主义生活的表征语境。革命政党用一种历史主义的对生命和世界定义的接受虚构出一个语词性的全民事业，并通过国家的行政手段把它变成日常的生活结构。这个语词性的全民事业具有道义律令：有一个美好的社会就在历史发展的未来阶段，每个人都应该为她而献身……个体不应该有自己关于美好生活的想象，不应该有别的选择，只应选择社会主义事业，因为个体的命运的在世负担已被这种事业伦理背后的历史进步的正当

① 何为：《旧文记愧》，《新民晚报》，2003年7月20日。

性理念解决了。”[①] 刘小枫的这段论述，能使我们更好地理解《张高谦》中的这种“宏大叙事”，更好地理解“何为何愧”的问题。

《张高谦》之于人民文学的意义，在于它记录了私人空间与公共空间之间的混乱关系。随着时间的推移，这种混乱关系得到了修复，加之何为已到了“随心所欲”的年龄，生命体验达到了极致，于是何为的“愧疚”便是很自然的事情了。当国家意识形态变成个人的日常生活的时候，文学的现代性似乎荡然无存了。事实果真如此吗？洪子诚针对人们用所谓的“国家权力话语”概括当代文学时说过：“这些概念在某些地方很合用，但不是万能的，不能够代替对一个时期的文学状况的具体分析和研究。”[②] 如果我们认真地对待 1949 至 1966 年的《人民文学》，就会发现我们的文学在空间方面继续进行着现代化的表达，更进一步说，当我们认真地审视《人民文学》建构民族文学的过程时，我们会发现中国文学在表达中国人现代化的过程中的新的事实。

二、新民启蒙与边疆经略的转换

一般地说，20 世纪的中国文学是用现代的语言和形式表现中国人现代化欲望的文学。现代化与现代性有着密切的联系，现代性是现代化的内在规定性，从深层次上规定着现代化的发展趋势。在欧洲启蒙者那里，现代性原本是一项伟大的设计，是人类社会健康发展的理性蓝图。现代性是个不断生成的概念，马泰·卡林内斯库认为现代性与特定的时间意识密不可分，“只有在一种特定的时间意识，即线性不可逆的、无法阻止地流逝的历史时间意识的框架中，现代性概念才被构想出来”[③]。吉登斯曾以时刻表为例说明现代性并非只是时间问题，“场所被远离它们的社会影响所穿透并据其建构而成”[④]。王德威曾以晚清的中国文学史为依据，批评过现代性

① 刘小枫：《沉重的肉身——现代性伦理的叙事纬语》，上海人民出版社，1999 年版，第 224 页。

② 洪子诚：《问题与方法》，三联书店，2002 年版，第 188 页。

③ ［美］马泰·卡林内斯库著，顾爱彬译：《现代性的五副面孔》，商务印书馆，2002 年版，第 18 页。

④ ［英］安东尼·吉登斯著，田禾译：《现代性的后果》，译林出版社，2000 年版，第 16 页。

的线性时间发展观念对中国文学的影响，认为中国文学所设想的现代化的线性未来，不过是现实欧洲的翻版。[①] 由不断生成的现代性所规定着的现代化是个复杂的过程，王铭铭根据吉登斯理论把这个复杂过程描述为“现代化并非简单地是一个经济过程，而是一个权力和文化相互交织的复杂过程”[②]。现代化的这种复杂过程，主要表现在由与传统“断裂”而形成的统一的历史时间意识，与在特定的文化基础上形成的清晰的空间意识的纠缠方面。民族国家作为现代化的一个结果，是与传统国家“断裂”的产物，正如吉登斯所说“为了解释现代社会的性质，我们必须抓住民族国家的具体特征，这是一种以特别突出的方式与前现代国家形成鲜明对照的社会类型”[③]。它包含以主权在民等形式体现着现代化的时间特性。在西方的民族国家建构过程中，“天赋人权”的意识是其主要理论资源，人们把保障生命权、自由权、追求幸福的权利看作是民族国家权力的应尽职责，美国独立战争、法国大革命的历史都证明了这一点。同时是现代性在空间上的表现形式，吉登斯说民族国家“对业已划定的边界（国界）的领土实施行政垄断，它的统治靠法律以及对内外部暴力工具的直接控制而得以维护”[④]。他甚至认为作为现代化对立面的“专制极权的可能性就包含在现代性的制度特性之中……极权统治以更为集中的形式把政治、军事和意识形态权力连接在一起，这种权力的结合形式在民族国家产生之前几乎完全是不可能的”[⑤]。这样说来，民族国家也可能引发恐怖甚至是灾难，这也是人类本来为自身幸福而追求的现代化过程中所形成的一种悖论，也是现代化的复杂性所在。

现代化的复杂性在中国同样有所表现。首先表现在中国是被迫开始现代化的，中国人对现代化的感情是复杂的。简单地说，中国人始终把现代化当作自己的发展目标，即使在“冷战”时期，也还提出了“赶英超美”的口号；同时又因为先现代化的国家对中国的殖民性的欺侮，所以中国一开始就把已现代化的国家当作反抗的对象，发展到后来形成了所谓的“不

① 王德威：《被压抑的现代性——晚清小说新论》，北京大学出版社，2005年版，第345页。

② 王铭铭：《想象的异邦》，上海人民出版社，1998年版，第208页。

③ ［英］安东尼·吉登斯著，田禾译：《现代性的后果》，译林出版社，2000年版，第11页。

④ ［英］安东尼·吉登斯著，田禾译：《民族——国家与暴力》，三联书店，1998年版，第147页。

⑤ ［英］安东尼·吉登斯著，田禾译：《现代性的后果》，译林出版社，2000年版，第7页。

是东风压倒西风，就是西风压倒东风”的势不两立的态势。东风西风论是民族主义情绪形象而极端的表达，这种情绪对于中国完整而统一地度过那段包括边境争端、内部叛乱在内的困难时期至关重要。

其次，中国现代化的复杂性表现在新中国要建立的是个多民族的统一的民族国家。在建立统一的政治共同体的同时还要建设不同民族的多样文化共同体，要在国家认同和民族认同之间形成一种平衡是件复杂的事情。

新中国是以马列主义为理论基础的国家，人类现代化的实践和马列主义的国家理论，都促使中国走上民族国家的道路，当然更主要的还是中国人的智慧因素。马克思主义经典作家在建构自己理论的过程中，对当时欧洲开始出现的民族国家给予了相当的关注。他们从民族国家产生的历史条件、民族国家的特征、无产阶级在取得民族国家政治统治权的必然性等方面，展开了对民族国家的论述。恩格斯认为民族国家是罗马帝国崩溃后欧洲社会发展中的一个重要成果，“这就是一些现代的民族，亦即西欧人为了未来的历史而实现的新的形式和新的组合”。从中世纪开始，欧洲“一旦划分为语族，很自然这些语族就成了建立国家的一定基础，民族开始向民族国家发展……虽然在整个中世纪时期，语言的分界线和国家的分界线远不相符，但每一个民族……在欧洲毕竟有一个特别大的国家为其代表；所以，日益明显日益自觉地建立民族国家的趋向，是中世纪进步的最重要的杠杆之一”①。列宁也曾论及民族国家和人类文明的关系，他在1913年描述了民族国家出现的历史原因：“在资本主义的发展过程中，可以看出在民族问题上有两个历史趋向。第一个趋向是民族生活和民族运动的觉醒，反对一切民族压迫的斗争，民族国家的建立。第二个趋向是民族之间各种联系的发展和日益频繁，民族壁垒的破坏，资本、一般经济生活、政治、科学等等的国际统一的形成。这两个趋向都是资本主义的世界规律。第一个趋向在资本主义发展的初期占优势，第二个趋向标志着资本主义已经成熟，正在向社会主义社会转变。”② 在《共产党宣言》中，马克思、恩格斯在反驳有关对共产党人“取消祖国、取消民族”的责难时说明了无产

---

① 恩格斯：《论封建制度的瓦解和民族国家的产生》，《马克思恩格斯论民族问题》，民族出版社，1987年版，第819页。

② 列宁：《关于民族问题的批评意见》，《列宁论民族问题》，民族出版社，1987年版，第229页。

阶级在当时还没有取得民族国家的统治权："工人阶级没有祖国。决不能剥夺他们所没有的东西，因为无产阶级首先必须取得政治统治，上升为民族的阶级，把自身组成为民族，所以它本身暂时还是民族的，虽然这里所说的'民族的'一词和资产阶级理解的完全不同。随着资产阶级的发展，随着贸易自由的实行和世界市场的建立，随着工业生产以及与之相适应的生活条件趋于一致，各国人民之间的民族隔绝和独立日益消失了……民族内部的阶级对立一消失，民族之间的敌对关系就会随之消失。"① 民族国家的一个特性就是明确本国与他国的界限，在现代性的空间建设上，要与别人不同，必须先认识自我，所以在民族国家建构过程中，肯定民族自我是顺理成章的事情。但中国与西欧诸国不同，是个多民族的国家，除了要对外树立自己的国家形象之外，国家还要关心民族建构和民族对国家的认同问题，这使得中国的民族国家建设比起西方的民族国家建设要复杂得多。

最后，中国现代化的复杂性还表现在在其建设进程中现代化各要素发展的不均衡性。中国 20 世纪现代化的进程，大体上说，经过经济、政治要素的初步摸索后，最先得到发展的是由梁启超、鲁迅等人推进的"新民"、"立人"等要素，当然发展得还不充分的。关于人的要素发展得不充分的问题，已有许多学者论及。② 新中国成立后的很长一段时间里，人的要素被忽略了，而边界等空间要素却得到了突出和加强甚至可以说是完成。这种由新民到疆域的发展重点的转换，说明中国的现代化进程并没有终止过，只是以一种特别的形式发展着。

自从 19 世纪末 20 世纪初中国文学和现代化发生关系后，文学以自己的方式参与并记录了中国现代化的进程。梁启超、鲁迅等人都是通过文学来讲述他们的现代化欲望的。这个传统在《人民文学》（1949—1966）时期依然保持着。

《人民文学》对民族文学的建构是民族国家建设的一部分，《人民文学》在建构民族文学的过程中，把从梁启超开始形成的、从造就新国民维度展开想象民族国家的理念，发展成为以书写新空间（国界）的方式营造想象共同体的编辑实践，以此延续着中国现代化的进程。

梁启超在自己创办的《新民丛报》上用民族讲述现代化的故事时，基

---

① 《马克思恩格斯选集》第 1 卷，人民出版社，1972 年版，第 270 页。

② 高旭东：《五四文学与中国传统文学》，山东大学出版社，2000 年版，第 171 页。

本思路是西方因民族主义而强，“充于内而不得不溢于外，于是汲汲焉求扩张权利于他地”，我们也只有实行民族主义、建立民族国家才能“挽浩劫而拯生灵”。“凡一国之能立于世界，必有其国民独具之特质”，而中国民众所欠缺的就是立国于世界之林的特质，所以“欲实行民族主义于中国，舍新民末由”。[①] 梁启超的“新民”是个继承过去、面向未来的术语，他在“释新民之义”时强调了这一点：“新之义有二，一曰淬厉其所本有而新之；二曰采补其所本无而新之。”[②] 这个取意于“日日新”的术语具有明显的时间意识特征。梁启超所主张的新民更主要的是能够支撑民族国家建构的觉醒的国民，梁启超是想通过赋予国民新的思想内涵来实现救国之大任。正如程文超先生在论述梁启超的“民”在现代思想史上的意义时所说：“梁启超在《新民说》里建立了民族国家的概念。他批判中国人原来只有忠君观念而没有爱国观念，第一次真正把‘爱国’与‘忠君’分离开来。因而梁启超《新民说》里的‘民’，已经不是与‘君’相对的‘民’，而是与‘国’相联的‘民’，不是‘臣民’而是‘国民’、‘公民’。”[③] “国也者，积民而成。”民新则国新，与要求新民具有国民意识的思想相联系，梁启超还把有无国家思想当作新民的一个重要标准，“有国家思想，能自布政治者，谓之国民”[④]。后来的《新青年》等杂志，总体上也是把梁启超这个思路作为自己的基本思路来编辑出版的。这些杂志就像路标一样，记录着中国现代化发展的轨迹。

到了《人民文学》所处的时代，梁启超所谓的新民中的公民要素被逐渐消解，其国家思想则是被极大地加强了。这个问题我们在前文讨论《张高谦》时也有所论及。但《人民文学》在建构民族文学时，对民族国家的边界、驻军等要素表现出了充分的关注，使中国文学对现代化欲望的表达仍命若游丝般发展着。用“游丝”来形容这时的中国文学对现代化欲望的表达，一是强调被压抑了的现代化欲望，二是强调它是把中国内地的当代文学和现代文学联系起来的一条珍贵通道。《人民文学》对民族文学的建构接通了中国文学现代化之路。

---

① 梁启超：《新民说》，《饮冰室文集点校》，云南教育出版社，2001 年版，第 549 页。

② 同上，第 550 页。

③ 程文超：《百年追寻》，广东人民出版社，1999 年版，第 47 页。

④ 梁启超：《新民说》，《饮冰室文集点校》，云南教育出版社，2001 年版，第 556 页。

《人民文学》通过对民族文学的建构，把中国文学对现代化欲望的表达由时间性的“新民”转到了空间性的疆域上来，在这个转化过程中，“路”的意象起了重要作用。

“路”是扩展空间的主要途径，《人民文学》杂志将空间拓展到边疆少数民族地区，首先表现在它发表了大量与“路”的意象相关的作品，仅是写修康藏公路的作品就有柯岗的小说《八十一号车》（1952 年第 1 期）、《卡扎纳河上的桥》（1952 年第 9 期），顾工的特写《金君玛梅》（1955 年第 4 期）、小说《重逢》（1955 年第 8 期）、剧本《森林中的火光》（1955 年第 9 期），梁上泉的诗歌《欢腾的高原》（1955 年第 7 期），杨居人的散文《公路现场终点》（1955 年第 10 期）等。到了 1959 年，在第 1 期的“编后记”中《人民文学》的编者还呼吁作家多写“铁路公路的开辟者，边疆的建设者”。在《人民文学》民族文学作品中的路，多是从内地向边疆延伸，从中心向边缘扩展。随路而来的不一定是现代思想，但因路固定住的确是一个清晰的边界和对国家的认同，当然还有路边的民族风情、边疆风光。《人民文学》建构民族文学时，对路的关注首先是出于对边疆现实的关注，早期与路有关的作品是随着解放军进军边疆、内地人到边疆搞贸易、内地在边疆办工厂、边疆的建设高潮的现实而出现的。最早出现的写路的作品是赵洋的诗歌《战斗在祖国的边疆》（1950 年第 2 卷第 3 期），写解放军追击匪军来到“瑶民”居住的十万大山地区，通过崎岖的道路，解放军战士第一次发现了瑶族的日常生活：“稀少的瑶民住在山窝，/两天两夜不见烟火，/山坡是我们的床铺，/荒草做了我们的被子和衣服。”但这些瑶民并不是诗人关注的重点，歼灭溃散的匪军才是战士的责任，所以诗歌写出了战士的誓言：“溃散的匪军不要梦想吧，/这里没有你逃向越南的道路。”有通向内地的路，尽管崎岖，但绝对没有通向境外的路，这首诗歌通过对路的描写，于无意中写出了边界和归属等这些民族国家的要素，强调归属不但需要军队的“追击”，还需当地居民的认同。在早期写路的民族文学作品中，因路而发生交往的汉族和少数民族、解放军和老百姓的和谐关系是常见的主题。顾工的小说《重逢》写出任康藏公路指挥的解放军师长在前往指挥部的路上，因为道路塌方而意外与住在路边的女战友重逢的故事。女战友是在长征时因病留在藏区的，现在已经完全藏族化了。小说在汉族藏化、藏族接受红军并支持革命、最后战友重逢共同修路的叙述中，表达了汉藏一家、解放军给藏区带来幸福的主题。正像特写

《金君玛梅》中的汉族连长对称他为客人的藏族百姓所说的："谁是客人哪？我们也是主人呀！我们和大家一样，都是祖国大家庭的主人呀！"

在《人民文学》上发表的民族文学作品中有关写路的作品中，还描写了路修通以后对边疆民族地区人们生活的影响。像戴兆淦的速写《路》（1964 年第 12 期），记述了通向北京的公路修通后，政府把哈尼族、傣族等民族的先进工作者召集起来，看奔驰在路上的汽车的趣事。彝族作者苏小星的小说《新工人的母亲》（1958 年第 12 期）则写了边疆公路运输的特点，那就是从内地往边疆运人，从边疆往内地运物。

在大量地发表了对现实的"路"的书写作品后，《人民文学》在建构民族文学过程中开始注意对路的象征意义的挖掘。民族文学作品中逐渐出现通过对现实"路"的描写提升出的具有象征意义的"路"。而这种象征意义的路，使《人民文学》对民族文学的建构最终与对"多元一体"的想象共同体的建构完全地联系起来。在《人民文学》上发表的写少数民族的作品中，经常出现"金桥"意象，作家们愿意用"金桥"来连接北京和边疆。《人民文学》1955 年第 4 期上发表的《寻找太阳的故事》是由江虹整理的藏族散文诗，写的是藏族人民通过 37 种动植物的指引，找到太阳的神奇过程，整理者"卒章显志"点出太阳就是北京的毛泽东。这首散文诗中的路已是精神之路了。李瑛的诗歌《路》（1957 年第 3 期），则从在五指山修路的"无数戴银项圈的黎族妇女和无数戴尖斗笠的黎族兄弟"的劳作中，感悟到了"原来这条路本身就是你自己"的哲理。玛拉沁夫为国庆十周年而创作的小说《路》（1959 年第 10 期）中那条被命名为"塔尔娃大道"的草原小路，连接着现代化的包头钢铁公司，也连接着蒙古族老太太塔尔娃的人生道路。后来这篇作品在收入作者的小说集《花的原野》时，作者又根据批评意见对塔尔娃老太太的人生道路作了更温情的修改。[①] 和公路比，描写现代化的铁路的作品在《人民文学》发表的民族文学中描写相对较少，写飞机航路的作品则更少，只有玛拉沁夫的小说《在墨绿色的球台旁》（1963 年第 5 期）和李玲修的诗歌《彝家娃子当了飞行员》（1966 年第 3 期）两篇写到了飞机。少数民族作家们把铁路当作进步的象征。蒙古族诗人巴·布林贝赫 1956 年发表在《人民文学》第 10 期上的《车儿呀，你尽情地奔驰吧!》（胡尔查译）是一首抒写乡情的优美作品。

① 奎曾：《谈谈对〈路〉的批评意见及其修改》，《草原》，1963 年第 4 期。

诗人坐火车回家的途中，思绪万千，把火车与记忆中家乡的牛车和走马相比较，感受到了家乡的进步："顺着那——/参加人民军队时，/驾着花牛坐着木轮车/曾经走过的道路：/火车纵情地奔驰着，/驰过漫长的路途。/我和那出生的故乡呀，/不久即将会晤/……骑上黑溜溜的走马，/也没这般快，/骑上那毛茸茸的骆驼，/也没有这么柔软自在。"虽路途漫长，但纵情奔驰的火车，使诗人不久便将见到"心爱故乡的容颜"，火车缩短了诗人和家乡的距离。《人民文学》在后来的其他作家的民族文学作品中，把坐火车、通铁路的感觉进一步发展成北京对边疆的改变。《人民文学》所发表的民族文学作品中，还有因为交通不便险生事变的书写。1951 年《人民文学》在第 4 卷第 6 期上发表的彝族作家李乔的报告《拉猛回来了》就是这样的作品。这篇报告文学写卡瓦（民族识别后定为佤族）人拉猛去北京参加国庆活动，因路途遥远，交通不便，拉猛一走半年没消息。拉猛在昆明被汉人杀了的谣言在卡瓦人中间流传，卡瓦人也因此发生了骚乱。后来拉猛回来了，卡瓦人才相信共产党会给他们带来幸福。1965 年吴超的特写《瑶家儿女上北京》（1965 年第 1 期），则写了火车使边疆和北京联系更加紧密的故事。18 岁的瑶族青年潘爱莲坐火车去北京参加全国少数民族群众业余艺术观摩演出，她只用了两天时间就从南到北体验了祖国的辽阔。到了北京后她还用通信的形式，迅速地把在北京见到毛泽东的消息告诉千里之外的乡亲。通过上述这两篇作品，我们不难看出，火车使边疆和北京变得更近了。吉登斯在讨论民族国家时，把包括铁路在内的运输机械化看作是巩固民族国家一体化的重要因素，认为它改变了时空秩序的设置，"而时空秩序的设置则是现代组织的核心"①。维吾尔族诗人铁依甫江的诗《火车经过我们村前》（1963 年第 5 期）写到铁路彻底改变了边疆的生活，通过铁路诗人找到了边疆存在的合法性。"火车经过我们村前/就像血液在血管里循环/北京是这条铁路的起点/它也是我们这个村庄的来源"。

随着道路的延伸，驻军也到了边疆地区，边界、驻军这些民族国家的要素也开始比较频繁地出现在《人民文学》刊载的民族文学作品中。1957 年第 2 期发表的杨星火的长诗《波萝达娃——献给英雄的藏族人民》是这方面的代表作品。诗歌以边境线上的藏族姑娘波萝达娃和猎人雪康之间的

---

① ［英］安东尼·吉登斯著，胡宗泽等译：《民族——国家与暴力》，三联书店，1998 年版，第 215 页。

爱情为抒情线索，抒写了藏族人民对祖国的忠诚。诗中热烈的爱情、庄严的界碑、英武的边防军人（“新汉人”）都给我们留下了深刻的印象。诗人杨星火是位长期在西藏工作的女军人，但她却让抒情主人公站在远离西藏“遥远遥远”的地方歌唱：“在遥远遥远的国境线上，/五星红旗在白云中飘扬，/红旗下有块美丽的界碑，/这是一个少女的石像。”接着讲述这尊连老人都要向其表示敬意的石像的故事：“这位少女名叫波萝达娃，/意思就是月亮姑娘，/人们对她这样敬爱，/可不仅因为她像月亮一样漂亮！”姑娘是位边界线上的牧羊女，她的边界意识、国家意识表现在她的日常放羊工作中。每当羊要越过界碑时，她总是用石子把羊赶回来，而且总是温婉而有思想深度地说：“啊，我的小白羊，/把姑娘的话记牢：/外国的水草再甜，不如咱格林村的水草甜，/咱家乡的水草决不让给别人，/别人的水草咱们也不要！”这种边界意识、国家意识还是姑娘衡量爱情的标准。“像只蚊子成天叮着姑娘们”的茨仁要送给她外国宝石戒指以表爱意，波萝达娃却毫不犹豫地拒绝了，因为茨仁经常和外国人勾搭在一起，也因为姑娘正热恋着爱国的好青年雪康，“我想雪康又该怎样？/只要姑娘愿意，/今晚就搬进他的帐房！”在界碑边上长大的波萝达娃把界碑看成衡量善恶、美丑的标准：“像雪康那样能干的猎人，/就是没有猎枪又何妨？/我要搂着他一天吻他十次，/让你在界碑那边做买卖时，/也能听见我俩接吻的声响！”当爱情和国家意识联系起来的时候，民族和国家之间的关系也明确了。

在这首诗中总是把民族和国家的关系具体化为藏族和“新汉人”、藏族和解放军的关系，并用藏族所信奉的佛教中的菩萨来比喻北京派来的新汉人。藏族村长利用村民舞蹈欢乐的机会宣布“天上升起了吉祥的星辰，/有桩大喜事飞到咱们边地上，/从北京来了一支边防军，/明天早晨就要为咱们站岗”。而村民关心的是“边防军是汉人还是藏人？/是善心人呢？/还是些狠心肠？”对外国深有感情的茨仁回答村民们说：“边防军当然都是汉人，/汉人还会有好心肠？”并煽动说他们就要遭殃了。这时波萝达娃指责茨仁“猪嘴里吐不出象牙来”，“是不是骏马不能光看颜色，/是不是好人不能用种族衡量。/上次来咱村的兽医队员，/哪一个不是汉人？/要不是他们给牛羊治病，/如今咱村哪会有这样多的牛羊？/你没听说毛主席派来的都是新汉人吗？/新汉人的心啊就跟菩萨一样！”

诗歌记录了边境地区由归属模糊的边陲向划分清晰的边界转化的过

程。茨仁趁人们狂欢的时候把界碑“从村庄南方挪到北方……强盗想在边防军未到来之前，/把咱们这里变成外国村庄!”界碑可以随意移动，说明边地人民当时还没有普遍地建立起边界意识，同时也说明驻军对维护一个国家的主权和领土完整的重要性。界碑的移动影响到波萝达娃的身份，“格林村是外国村庄吗？/难道我波萝达娃是个外国姑娘？……这绿色的草原，/是我们的祖先开辟的牧场，/这蓝色的河流，/来自中国的雅鲁藏布江……要是草原会讲话，/它一定说它是中国的疆土!”为了把界碑放回原来的位置，波萝达娃献出了生命，临死前要求边防军的连长把自己埋在界碑旁边。人们为纪念这位为国捐躯的美丽姑娘，用原本做界碑的大理石，给她塑了尊石像，当作界碑，竖立在边界线上。

1957 年第 3 期的《人民文学》发表了刘克的历史剧《一九○四年的枪声》，剧本写了西藏民众不认同清朝和英国人签订的《中印会议藏印条款》，认为该条款承认“锡金由英国一国保护暂理”的规定是无效的，因此砸了英国人立的界碑。《波萝达娃》是现实中的立界碑，《一九○四年的枪声》是历史上的砸界碑，两相比较，界碑的一立一砸，都在强调西藏是中国的领土，强调藏族人民的国家意识。

边疆少数民族热烈的爱情，是《人民文学》杂志用以增加自己的文学性的重要手段，也是表现边疆少数民族和国家关系的主要因素。玛拉沁夫的小说《女篮六号》也把对边疆的态度作为衡量爱情的标准。体育学院篮球专业的学生杨巧莲喜欢边塞诗，更喜欢“大漠孤烟直，长河落日圆”的壮美景色，觉得这和自己打球时的速度和力量是一致的。“登记毕业志愿时，她就毫不犹豫地写了‘到内蒙古自治区去!’”在她看来不爱边疆的人“不值得爱”。到内蒙古工作后她还很快学会了蒙古语，当然也收获了甜美的爱情。

以上两篇作品都是把边疆、边界作为爱情标准，以此突出边疆、边界的重要性。还有一种情况，那就是以汉族的先进生产技术作为爱情的标准来选择婚恋的对象。这与传统的“修其教而不易其俗”① 的边疆经略已有了很大的不同。老作家艾芜的《姐哈寨》（1963 年第 1 期）是一篇把先进的汉族生产技术和国家意识形态结合起来，改变少数民族习俗的作品。汉族工作队长杜庆希到傣族“稍子”蹲点，帮助傣族改善生产条件，推广双

① 祁韵士:《皇朝藩部要略·序》。

铧犁，发展养鸭养猪事业。傣族有“嫌脏不养猪，养鸭子也怕养得多”的风俗，美丽的傣族姑娘赫玲贝做饲养员的工作，小伙子因嫌她给合作社养猪养鸭不干净，都不到她竹楼底下唱情歌，而在傣族人看来，晚上没有人来找的姑娘，“那是很难受的”。赫玲贝也想打退堂鼓，杜庆希就和支部书记一起给傣族姑娘赫玲贝做工作，说她为合作社养猪养鸭光荣。结果赫玲贝成了县里表彰的“牧畜模范”，吃到鸭蛋的群众也说她是好样的，小伙子们也都聚集到她的竹楼下唱情歌，傣族不养猪怕养鸭的习俗也改变了。赫玲贝爱上了杜庆希，但杜庆希把闲暇时间都用在了找人谈思想工作上，不会谈恋爱，像个“大佛牙，就是没有袈裟”。而傣族习俗是“没有经过恋爱，就很难结婚”，赫玲贝为了爱情又一次改变了傣族的习俗，她不理睬在竹楼下众多追求她的青年，独自到被称为“爱情树子”的大青树下等待汉族工作队长杜庆希的到来。

第三章 《人民文学》建构民族文学的基本特征

通过对《人民文学》建构民族文学历史过程的梳理，结合相关的史料，揭示《人民文学》在建构民族文学过程中表现出的基本特征：在建构的愿望上，民族国家、《人民文学》与民族作家对民族文学建构有着相向性要求；在建构的方式上，主要表现为以汉语为标准书写语言，对“实际工作者”型作者的发现和培养、对民间文学的文学意义的主张、以中央级刊物的身份转载地方杂志的作品等，表现出与民族国家理论的相逆性；在建构过程上，呈现着不同民族间、不同体裁间、不同时段的不平衡性；在建构结果上形成了“想象共同体”。

一、建构愿望的相向性

《人民文学》之所以能够完成对民族文学的建构，是《人民文学》杂志、民族国家和民族文学作者三方面共同努力的结果，三者在建构民族文学的愿望上具有相向性。

《人民文学》杂志的性质和品格，决定着它建构民族文学的愿望。以人民文学观念为指导的《人民文学》，作为中国作家协会的机关刊物，自觉承担着“新民主主义国家建设”、“促进新中国的多方面发展”的任务。杂志的编者首先把建构民族文学当作完成这个任务的一个手段，“开展国内各少数民族文学运动，促使新民主主义的内容与各少数民族的文学形式相结合，各民族相互交换经验，以促进新中国的多方面发展”①。创刊之初，中华全国文学艺术工作者协会的负责人周扬要求《人民文学》发表示范性的作品，全国文协副主席丁玲要求它成为全国文学工作的“司令台”，

① 茅盾：《人民文学发刊词》，《人民文学》创刊号。

《人民文学》杂志自己则要求成为共和国的“献礼台”[1]。经过10年的发展，“把全国文学创作中最优秀的作品集中地介绍给全国人民”已成为《人民文学》的品格，[2] 既然是要展示全国文学创作中的优秀作品，那么在地域上，自然少不了边疆民族地区，民族地区的作家作品以及非民族地区的民族题材的作品也就成为《人民文学》的一个重要组成部分。

《人民文学》对文学性的追求强化着它建构民族文学的愿望。尽管《人民文学》是全国作协的机关刊物，尽管《人民文学》自觉担负着建设国家的政治、文化任务，但它终究还是一本文学杂志，保持浓厚的文学性一直是《人民文学》所坚持的。即使是在文学生活充满斗争的年代，它也没有放弃对文学性的追求。但实际情况是，《人民文学》在相当长的一段时间内，存在着“稿荒”，来稿少，稿子质量不高，组稿难等问题，这种情形在当时担任副主编的丁玲、编委胡风等人的信件中都提及过。《人民文学》在创刊初期就出现了作品题材窄化、叙述公式化的现象。这种现象的出现可能还有编辑工作运作方式和编辑水平的原因。作为《人民文学》编委的胡风在“三十万言书”中批评文学政治集团对《人民文学》这类“国家刊物”的“独占性”拥有，使其成为“宗派主义的温床”和“主观主义或机械论的基本阵地”。胡风举《人民文学》的编辑工作程序为例子，说：“编辑和审阅工作完全被委弃在一般干部手上，其中当然有把工作做好的诚实的工作者，但大多数是没有经验而且政治和艺术水平都不高的青年和被‘培养’出来的‘文艺干部’，而且还杂有投机分子以至政治上的变节分子，起决定作用的大半是多年来被主观主义或机械论所毒害了的作者和批评者。作家们就成了由编辑部裁决的对象，造成了普遍的不满。”[3] 对于杂志出现的题材窄化、叙述公式化的现象，《人民文学》的编者们也是不满的，第一任主编茅盾首先对这种现象提出批评，他批评《人民文学》杂志初期写工人的作品中出现的明显的公式化现象，说这些作品千篇一律，主题相同，都是工人中间的落后分子如何转变成为积极分子而且比一般积极分子更积极。[4]《人民文学》的编辑也曾批评公式化现象：“一些

① 《编者的话》，《人民文学》，1959年第1期。

② 《编者的话（一）》，《人民文学》，1959年第1期。

③ 胡风：《胡风三十万言书》，湖北人民出版社，2003年版，第354页。

④ 茅盾：《关于反映工人生活的作品》，《人民文学》，第2卷第1期。

作者，像写工作报告那样去写作，所不同的，是他们用任务的对话来传达新闻报道或工作总结的内容，其中的人物完全像木偶一样，既无心灵，也无个性……作者根据概念强迫他们说话。”① 作家和读者也对题材窄化和公式化表示了不满。作家柯灵在1957年写给《人民文学》编辑部的回信中说：“过去对《人民文学》，有一种感觉，就是过分的单调。我的简单希望是：一、希望看到多种多样的（包括内容和形式）作品，热热闹闹，像个杂志。二、广泛团结作家，动员久已搁笔或少动笔的老作家写点东西。”②在当时中国的政治环境中，《人民文学》杂志要想办得“热热闹闹”像个杂志，建构民族文学是其直接、有效又最容易与自己的办刊宗旨相吻合的选择之一。当时的读者也欢迎《人民文学》用民族文学的方式加强自己的文学性，比如《人民文学》在第1卷第3期（1950年1月出版）上发表了颇具原生态色彩的蒙古族民间叙事诗《嘎达梅林》后，就“曾受到普遍的欢迎”③。《嘎达梅林》之所以受到普遍欢迎，是这首蒙古族民间叙述长诗带给《人民文学》读者的“陌生化”的效果。首先，这首长诗歌颂了内蒙古的民族英雄嘎达梅林为了保卫蒙古族的土地，率领民众反抗汉族军阀、蒙古王公的壮举。其次，它塑造了和以往《人民文学》所发表的作品中不同的人物形象，尤其是嘎达梅林的妻子牡丹杀女救夫、助夫起义的刚烈性格，给汉族读者留下了深刻印象。最后，这首民间叙事诗是第一次用汉语言文字整理发表，比较多地保留了蒙古族说唱中的原生态表现技巧，如长诗开始以草原上常见的动物铺排起兴，行文中唱白交错等。《人民文学》发表《嘎达梅林》后，于1951年5月在第4卷第1期上，在《蒙藏诗抄》标题下，发表了达斡尔族的民间叙事诗《呼热海鄂基民》（达斡尔语，亲爱的妈妈）。这是一篇讲述婆媳关系的民歌，也是唱白相间，但因为翻译得过于直白、松散，没有引起多少反响。直到1954年《阿诗玛》发表，民族叙事诗才又一次引起了全国读者的共鸣。

《人民文学》选择了民族文学来丰富自己的文学性，编辑部经常用“编后记”等形式在刊物中呼吁作家提供民族文学方面的稿件，推荐民族文学方面的作品。1952年第1期以小说头条的位置发表了玛拉沁夫的《科

① 何远：《希望有更多好作品出世》，《人民文学》，1952年第6期。
② 《作家书简》，《人民文学》，1957年第7期。
③ 《〈阿诗玛〉编者按》，《人民文学》，1954年第5期。

尔沁草原上的人们》，并在“编后记”中向读者重点推荐：“这一期我们比较集中地发表了一些少数民族和有关少数民族的创作和论文，在这期里特别值得向读者推荐的是玛拉沁夫的《科尔沁草原上的人们》。从这篇小说里我们不但看到蒙古民族新的生活、新的主题和新的人物，而且也可以看到作者丰富敏锐的艺术感觉和值得重视的艺术表现才能。据作者自己向编者介绍，他还只是个二十一岁的蒙古青年，十五岁便参加人民解放军，在那时候文化程度是高小毕业，还不会说汉话，只认识几个汉字，而后逐渐看了许多苏联和现代中国的作品，便开始爱好文学，开始有了写作的要求。”在1956年第2期“编者的话”中推荐了两位新疆诗人：“这一期刊物的内容比较多样……发表了维吾尔族诗人黎·穆特里夫的四首译诗，并且对诗人的生平作了介绍……这几首诗经过翻译或许不能完全保持原诗的面貌，但从诗中仍可以看到这位兄弟民族诗人的崇高精神品质和充沛的战斗热情。在近年出现的诗人中间，闻捷是很引人注意的一个。”

玛拉沁夫曾批评中国作协把发展民族文学当作只在“某些大会上”说说的口号①，说《人民文学》等刊物发表“兄弟民族文学”作品时“只发表几篇短诗作为点缀”②。如果说，《人民文学》杂志最初发表民族文学作品是因为要加强杂志的文学性的话，那么经过几年的编辑实践，到了1954年，《人民文学》杂志可以说是真正形成了多民族的中国文学观，用编者的话表述就是“我们的文学是多民族的极其丰富多彩的文学”③。1958年第12期的“编者的话”中就再一次明确《人民文学》杂志以建构民族文学来完成中国文学版图的态度，并要将发表民族文学作品的做法经常化。“我国各民族兄弟，有丰富的文学遗产，几年来，有不少青年作者成长起来，创作了不少作品。边疆各省文艺工作者和文艺刊物在这方面做了很多工作，有不少成绩。本刊在这方面的工作做得太少。从本期起我们准备经常地翻译各兄弟民族作家的一部分优秀作品，并选择一部分古典文学和民间文学。由于翻译能力的缺乏，数量上不可能满足读者的要求，但我们保证做到经常化。”为了使自己所要构建的中国文学版图更丰富，也为了提高自己的办刊质量，《人民文学》杂志在1959年第1期“编者的话”（之

① 玛拉沁夫：《关于少数民族的文学》，《作家通讯》，1955年第4期。

② 《读者对本刊的意见》，《人民文学》，1956年第2期。

③ 《〈阿诗玛〉编者按》，《人民文学》，1954年第5期。

一）中强调转载其他文学刊物刊发作品的问题："去年我们曾经转载过各地兄弟刊物所发表的一部分优秀作品，得到了读者普遍而热烈的欢迎。各兄弟刊物也以共产主义的协作精神支持我们这样的做法。但一年来我们做得还不够，很不大胆，有许多重要的作品没有能够及时转载。我们认为《人民文学》有责任在版面上反映全国各地区、各兄弟民族、各个战线上的建设和斗争面貌，也有责任把全国文学创作中最优秀的作品集中地介绍给全国人民……"这种转载对于介绍和发表原文是以自己本民族语言文字的民族文学作品，扩大以民族语文创作的作者队伍在全国的影响是有积极意义的。

作为中国作家协会的机关刊物，《人民文学》在建构民族文学的过程中，国家政权的影响是不容忽视的。国家建构民族文学的愿望是《人民文学》完成民族文学建构的重要原因，同时它也使民族文学的建构工作成为国家体制建构工作的一部分。新中国作为一个多民族组成的政治共同体，以《人民文学》为阵地，建构起了多民族的、与政治共同体相适应的"想象共同体"，政治共同体和想象共同体又共同地影响了不同民族的历史文化共同体。

新中国为了国家安全，为了意识形态的再生产，对民族文化工作给予了空前的重视，在各级党委和政府都设有领导民族文化工作的机构，负责民族文化事业的规划，制定相关的政策、法规。尽管国家参与学术研究、文学创作，可能会影响学术与创作的自由，但在当时这的确是个有效的制度，对迅速地完成中国多民族文学版图的建构起到了积极的作用。最明显的例子就是1950年代开始的少数民族文学史的编写工作。[①]

国家安全是国家建构民族文学的基本出发点。1954年中共中央发布《关于过去几年内党在少数民族中进行工作的主要经验总结》，提出党在民族方面的任务是"巩固祖国的统一和各民族的团结，共同来建设伟大祖国的大家庭"[②]。巩固统一维护团结，是国家建构民族文学的根本目的。当时许多谈民族文艺工作和理论的重要文件，都有一个基本的结构模式，那就是欲谈中国民族文艺问题，必先谈中国的民族问题。陆定一于1964年11

① 参见中共中央宣传部1959年第136号文，广东省档案馆，卷宗号：214-1-176。

② 中共内蒙古自治区委员会党史研究室编：《中国共产党与少数民族地区的民主改革和社会主义改造》，中共党史出版社，2001年版。

月在“全国少数民族群众业余艺术观摩演出会”上的讲话中，对来北京参加艺术演出的少数民族同胞讲民族文艺问题时，用的就是这种结构方式。他对建国前的少数民族问题做了如下描述：“帝国主义为了达到侵略我国的目的，企图把东北、内蒙、新疆、西藏、台湾等从我国分裂出去，利用少数民族里的败类当他们的傀儡……蒋介石国民党，根本不承认我国的少数民族，公然宣布汉族以外的各民族只是不同的‘宗族’，或者是不同的‘宗教’。蒋介石国民党、汉族地主阶级和官僚资产阶级，对少数民族实行大汉族主义的民族压迫政策。在这种反动统治之下，少数民族处于无权的地位，有的甚至不敢承认自己是少数民族……”① 在讲了民族问题之后，他才讲到文艺问题。无产阶级取得政权还不够，还要取得经济上的胜利，取得经济上的胜利还不够，“还要进行文化革命，在文艺战线、思想战线、教育战线等方面取得社会主义的胜利”②。这种先民族问题再民族文艺问题的结构模式，是毛泽东《在延安文艺座谈会上的讲话》中所确定的功利文艺观的具体实践，也说明了国家建构包括文学在内的民族文艺的动机，那就是在繁荣民族文艺的同时，更要解决实际的国家安全问题。

列宁在《党的组织和党的出版物》中提出党的组织管理出版物的原则问题，“报纸应当成为各个党组织的机关报。写作者一定要参加到各个党组织中去。出版社和发行所、书店和阅览室、图书馆和各种书报经营所，都应当成为党的机构，向党报告工作。有组织的社会主义无产阶级，应当重视这一工作，监督这一工作”③。中国作协和它的机关刊物都是在列宁提出的这个原则下由党设置的文学机构。它们既向党报告工作，同时以权力的身份出现在文学界，1953 年全国文协改为中国作协时，“被中央定为正部级单位”④。作家能在《人民文学》上发表作品，就表明他在政治上是可靠的，郭小川在日记中记述了当时作家曲波在四川受冲击，在《人民文学》上发表了作品之后，就平安无事了。⑤ 在当时中国党国一体的制度下，《人民文学》从党那里所获得的权力，其实就是从国家那里获得了授权。这样一来，国家通过《人民文学》表达建构民族文学的愿望就不是一件难

① 陆定一：《陆定一文集》，人民出版社，1992 年版。

② 同上，第 673 页。

③ 列宁：《党的组织与党的出版物》，《红旗》，1982 年第 22 期。

④ 张僖：《只言片语——中国作协前秘书长的回忆》，北京十月出版社，2002 年版，第 31 页。

⑤ 郭小川：《郭小川 1957 年日记》，河南人民出版社，2000 年版，第 20 页。

以理解的事情了。但国家权力和《人民文学》杂志间还是存在着缝隙和矛盾的，不然就不会有《人民文学》不断的检讨和自我批评。《人民文学》第2卷第2期（1950年6月出版）发表了编辑部的文章《改进我们的工作——本刊第一卷的编辑工作的检讨》，文章响应中央“关于在报纸及刊物上展开批评和自我批评的决定”，从而对第一卷的编辑工作进行反省和检讨。

国家建构民族文学的愿望，还通过安排被组织起来的作家到民族地区采风等活动体现出来。1956年10月，内蒙古人民政府邀请艾青、吕剑、萧乾等作家到内蒙古采风。为此萧乾创作了散文《草原即景》，严阵创作了诗歌《草原小集》（四首），分别发表在同年的《人民文学》第11、12期上。1961年7月，叶圣陶、老舍、曹禺等作家组成中央文化访问团到内蒙古访问，同年第11期的《人民文学》发表了他们的访问成果，包括老舍的古体诗歌《内蒙东部纪游》、端木蕻良的散文《在草原上》等。

国家还通过中央文学研究所等机构培养少数民族作家，蒙古族作家玛拉沁夫、安柯钦夫、胡尔查、敖德斯尔、特·达木林、朋斯克、乌兰巴干等都在中央文学研究所学习过。

国家建构民族文学除了国家安全的现实考虑外，还有意识形态再生产的用意。1957年周扬在中国共产党第八次全国代表大会上做发言，说：“中华人民共和国成立以后，在保护和发扬民族文化……推广各少数民族艺术……进行了一系列的工作，取得了不小的成绩。”① 推广少数民族文学艺术的前提是少数民族文学艺术要具有“新民主主义的内容与各少数民族的文学艺术形式相结合”的品性②，因为在国家看来，“少数民族的旧文化旧艺术中……也有反映奴隶主、农奴主、地主阶级、资产阶级思想意识的糟粕部分，有些地区还有从帝国主义和各国反动派来的反动、腐朽文化的影响”。只有剔除这些糟粕，才能真正发挥文学的教育功能。《人民文学》在发表民族文学作品时特别强调作品是否歌颂了“正在成长着的新思想感情和精神品质”③，编者始终“希望能读到更多的反映兄弟民族新生活的

① 《中国共产党第八次全国代表大会文献》，人民出版社，1957年版，第513页。

② 《中华全国文学艺术工作者代表大会纪念文集》，新华书店发行，1950年版，第573页。

③ 《编后记》，《人民文学》，1955年第5期。

作品"[1]。

《人民文学》在文学方面的要求和国家权力结合在一起的时候，民族文学作品就在《人民文学》上不断地出现了。对于为数不少的民族文学作品，读者表达了两种相反的意见。一种意见认为《人民文学》虽发表了少数民族文学作品，但只是用来表明自己是国家刊物的"点缀"。当时还是青年作家的玛拉沁夫就在作者座谈会上说："从春天开了少数民族文学座谈会以后，各刊物对兄弟民族文学是重视了，但也有些问题。"他认为"只发表几篇短诗作为点缀，并不等于重视了少数民族文学"。他还就编辑部对几篇兄弟民族文学的稿件处理提出了意见，"青年作家玛拉沁夫说，'编辑工作是重要的，在工作中怎样贯彻党性，非常重要。'"[2] 另一种意见则觉得《人民文学》发表民族文学或和民族有关的文学作品过多了。1955年年底到1956年年初，《人民文学》通过发放调查表、开座谈会等形式向读者、作者征求意见，结果回收到2 700多份书面意见，在这些意见中有读者认为《人民文学》是全国性的文学刊物，但发表的诗歌作品"大都是写边疆和海洋的，要不就是写民间传说、神话故事的"[3]，显得有些单调。汪静之在1957年给编辑部的信中也批评《人民文学》"太爱好边疆诗"了，"喜欢猎奇，喜欢纤巧，这种倾向使人感到须要防止成为雕虫小技"[4]。汪静之的这些意见是相对于他所说的"对政治抒情诗不够重视，歌颂党和领袖的诗太少"而言的。就在两年前，《人民文学》编辑部还因为读者批评何其芳的《回答》而改变了自己的编辑立场，可这次，他们发表民族文学作品的做法并没有因为读者的批评而改变，甚至在1959年第1期的"编后记"中，还继续呼吁作家多写"铁路、公路的开辟者，边疆的建设者"。这并不能说此时的《人民文学》轻视读者的意见，而只能说，《人民文学》的这种编辑思想和国家权力建构民族文学的愿望是一致的，《人民文学》有了坚持下去的底气。

建构民族文学，是《人民文学》的愿望，也是作家特别是少数民族作家的愿望。少数民族作家通过他们投稿、作品、通信等手段表达他们建设

---

① 《〈黑刺林〉编者按》，《人民文学》，1965年第3期。

② 《读者对本刊的意见》，《人民文学》，1956年第2期。

③ 《读者对本刊的意见》，《人民文学》，1956年第2期。

④ 《作家书简》，《人民文学》，1957年第7期。

民族文学的愿望。

《人民文学》作为新中国第一本文学刊物，其发行量到1957年已经达到了20万份[①]，在它上面发表的作品可以说是一文而天下知。这种影响力，再加上《人民文学》所奉行的倡导民族文学的编辑路线，使得一些偏远地区从事民族文学创作的作者也愿意把稿子投给《人民文学》，希望自己的作品能在《人民文学》上发表。玛拉沁夫的第一篇小说《科尔沁草原的人们》就是“把稿子寄给《人民文学》去碰一碰”而一“碰”成名的。[②]《人民文学》的编辑涂光群这样回忆以写云南边疆生活而成名的白桦向《人民文学》投稿的情形：“在《人民文学》创刊初期，（白桦）即向其投稿，曾引起小说编辑秦兆阳的注意。1953年初，他的一篇短篇小说新作，被当年实际负责《人民文学》编辑工作的文学评论家陈涌、萧殷选中、推出，发表在1953年第3期的头条位置，这就是《山间铃响马帮来》。一篇描绘云南边陲地区特有生活风情及大军到后军民的新气象，文笔清新可喜的作品，白桦一举成名天下知。后来作者很快将其改编成电影拍摄放映，作者和作品的影响更加扩大。”[③] 而西藏军人刘克，更是直接把西藏抗英题材剧本《一九〇四年的枪声》送到《人民文学》编辑部，当时的执行主编秦兆阳从题材和培养新人的角度同意发表在1957年第3期上。

通过投稿反映出的稿件的流向，能使我们了解民族文学的作者对建构民族文学的意愿，而更能直接表达这种意愿的当属作家发表的作品和有关的通信等私人文件。

1960年第6期的《人民文学》发表了纳西族艺人木沙龙等口述的诗歌《纳西人的歌越唱越多》，这是因为《纳西族文学史》的出版而引发的长歌。这些纳西族的民间艺人们在诗歌中表达了他们对那种叫做文学艺术的东西的兴趣和渴望。“我们世世代代，/祖祖辈辈，/都爱唱歌，/都爱跳舞，/谁不知道，/纳西人啊，/是能歌善舞的民族。”他们所要歌唱的是爱情，但土司不准他们歌唱，“说野蜂和野花相会，/只能结出野果”。他们只能对着金沙江表白，向玉龙雪山倾诉：“金沙江的激流啊，/礁石阻挡不了；/玉龙山的山顶啊，白云遮盖不住；/我们要歌唱纯洁的爱情，/我们

① 涂光群：《文坛五十年亲历记》，辽宁教育出版社，2005年版，第687页。
② 玛拉沁夫：《答〈萌芽〉编辑部问》，《草原》，1964年第9期。
③ 涂光群：《五十年文坛亲历记》，辽宁教育出版社，2005年版，第529页。

要诉说深重的苦难，我们要控诉罪恶的统治，/我们要表达美好的心愿。//唱了三千五百年，/跳了三千五百年，好听的歌啊，/像山上的树叶一样多，好看的舞啊，/像天上星星一样多。”他们要歌唱，因为歌唱是他们生命的形式，也是他们活着的证明。他们要唱自己“一代又一代，/一辈又一辈，/用心来记，/用心来传”的歌，那歌就像“花儿生在花树上，不怕风吹打”。东巴经师也曾从他们的歌中“采了几片花瓣，/贴在经书上面”。但东巴经师的选择和他们的趣味相去甚远，他们感到“花离了根，/散失了芳香，/花儿得不到雨露和阳光，/变得枯萎焦黄”。经过经师剪裁的歌，已经远离了故事的本源。“好听的歌毕竟有人传，/古老的故事总会有源有本”，他们期望有一种更适合他们的形式使自己的歌传下去。“白鹇鸟从北京飞来/带着珍贵的雨露/飞遍了纳西人住的地方。”他们渴求着的形式终于在“社会主义胜过了天堂的乐园”里找到了，在这里不但他们“古老的悲歌已经整理出版”，而且还开始了“编新故事”，于是他们欢呼，欢呼“党的栽培”，也欢呼“纳西族的文学/花朵鲜艳/青春永在”。前文我们已讨论过，编写少数民族文学史是国家权力支持的一个学术活动，这个活动让纳西族歌手找到了表达自己歌唱愿望的机会。

玛拉沁夫给中国作协的信笺是研究民族文学建构的重要资料。1955 年 1 月 20 日，已在《人民文学》上发表了《科尔沁草原的人们》等有影响作品的玛拉沁夫就民族文学问题写信给中国作家协会。中国作家协会主办的《作家通讯》第 4 期以《关于少数民族的文学——玛拉沁夫同志致本会的信》为题公开发表了这封信。玛拉沁夫首先表达了对中国作协的信赖，并用眼睛来比喻民族文学对国家的重要性。“我国是以汉族为主体的国家，作家协会也当然是以汉民族作家为主的，然而又因为我国是多民族的国家，所以作家协会也必然是各民族作家的统一组织。”作协有帮助少数民族作家的责任，若放弃这个责任，会使中国的文学不完美。“就像一个女人长得很美，只缺了一只眼睛一样。”

作为少数民族作家，玛拉沁夫在这封信中描述了汉族和少数民族在文化上的事实不平等的问题，他迫切希望作协能为消除不平等多做工作。“民族文学在文学艺术的发展（包括文学干部的成长）上，各个民族是互不相同的。我国汉族是一个先进的民族，它有五千年悠久而丰富的文化传统，而在现代文学中，又出现了以鲁迅为代表的许许多多伟大作家，可是我国有些少数民族不久以前还是‘文盲民族’，更谈不上成套的文学艺术了。”一个有着五千年文化积淀的民族和一个刚刚“扫盲”的民族，在专业文学创作方面存在的差距是显而易见的，更何况我国一些少数民族的语言里干脆就没有文学这个概念。在这种情况之下，玛拉沁夫呼吁“为了发展我国各民族文学，我们应当从实际出发，以实事求是的态度来要求与看待今天我国各少数民族文学的文学作品和作者。其中最主要的，就是如何扶持各民族文学发展的问题。”而在玛拉沁夫看来，作为领导全国文学事业的机构——中国作家协会，恰恰“忽视着这样一个重大问题，即中国文学的发展是中国各民族文学的发展”。他直言不讳地批评中国作家协会把作协章程中规定的“发展国内各民族文学”的任务，当作“只在某些大会上才说”的口号，没有真正地把发展民族文学当作作协的一项重要工作。在批评作家协会的同时，作为一名《人民文学》发现和培养的作家，玛拉沁夫对作家协会的机关刊物《人民文学》建构民族文学的工作给予了肯定：“我们必须承认作家协会的机关刊物《人民文学》曾经发表过一些民族作者写的作品和反映各民族人民生活的作品。”玛拉沁夫最后要求作家协会应“充分考虑照顾到各民族作家的具体情况”，并注意吸收少数民族作家加入中国作家协会。

玛拉沁夫的信促动了中国作协加强民族文学建设的工作，作协很快就给他写了回信。全文如下：

玛拉沁夫同志：

你一月二十日的来信，已在作家协会第九次主席常务办公会上进行了讨论。主席团认为，你对于我国多民族的文学工作的意见，是正确的。

新中国成立以来少数民族文学有了很大的发展，一方面各民族中蕴藏着的珍贵的史诗，如《嘎达梅林》《阿诗玛》等，及丰富的民歌和各种民间艺术已经成为全国读者所喜爱的读物；各兄弟民族中已经出现了新的文学工作者，他们创作了像《科尔沁草原的人们》《哈森与加米拉》《金色兴安岭》等出色的作品。但是，如你来信所指出，中国作家协会帮助发展各兄弟民族文学的工作做得很差，这说明，我们对这个问题是重视不够的。为改变这种状况，我们拟采取如下措施：

（一）为了了解各兄弟民族的文学状况，拟在四月间，召开一小型座谈会，交换情况，提出问题，并由座谈会进行准备，向五月间举行的中国作家协会第二次理事会会议，提出如何开展各民族文学工作的报告。

（二）通过座谈会，作家协会再根据各民族不同的实际情况，有计划地发展一些少数民族会员。

（三）通过座谈会，希望各民族能提出推荐自己的文学作品，同时，商讨有关翻译作品及发表作品等项问题。

（四）通过座谈会及第二次理事会议，商定中国作家协会与各民族自治区文学团体的联系方法。此外，你来信中提到的诗人纳·赛音朝克图，希望你将他的情况和作品向我们作一个介绍。

此致

敬礼！

中国作家协会

三月十二日

从作家协会给玛拉沁夫的回信中可以看出作协几乎全面赞同玛拉沁夫的意见和建议。从“中国文学是中国各民族文学”的基本观念，到开会研究发展少数民族的具体措施，再到发表和翻译民族文学作品和吸纳少数民族作家加入中国作家协会，玛拉沁夫的建构民族文学的愿望和中国作家协会所要做的工作完全一致。玛拉沁夫和中国作协的通信有力地证明了我们关于民族文学建构愿望的相向性结论。这种建构愿望的相向性，深刻地影响了《人民文学》建构民族文学的基本特征，使因认同国家而成的中华民族政治共同体与因认同本民族而生成的历史文化共同体统一在《人民文学》所建构的想象共同体里。

二、建构过程的不平衡性

《人民文学》从创刊开始就提出了建构民族文学的主张，一直到1966年第5期停刊，这期间始终没有停止过对民族文学的建构，但由于各民族不同的历史文化传统、国家文学政策的影响等原因，使《人民文学》在建构民族文学的过程中也表现出了不同民族间、不同文体间、不同时段的不平衡性。

中国是一个以汉族为主体的统一的多民族国家，除汉族外，在55个少数民族中，各民族的历史文化传统差异很大。“有的少数民族文化比较发达，像朝鲜族的文化艺术，在普及方面就超过了汉族”①，有的民族则只有语言没有文字，也没有文人文学的传统，如侗族。虽然强调中国文学是由各民族组成的文学，但在这样不平衡的文化背景下建构的民族文学，其结构的不平衡性可想而知。《人民文学》为了说明中国文学是由各个民族的文学组成的，显然想尽量广泛地发表各民族的文学作品，为此发表了描写居住极偏远、人口极少的苦聪人（居住在云南的原始森林中，1985 年被划为拉祜族）、鄂伦春族的作品，甚至还有一首苦聪人写的诗歌，但这些作品的象征意义大于实际的文学意义，真正是玛拉沁夫所说的“点缀”。从作家的结构看，居住地与北京距离较近、解放时间较早的蒙古族等作家在《人民文学》上发表的民族作品比较多；从民族文学作品所反映的地区看，写少数民族较多的云南、社会变化较大的西藏的作品比较多。这种格局的形成还与语言有关系。《人民文学》是以汉语语言、汉字诉诸表达的文学杂志，它所发表的只能是汉语言文字水平比较好的民族作家或翻译家的作品，而这对于边远民族地区的人们来说也是个短时间内难以跨越的关口。

《人民文学》在建构民族文学过程中，表现出了文体结构的不平衡。在 1949 年到 1966 年《人民文学》发表的 670 篇民族文学作品中，诗歌有 454 篇，在其他体裁中，小说的数量最多，但也才 88 篇，散文 73 篇，戏剧仅有 9 篇。而在大量的诗歌作品中，新创作的民歌又占了相当大的比重，这也是玛拉沁夫批评《人民文学》用“几首短诗”来“点缀”民族文学的一个原因。这种局面的形成，与少数民族的文学传统有关。能歌善舞是少数民族的一个特点，少数民族歌曲的种类也多，如蒙古族的赞歌、哈萨克牧歌、壮族的欢悦、侗族的大歌，东乡族、撒拉族的花儿等。有的民族甚至把唱歌当作自己的生活方式。1956 年徐迟在《人民文学》上发表的《撒尼人》描述了这种情况：“云南的撒尼人人口不多，/他们可有两万多音乐家，/他们有两万多舞蹈家，/还有两万多个诗人！还有两万多个牧羊人，/但不要以为他们有十万之众，/他们只有两万多人。”歌多，由歌转化而来的诗自然也就多。《人民文学》所发表诗歌的作者，有些就是民间的歌者，如蒙古族的说书艺人帕杰、毛依罕，藏族的伊丹才让等。对于汉族作者来说，他们由少数民族的那种诗化人生所燃起的强烈感情，也许没

① 费孝通：《学术与反思》，三联书店，1996 年版，第 28 页。

有比诗更适于表达的形式了。当然这种表达在艺术上还有许多提高的空间，当时的中国作协负责人郭小川看了梁上泉发表在《人民文学》1956 年第 2 期上的诗歌《南方的边境》后，就表示“不满意”[①]。

从发表民族文学作品的数量讲，《人民文学》在建构民族文学的过程中，存在着时段上的不平衡。在 1949 年到 1965 年的 17 年间，《人民文学》总共出版 197 期，发表民族文学作品 670 篇，平均每年发表 39.4 篇，每期 3.4 篇。但具体到某年某期看，不平衡性就很明显了。大体上可以这样描述《人民文学》这 17 年间发表民族文学作品的轨迹：从创刊到 1955 年呈逐年缓慢增加的趋势，到 1956 年，受玛拉沁夫就民族文学给中国作家协会的信和老舍《关于少数民族文学工作的报告》[②] 影响，《人民文学》发表民族文学作品的数量有了大幅度的增加，由 1955 年的 33 篇增加到 74 篇。直到 1959 年，《人民文学》每年发表民族文学的数量都保持在六七十篇左右。从 1960 年开始，又呈现出下降的趋势，变成每年发表 40 篇左右。这条曲线随着中国文学政策的变动而变化，反映着不同时期的中国文学现实状况。具体到每一期，这种不平衡有两个并不普遍的现象值得注意，一是民族文学作品发表的数量和《人民文学》整体的稿源情况相联系，当其他稿件总量少的时候，民族文学作品就多些，而当其他稿件多的时候，民族文学作品就会少些。最典型的就是在当代文学中颇具影响的 1957 年 7 月的“特大号”上，没有一篇民族文学作品发表。编者的话透露了其中的原因：“我们感到高兴，因为在很多作家的支持和帮助下，经过一段时间的努力，刊物的面貌毕竟是有了一些改变……多少年来一直没有动笔或很少发表作品的老作家，在这期上出现得比较多，特别是诗歌和散文部分，这个特点就表现得更为明显了。”[③] 当成熟的老作家的稿子多起来之后，相对稚嫩的民族文学作品的发表空间自然就少了。再一个就是每当国庆前后，《人民文学》所发表的民族文学作品的数量就有增加的现象，如 1956 年第 10 期发表民族文学作品 10 篇，1959 年第 10 期发表民族文学作品 9 篇，这都远远超过了每期 3.4 篇的平均水平。这与《人民文学》“献礼台”的定位有

① 郭小川：《郭小川 1957 年日记》，河南人民出版社，2000 年版，第 54 页。

② 老舍：《老舍文集》，人民文学出版社，1991 年版，第 385 页。

③ 《编后记》，《人民文学》，1957 年第 7 期。

关，[1] 也是《人民文学》建构“想象共同体”的一个证明。

三、对民间文学的改写

《人民文学》在建构民族文学时，是用何种形式把国家政治和民族历史文化统一于自己所建构的“想象共同体”之中的呢？《人民文学》以这种建构形式参与民族国家建设时所呈现的特色和一般的民族国家理论有何不同？这是我们关注的问题。

前面我们已经讨论过，《人民文学》是一本以汉语为媒介的“全国性文学刊物”。[2] 它在建构民族文学时，虽然也有少量的翻译作品，但事实上已把各民族的写作语言统一为汉语。而这和安德森的“想象共同体”理论是相逆的。安德森认为在民族国家形成过程中，语言和印刷物起了重要的作用，以个别的印刷方言为基础形成的世俗语言共同体，就是后来所谓的“民族”。[3]《人民文学》之所以在建构“想象共同体”时出现了和安德森所描述的民族国家建构过程的相逆现象，主要是因为中国现实的特殊性。中国作为有 56 个民族的统一多民族国家，民族语言众多，使用情况复杂。曾有语言专家统计过，中国 56 个民族使用着 80 多种语言，也有人认为有 130 种语言。[4] 而在这众多的语言中，多数是有语言没文字的。建国后，政府曾帮助一些有语言没文字的少数民族创立文字。《人民文学》在 1958 年第 6 期上就曾发表过一首歌唱苗族文字诞生的诗歌《金鸟——欢呼苗族文字诞生》。但新创制的文字，很难推广开来。

生活在中国的各民族以大杂居、小聚居的特点分布在统一的国土上，所以虽然语言众多，但有很多成员大部分时间却不能使用母语与他人交流。在这种情况下，汉语就成了人们沟通的共同语。另外汉语文学的成就也使得一些少数民族作家自觉地使用汉语写作，玛拉沁夫就主张蒙古族作家要向汉语文学学习，蒙古族作家“在向其他兄弟民族学习当中，首先是

① 《编者的话（一）》，《人民文学》，1959 年第 1 期。

② 老舍：《老舍全集》第 18 卷，人民文学出版社，1999 年版，第 371 页。

③ ［美］本尼迪克特·安德森著，吴叡人译：《想象的共同体——民族主义的起源与散布》，上海人民出版社，2005 年版，第 41 ~ 46 页。

④ 周庆生：《语言与民族识别问题》，《中国社会科学院研究生院学报》，2006 年第 2 期。

向伟大的汉族学习。内蒙古的文学事业，之所以有这样迅速的发展，除了其他一些因素之外，内蒙古青年文学工作者始终努力向汉族文学和汉族作家学习，是很重要的一个因素……我在这方面有深深的感受。"这不但是他个人的体验，也是许多蒙古族作家和读者的风气。"今天，内蒙古新的文学工作者，在学习汉族文学和作家方面，更加勤勉、更加系统了。许多青年作者都是在汉族文学的影响下和汉族作家的帮助下成长起来的。汉族著名作家的作品，差不多都有蒙文译本，鲁迅先生的作品尤其为蒙古族青年读者所喜爱。"[①]

使用汉语的现象，还和民族文学的作者多是由从事实际工作的革命者发展而来有关。玛拉沁夫、巴·布林贝赫、敖德斯尔、朋斯克、饶阶巴桑、铁依甫江、李旭等这些在《人民文学》发表作品相对较多的少数民族作家，在从事写作工作之前，都是革命队伍里的战士，基于共同的革命理想，他们自然认同以汉语为共同语的多民族国家。很多少数民族作者和汉族编辑、老师之间结下了深厚的友谊，他们的作品也不同程度地表现着汉族编辑的思想。玛拉沁夫说秦兆阳给他修改过《科尔沁草原上的人们》。[②]韦其麟也是在老师和编辑的帮助下完成了《百鸟衣》的写作。[③]

使用汉语建构民族文学还和当时的社会氛围有关，语言学家道布在批评1958年出现"语言融合"的时候，为我们描述了当时的语言同化的社会氛围。[④]必须说明的是，《人民文学》也好，作家也好，都没有对用汉语建构民族文学表示过不同意见。邵荃麟在1959年说的一段话，能帮助我们更好地理解当时《人民文学》和作家对汉语成为标准语言过程的理解。他说："我国是个多民族的国家。许多兄弟民族都有自己的文化传统。但在过去反动阶级的大汉族主义统治下，各兄弟民族在政治、经济、文化上是没有平等地位的，因而在文学上也是没有平等地位的。过去一些汉人所著的文学史中就没有兄弟民族文学的篇幅。中华人民共和国成立以后，彻底废除了我国历史上民族压迫制度，各民族进入了平等、团结、合作的新时代，成为一个统一的社会主义大家庭，在文学上也第一次出现多民族文学

① 玛拉沁夫：《为祖国各民族文学大花园而欢呼》，《文艺报》，1959年第18期。

② 袁向东：玛拉沁夫访谈笔记。

③ 《周民震韦其麟莎红研究专集》，漓江出版社，1984年版，第255页。

④ 道布：《道布文集》，上海辞书出版社，2005年版，第188页。

的共同发展与繁荣。有些少数民族没有文字的，也制定了自己的文字，出版了自己的书籍和报纸。而那些具有悠久文学传统的兄弟民族，如蒙族、藏族、回族、维吾尔族、哈萨克族、乌孜别克族、朝鲜族和西南各少数民族，则无论在整理文学遗产或新创作上，都取得了巨大成就。”① 直到新时期文学开始后的1980年代，少数民族作家才开始对汉语写作表现出一种担心，甚至提出了“宁肯欧化，也不汉化”的主张②，到了1990年代，张承志在《听人读书》一文中，对汉语汉字表示了更激烈的拒绝。

《人民文学》是从民族民间文学整理、创作和作家文学两个方面展开少数民族文学建设的。创刊后出版的第3期杂志上就发表了蒙古族民间叙事诗《嘎达梅林》（1950年1月出版），并受到了“普遍的欢迎”③。在1951年第2期《人民文学》上又发表了达斡尔民间叙事诗《呼热海鄂基民》（达斡尔语，亲爱的妈妈）。随着国家编写少数民族文学史工作的开展，《人民文学》发表民间文学或与民间文学有关的作品数量也开始增加，发表或转载了多篇经过整理的少数民族民间叙事诗、抒情诗或根据少数民族口头传说创作的作品。如《阿诗玛》（1954年第5期转载）、《寻找太阳的故事——中甸藏族的传说》（1955年第4期）、《百鸟衣》（壮族作家韦其麟根据壮族传说创作，1955年第7期转载）、《虹》（仫佬族包玉堂根据苗族传说创作，1956年第8期）、《游悲》（纳西族抒情长诗，1957年第1期）《藏族民间故事5篇》（1959年第5期）、《葫芦信》（傣族民间叙事诗，1959年第9期）等。

每个民族都有自己独特的文化传统，也都有凝聚自己族群的“集体记忆”。④ 口头文学是集体记忆的载体之一。美国学者弗里和芬兰学者杭柯把口头文学文本分为三类，即“口头文本”、“源于口头的文本”和“以传统为取向的文本”。口头文本以口头形式传播；源于口头的文本指某一区

① 邵荃麟：《文学十年历程》，《文艺报》，1959年第10期。

② 转引自玛拉沁夫：《中国少数民族文学经典文库·理论批评卷》，云南人民出版社，1999年版，第483页。

③ 《〈阿诗玛〉编者按》，《人民文学》，1954年第5期。

④ 集体记忆研究者所关注的中心问题是群体如何选择、组织、重述“过去”，以创造一个群体的共同传统。王明珂：《华夏边缘——历史记忆与族群认同》，社会科学文献出版社，2006年版，第28页。记忆是一种集体社会行为，人民从社会中得到记忆，也在社会中重组这些记忆；每个社会群体都有其对应的集体记忆，借此该群体得以延续。

域内用当地文字写成的记录口头文学的文本；以传统为取向的文本是经过加工修改的文本。[①]《人民文学》发表、转载经过整理或再创作的少数民族口头文学，实际上也是参与民族志的田野调查活动，[②] 它把可能是庞杂的民族历史文化传统变成清晰的印刷品，更利于广泛地传播开来。整理或再创作，其实也是个筛选过程。《人民文学》上发表民间文学作品，显然大多属于以传统为取向的文本。之所以要经过整理或再创造，不仅仅是为了把口头的东西转化成文字，更重要的是要摒弃那些不利于国家认同的东西。人类学学者葛慈认为，当一个新国家成立时，为政者总是希望各族群放下根基性联系，而团结在造成国家群体的公民联系中。[③]《人民文学》在传播这些凝聚着少数民族根基性的文化因素的作品时，更看重的是这些经过整理和再创作的少数民族口头文学所具有的对形成和发展中华民族的共同思想有利的因素。而这些因素也是构成新中国文学版图要素之一。这些因素包括"歌颂劳动和勇敢、自由和爱情"，"反抗压迫者的英勇性格和追求自由幸福的坚强意志和智慧"。[④] 这是《人民文学》发表经过整理或再创作的民间文学作品的根本动因。此外，人民文学理论认为民间口头文学中只有精华部分才是人民文学的组成部分。郭沫若在《人民的文艺》中一方面说"不管是史诗、传说、神话，都是人民大众的东西。他是被集体创作，集体享受，集体保有的"，是人民的文艺；另一方面他又强调人民的文艺和"一切变相的帝王思想、个人主义……是完全绝缘的"[⑤]。陆定一则认为少数民族的民间文艺中精华部分是那些"反映少数民族劳动人民热爱祖国、热爱劳动等积极健康的部分"[⑥]。《人民文学》发表经过整理或再创作的民间文艺作品就是要把民族历史文化传统中的精华和国家意识形态一起凝固成新的集体记忆。

集体记忆是经过重组和遗忘而形成的。由于1950年代的少数民族民间

---

① 巴莫曲布莫：《"民间虚实传统格式化"之批评》，《民族文化》，2004年第2期。

② 民族志的田野调查，通常指文化人类学家在异民族文化或本民族社会的亚文化的群体中展开的现地调查。这种活动通常是为了搜集异文化、亚文化的资料或证实一些假设。尹虎彬：《口头诗学与民族志》，《民俗研究》，2002年第2期。

③ 转引自王明珂：《华夏边缘——历史记忆与族群认同》，社会科学文献出版社，2006年版，第21页。

④ 《〈阿诗玛〉编者按》，《人民文学》，1954年第5期。

⑤ 郭沫若：《人民的文艺》，《大公报》，1945年4月20日。

⑥ 陆定一：《陆定一文集》，人民出版社，1992年版，第672页。

文学的搜集整理工作是由当时政府组织的，正如《葫芦信》的整理者所说“是在党的亲切关怀下进行的，各级党委宣传部都给了我们许多帮助”①。所以《人民文学》的编者重组民族记忆的能力是有限的。它只是读者（主要是汉族读者）张望少数民族的一个窗口，他们看到的是和自己不一样的处理问题的方式，如《嘎达梅林》中的杀女救夫，《阿诗玛》、《虹》、《百鸟衣》中的抢婚等。

当民间艺人的表演变成文学杂志的内容，听众变成读者的时候，人民文学的阶级性就会要求文学杂志选择有共同知识背景的文学文本，而遗忘一些和少数民族民间生活关系密切的诸如宗教信仰、婚姻制度等“民族记忆”。如《阿诗玛》在整理过程中就摒除了阿黑和阿诗玛所反映出的“兄妹婚”的婚姻形式。② 总的说来，随着时间的推移，社会价值取向的明朗，这种遗忘是不断增加的。《嘎达梅林》中还有蒙古民间佛教信仰的因素，如转世等，到了周良沛整理的纳西族抒情长诗《游悲》，整理者已经主动放弃从东巴经文中选材料了。③

口头文学传播的特点是“艺人与听众，共同生活在特定的传统之中，共享着特定的知识，以使传播能够顺利地完成”④。特定的传统和知识又使这类少数民族文学作品具有特殊的想象力和表现形式，这也弥补了《人民文学》所发表的作品普遍存在的文学性差的弱点。《人民文学》编者也说，这类作品“更加丰富我们的多民族文学宝库”⑤。

人民文学所发表的民间口头文学不论是对口头文学的直接整理，还是利用民间资源的创作，都不是真正意义上的民族民间文学，而是经过民族过滤和改造的，是为了国家的认同而改写出来的。如巴莫曲布莫通过对《阿诗玛》整理过程的研究，对此就有很好的说明。⑥

① 《〈葫芦信〉附记》，《人民文学》，1959年第9期。

② 赵德光：《阿诗玛文化重构论》，中国社会科学出版社，2005年版，第63页。

③ 周良沛：《关于“游悲”》，《人民文学》，1957年第1期。

④ 约翰·迈尔斯·弗里：《口头诗学：帕里—洛德理论》，中国社会科学出版社，2000年版，第21页。

⑤ 《〈阿诗玛〉编者按》，《人民文学》，1954年第5期。

⑥ 巴莫曲布莫：《“民间虚实传统格式化”之批评》，《民族文化》，2004年第2期。

第四章 蒙藏叙述

以蒙古族作家对内蒙古的叙述，以及汉族作家对西藏的叙述为个案，论述《人民文学》如何在民族国家的背景下建构民族文学的。

《人民文学》从1949年10月到1966年5月各期发表的民族文学作品中，蒙古族作家写内蒙古、汉族作家写西藏的作品数量约占1/3。《人民文学》发表反映蒙藏生活题材的作品所占比例如此高，是《人民文学》对反映民族生活作品的重视，这种不断的坚持逐渐形成了《人民文学》的民族文学特色，完成了民族文学的建构。

叙述蒙藏故事的作品数量如此之多，其根本原因在于《人民文学》编辑部坚持贴近现实、反映现实、歌颂社会主义新生活的现实主义文学观，以及多年来努力挖掘能够反映边疆民族地区社会、军事、文化、经济生活题材的作品。在1949年10月出版的创刊号上，《人民文学》发表了周扬的《新的人民文艺》，这是周扬在第一次文代会上所作的报告。这个报告对如何建构包括文学期刊在内的中国当代文学具有指导意义，也是我们理解那个时期文学期刊编辑思想的一个路径。周扬在报告中谈到了党和国家政策对文学的指导作用，认为通过政策来实现人民自己的目的，是新旧社会的根本区别，他说："在人民民主专政的新社会中，人民已成为自己命运的主人，人民的行动不再是自发的、盲目的，而是有意识的、有组织的，按照一定的目标进行的；这就是说，他们的行动是被政策所指导的，人民通过根据他们的利益所制定的各种政策来主宰自己的命运。这是新的人民时代不同于过去一切旧时代的根本规律。"[①] 而文艺工作者"只有站在正确的政策观点上，才能反映各个人物的相互关系、他们的生活行为和思想动态"，才能正确地反映生活。当时，我们党关于文艺的根本政策，便是从毛泽东《在延安文艺座谈会上的讲话》中所提炼出来的现实主义的文艺主张。这在中宣部于1943年11月7日发布的《关于执行党的文艺政策

① 周扬：《新的人民文艺》，《人民文学》创刊号。

的决定》中有明确的规定："十月十九日《解放日报》发表的毛泽东同志《在延安文艺座谈会上的讲话》规定了党对于现阶段中国文艺运动的基本方针。全党都应该研究这个文件，以便对文艺的理论与实际问题获得一致的正确认识，纠正过去各种错误的认识。全党的文艺工作者都应该研究和实行这个文件的指示，克服过去思想中、工作中、作品中存在的各种偏向，以便把党的方针贯彻到一切文艺工作中去，使文艺更好地服务于民族与人民的解放事业，并使文艺事业本身得到更好的发展。"① 要求文艺服务于"民族与人民的解放事业"，以革命和建设的号召者和推动者的姿态，讲述中国版图内各民族兄弟的幸福生活，是我们党和政府长期奉行的文艺政策。当我们把这样的文艺政策与前文我们曾经论述过的《人民文学》的编辑方针互相参照时，就不难理解《人民文学》为什么如此重视蒙藏叙事了。

把现实主义原则中的"这一个"② 的典型理论实践化，也使得《人民文学》把内蒙古和西藏当作民族地区的代表，通过这样的"个别"，来实现建构民族文学的"一般"。

从个别到一般，是马克思主义的基本思想方法，也是当时党和政府的基本工作方法。马克思在《〈政治经济学批判〉序言》中曾提到"从个别到一般"的方法。毛泽东在《实践论》、《矛盾论》等著述中对这种方法进行了哲学论证，认为人的认识是"由特殊到一般，由一般到特殊"两个互相联结的过程③。党和政府的文艺政策作为中国作协机关刊物的属性，使《人民文学》具备了文学叙事和实际工作相互转换的品格。《人民文学》根据党和国家工作大局的需要，设计栏目，发表相关的作品。如为配合中央整顿新闻出版工作的需要，《人民文学》1952 年第 1 期的头条专栏发表了胡乔木的《文艺工作者为什么要改造思想?》、周扬等人的《整顿文艺思想，改进领导工作》、丁玲的《为提高我们刊物的思想性、战斗性而斗争》等七篇文章；1955 年《人民文学》第 7 期的头条专栏是"坚决肃清胡风集团和一切暗藏的反革命分子"，刊发了夏衍的《对敌人仁慈就是对人民残酷》、袁水拍的《慌了手脚的蒋匪帮宣传员们》、陈荒煤的《坚决保卫文学

① 中宣部：《关于执行党的文艺政策的决定》，《解放日报》，1943 年 11 月 8 日。

② 恩格斯：《致敏·考茨基》，《马克思恩格斯选集》第 4 卷，人民出版社 1995 年版，第 673 页。

③ 毛泽东：《矛盾论》，《毛泽东选集》（合订本），人民出版社，1969 年版，第 285 页。

的党性原则》等14篇文章。当《人民文学》开展实践工作时，他们的工作方法又往往是文学的。对“三反五反”、抗美援朝、合作化运动等，《人民文学》都用诗歌、小说等形式予以宣传，如1952年《人民文学》第5期头条专栏是“志愿军诗辑”，专栏发表了炮兵李华的《当志愿军是为了啥》、志愿军战士刘嘉琳的《前进！向南进军》、志愿军谢援澜的《火线除夕》、志愿军苏蒂子的《英雄司机冲出照明圈》、志愿军王寿图的《火线掩埋战友》、志愿军军营教导员凝甘的《祖国啊，你好》、志愿军栗树屏的《当我看到红领巾的时候》、志愿军休养员林树的《寄朝鲜老大娘》、志愿军文工团方艾的《写给最亲的人》、志愿军某报编辑工作者董嘉南的《聂鲁达的诗加入了我们的战斗》等10首描写志愿军指战员的诗歌。这样一来，文学中的现实主义理论要求和实际工作中从个别到一般的工作方法，在《人民文学》杂志的编辑工作中可以说是结合得浑然一体、水乳交融。而这一点也从《人民文学》编辑部曾因对实际工作配合不力而检讨、作为《人民文学》编委的胡风在“三十万言书”中批评杂志的这种编辑方法和工作方法的言论中得到证明。

《人民文学》从个别到一般的办刊思路，还可以从其发表的文艺论文中得到印证。诗人何其芳在新中国成立后主要是以理论家的形象出现在《人民文学》杂志上的。他在第1卷第2期上发表的《文艺作品必须善于写矛盾和斗争》、第2卷第1期上发表的《随笔四篇》，都是用毛泽东的哲学思想来解释文艺现象的，依据毛泽东《在延安文艺座谈会上的讲话》思想来分析文艺问题、进行自我批判。《随笔四篇》中的第一篇《论专门家的话》，从鲁迅的“专家多悖”谈起，说他们不但在专门之外的事情上是多悖的，在专门以内也是如此。何其芳批评所谓的专家是“只能抓住一些次要或者细小的东西，反而看不见那些根本的或巨大的东西”。很明显，何其芳是用个别和一般关系的理论来批评文艺现象，阐释文艺理论的。在这个理论之下，他还推导出专家应该向群众学习的观点：“对于一个作品，我们最注意的是那些属于艺术性方面的问题，脑子里装满了莎士比亚、歌德之类，不知道首先应该考虑的是它的政治意义和当时当地广大群众的要求。”[①] 专家评价作品的政治意义、了解群众的要求，就只有向群众学习一途，舍此无他。何其芳的文章在《人民文学》初期的作者中产生了较为深

① 何其芳：《随笔四篇》，《人民文学》，第2卷第1期。

刻的影响。《人民文学》办刊初期，部队的作者、特别是华北军区的作者是投稿的主力军。来自华北的稿子占来稿总量的37.9%，这其中绝大部分是华北军区的稿子。[①] 1950年3月25日，华北军区宣传部召开14人参加的创作座谈会，会议开了14天，中心议题是“解决创作思想和创作方法几个根本问题”。会议除了学习高尔基、周扬等人关于现实主义的论述外，还重点“参考”了何其芳发表在《人民文学》上的《文艺作品必须善于描写矛盾和斗争》等文章。在学习和参考了这些文章之后，“大家的批评尺度就更高了一步”，对以前创作中只“反映生活过程和表面现象”等“缺点”进行了总结和反省。[②] 只反映生活表面现象，而没有反映生活的本质，这种思想方法与个别和一般的关系是不一致的。通过《人民文学》发表的这些文章，我们也可以得出《人民文学》发表如此多的讲述蒙藏故事的作品，是其运用从个别到一般的思想方法来建构民族文学的一种策略的结论。

当然，在中国的历史和现实中，蒙藏故事堪称是中国民族故事有代表性的“个别”。内蒙古和西藏，历史上关系密切，13世纪蒙元将西藏纳入中国版图，到16世纪，藏传佛教已覆盖蒙古高原。[③] 内蒙古和西藏，现实中地位特殊，一个是我国成立最早的模范自治区，一个是最后成立的自治区，不论从文学还是从政治角度来说，二者对建构民族文学都具有特别的意义。1954年中央发表的《关于过去几年内党在少数民族中进行工作的主要经验总结》描述了两个地区的不同情况：已经进行了社会改革和土地改革的内蒙古少数民族地区和汉族地区一样，现在处在过渡到社会主义社会的时期；而尚未进行社会改革的西藏，今后究竟应如何来进行社会改革，以便最终也能过渡到社会主义，中央认为这是必须加以慎重考虑的。中央之所以要认真考虑西藏的问题，主要是因为西藏的历史、文化比较特殊。这种特殊性主要表现在：一是外国势力对西藏的侵略时间长，二是宗教领袖的影响力大，三是西藏与中央政府关系不密切，四是西藏有自己的武装力量。1957年，刘克在《人民文学》上发表历史剧《一九〇四年的枪声》，剧中借英国人的口说：“西藏不是单纯的西藏，由于宗教和民族的关

① 《人民文学》编辑部：《本刊各地区来稿统计比率表》，《人民文学》，第2卷第3期。

② 侯金镜：《记华北军区创作座谈会》，《人民文学》，第2卷第3期。

③ 傅千吉：《论藏传佛教对蒙藏文化关系的影响》，《西南民族学院学报》，2003年第5期。

系，它将直接影响青海和蒙古。”① 对西藏历史、文化的特殊性，毛泽东等最高决策者了解得也不十分具体。1959 年 4 月，毛泽东写信给时任中央统战部副部长的汪峰，要汪峰替他搜集西藏的资料，还嘱咐新华社要帮助搜集，并要求新华社要长期地研究西藏情况。② 领袖尚且如此，一般百姓对西藏想必更要靠发行量较大的《人民文学》等期刊杂志展开想象了。

与内蒙古、西藏的社会现实相关联，在《人民文学》发表的作品中，写内蒙古的大都是蒙古族作家，他们多是参加革命后，出于对家乡的热爱、对故土的思恋、对革命的忠诚和对文学的爱好而拿起笔来从事创作的。玛拉沁夫、朋斯克、敖德尔斯尔、巴·布林贝赫等这些耳熟能详的作家，都有参加革命的经历，在参加革命工作后，他们或者用蒙古文，或者用刚学会的汉文从事创作，甚至直接给《人民文学》投稿，比如玛拉沁夫从科尔沁草原把自己的处女作《科尔沁草原的人们》投给远在首都北京的《人民文学》。讲述西藏故事的则主要是汉族作家，他们大部分是随部队进入藏区的，高原的人文地理、风土人情，西藏的民俗、文化传统，现实中的修路、平叛等重大事件，历史上的西藏人民抗击外国侵略者的传奇故事，所有这些都促使身在军旅的汉族作家拿起笔来，把他们在西藏的所见所闻、所思所想，告诉《人民文学》的读者。这些作家包括顾工、柯岗、杨星火、刘克、陈其通、郭超人等。而这个时期《人民文学》的作者中，藏族作家只有四位，其中一位还是清代的六世达赖喇嘛。就连在中国作协负责少数民族文学工作的老舍也感叹“对于藏族作家，我们知道的不多”③。

不只是西藏的藏族作者不多，就是内蒙古的蒙古族作者也不是很多。为此，《人民文学》还用发表蒙藏民间文学作品的方式讲述蒙藏故事。如《人民文学》第 1 卷第 3 期发表了由陈清漳等人翻译的蒙古族民间叙事诗《嘎达梅林》；第 4 卷第 2 期发表了《蒙藏诗抄》；1955 年第 4 期发表了由江虹整理的藏族诗歌《寻找太阳的故事》；1959 年第 11 期发表了蒙古族著名说书艺人毛依罕的诗歌《歌颂灿烂的祖国》；1960 年第 1 期发表了蒙古

---

① 刘克：《一九〇四年的枪声》，《人民文学》，1957 年第 3 期。

② 毛泽东：《毛泽东书信选集》，人民文学出版社，1983 年版，第 555 页。

③ 老舍：《关于少数民族文学工作的报告》，《中国少数民族文学经典文库理论批评卷》，云南人民出版社，1999 年版，第 7 页。

族艺人琶杰的诗歌《团结之歌》等。这样既述说了蒙藏民族文化的承传关系，又缓解了蒙藏作者稀缺的问题，还增强了《人民文学》所发表作品的民族文学性。

蒙古族的长篇叙事民歌是从清末开始逐渐流行于半农半牧的东蒙地区的一种歌唱说书形式，它由职业演唱艺人用四胡或潮尔琴伴奏，自拉自唱。歌唱的内容多是人物众多、情节复杂的故事。叙事诗《嘎达梅林》是20世纪30年代产生并流传于东蒙地区的蒙古族长篇叙事民歌，歌颂的是为了蒙旗人民的土地而起义反抗王爷和军阀的达尔罕旗王府的梅林（官名，相当于营长）嘎达的英雄事迹。原国民政府蒙藏委员会主办的《蒙藏周报》称嘎达梅林是“巡扰边境”的“马匪”、“残虏巨匪”，[①] 而民间百姓却把他看成是为自己民族利益而牺牲的英雄，他们用民间歌唱的形式，传诵嘎达梅林的反抗行为。这首长篇叙事诗的整理者和翻译者挖掘了民间歌唱中的人民性和革命性因素，用蒙古族擅长的铺排比兴作为基本手法，成功地再现了嘎达梅林的英雄形象。《人民文学》杂志在刊发这首民间叙事诗的同时，还发表了作为译者之一的陈清漳撰写的《关于〈嘎达梅林〉》。文章介绍说：“在蒙古民间（主要是东蒙），到处歌唱着《嘎达梅林》，并传说着关于他的故事。蒙古人民之所以歌唱他，正是因为嘎达梅林当时是站在人民这一边反抗封建王公，反对大汉族主义者——军阀、国民党的压迫和侵略。”[②] 他还介绍说：“这是一个真实的故事，这篇诗歌是蒙古人民的集体创作，是蒙古人民斗争的一幕壮烈的悲剧。”《嘎达梅林》自从被《人民文学》发表后，便在全国广为流传，并深受好评，直到1954年，《人民文学》的编辑提起《嘎达梅林》时，还说它发表后，“曾经受到普遍的欢迎”。[③] 这种成功的编辑经验，还被《人民文学》不断地运用到后来的编辑实践中。经《人民文学》发表的《嘎达梅林》，成为家喻户晓的蒙古族民间文艺作品，后来还多次被改编成交响诗、京剧、连环画等艺术形式。

蒙古族是诗的民族，蒙古草原被誉为歌海诗乡，诗歌是蒙古族生活的一部分，不论是在敬神祈祷、还是在佳节盛宴，不论是在男婚女嫁的仪式

---

① 《蒙藏周报》第65期、第76期。

② 陈清漳：《关于〈嘎达梅林〉》，《人民文学》，第1卷第3期。

③ 《〈阿诗玛〉编者按》，《人民文学》，1954年第5期。

上，还是在放牧狩猎的劳动中，蒙古族人民都用歌声来抒发自己的情感。他们用不同类型的诗歌来抒发自己对生活的感受。著名学者齐木德道尔吉把蒙古族民间歌唱形式分为祭祀类、赞颂类、宴歌类、情歌类、婚礼类、哭嫁类、战歌类、思乡类等。[①] 如此多样的民间歌唱形式，反映出内蒙古地区有着丰富的民间文学资源。《人民文学》在发表了《嘎达梅林》后，又在1951年5月出版的第4卷第1期上发表了《蒙藏诗抄》，包括一首藏族民歌、两首蒙古族民歌和一首达斡尔族叙事民歌。编者在其中的蒙古族民歌《送子出征》的题目下加了一段按语，对这首民歌的作者和创造过程做了简要说明："扎赉特旗音德尔努图克岗干屯的宝勒高，是内蒙骑兵师战斗功臣王青山的母亲，这首歌是她在欢送儿子参军的大会上唱的。在'打倒蒋介石，解放全中国，解放全内蒙'的战斗动员下，宝勒高把自己心爱的独子送去参加人民解放军。她一夜没有入睡，以崇高的母爱和胜利的消息编织成了这首歌。大会上，她端起一杯酒，把昨夜编的歌赠给参军的孩子们。"英雄的母亲宝勒高创作并演唱的这首歌共36句歌词，每4句一节，分为9节。歌词的内容虽然是鼓励子弟当兵上前线杀敌立功的，反映的却是蒙古族的新生活、新人物。从创作的过程、歌唱的形式和所用的意象，还是能看出蒙古族特有的文化心理特征。从创作过程和歌唱形式来看，这让母亲之所以能在一夜之内完成的诗歌创作，自然是因为她对儿子的真挚感情。此外，蒙古族民间文学的表达程式也不能不说是其中一个原因。在《人民文学》的编者按语中说，这位歌者是内蒙古扎赉特旗人。扎赉特旗地处内蒙古东部，而东蒙民歌多用比兴起笔，以四句一节为基本章法。如科尔沁民歌《达古拉》："山丁子树郁郁葱葱/只有一两颗的果儿香/同辈的姐妹千千万/哪个能比达古拉姑娘。"草原上世代相传的民歌形式，很自然地成为草原百姓的集体无意识，这首《送子出征》，显然也是按照这种程式和章法吟唱出的："浩尔吉酒洒在昆仑山顶/万丈的光芒就往上升/在座的弟兄们喝下去/胜利的喜报传回家中。"四句一节，头两句比兴，自然带出后两句的嘱咐与祝愿。这首歌的歌词所蕴含的意象反映出蒙古族崇拜英雄、亲近自然和诗化生活的民族心理。"浩尔吉"酒为马奶酒的一种，在送子出征的仪式上，母亲把壮行酒诗化为抒情意象，用丰富的想象

① 齐木德道尔吉：《蒙古族绚丽多彩的民间文学》，《内蒙古社会科学》（汉文版），1980年第3期。

将之泼洒在莽莽的昆仑山巅，昆仑山上的万丈光芒便是战士们杀敌立功的英雄豪气。母亲广阔的胸襟、朴素的言辞尽在静穆沉稳又宏大绝伦的昆仑山意象之中。母亲送别儿子的激动之情、等待儿子凯旋的期盼之情则满盛在浩尔吉酒的意象之中。接下来的各节，分别用浩尔吉酒洒在鲶鱼身上、洒在鲤鱼身上、洒在石峰山上、洒在高山上、洒在大道上来起兴，反复咏唱，实为对盼儿立功凯旋这一核心情绪的渲染与加强。

《人民文学》用发表民间文学作品的方式，来讲述蒙藏悠久的文化传统、赞颂蒙藏地区在新中国大家庭中的新生活，并依此来建构民族文学、建构新中国的文学版图。在运用蒙藏的民间文学作品时，《人民文学》还出现过一个有趣的现象，那就是对民间歌者的署名权有一个逐渐重视的过程。在 1950 年刊发《嘎达梅林》时，刊物注明其是“内蒙古民间叙事诗”，发表时只署了翻译者的姓名，而没有署整理者或者歌者的蒙古语名字；1951 年发表《蒙藏诗抄·送子出征》时，题目之下也没有署名，而是用编者按语的形式说明作者是宝勒高，其意在强调宝勒高的英雄母亲身份，说她支持自己的子弟们去当英雄。《人民文学》的编者并不想突出宝勒高的作者、歌者身份，所以才会把这首歌的歌词编辑在《蒙藏诗抄》总题目之下，把歌者的姓名转化成地域名称。在《人民文学》的编者看来，地域或许比作为歌者的人更重要，歌唱什么比谁在歌唱更重要，这是《人民文学》的一个基本编辑思想。到了 1959 年、1960 年，《人民文学》在发表民间歌者的作品时，不再用地域来代替歌者，而是开始署歌者姓名了，如这时发表的毛依罕的《歌颂灿烂的祖国》、琶杰的《团结之歌》，于诗题上皆注明了作者名氏，而毛依罕、琶杰都是著名的蒙古族民间歌者。这个有趣的现象或许能说明，曾经思乡游走、自由自在的民间歌者们，到了这个时候，已经为国家的单位体制所吸收，他们开始把从民族民间承传过来的歌唱智慧，用来为新中国、新事物、新人物歌唱了。《人民文学》的“编者按”就透露了这方面的信息：“为工农兵服务的方针确立了，人民群众在文学中取得了主人的地位。”在《人民文学》的编者看来，这种主人地位，不仅表现在人民群众成为文学作品的主人公、人民群众所喜闻乐见的表现方式成了文学作品的主要表现方式，还表现在人民群众中的一些人转化成了文学作品的作者。所以《人民文学》的编者按语才骄傲地说“十年来，文学战线上不断涌现出数以千百计的新作家”。[1] 作为国家刊物的《人民文学》，用署名的方式记录了从群众到作家的发展过程，同时也用署名的方式记录了歌者身份的变化。1959 年，为了庆祝建国十周年，《人民文学》编辑部决定“从十月号起，将以三期的篇幅，陆续发布作家们为庆祝建国十周年而投寄的佳作，并选择全国各地方文学刊物上的优秀作品”。[2] 而要庆祝一个统一的多民族的共和国的国庆，刊登具有代表性的蒙藏地区的文学作品是不能少的。于是，《人民文学》在 1959 年第 10 期发表了玛拉沁夫的小说《路》、纳·赛音朝克图的诗歌《狂欢之夜》、乌兰巴干的散文《叶荷塔拉草原散记》，以及出生在河南的蒙古族作家李准的小说《两代人》。之后，又在 1959 年第 11 期上发表了巴·布林贝赫的《女仆与仙女》、毛依罕的《歌颂灿烂的祖国》（丁师灏译）。作为蒙古族的说书艺人，毛依罕是蒙古族民间曲艺形式“好来宝”的大师，他在民间享有很高的声誉，在内蒙古民间曾流行这样一句话：“要想听好来宝，就请找毛依罕。”内蒙古解放后，毛依罕加入了内蒙古文工团。《人民文学》发表毛依罕的这首作品，就是用好来宝的形式写成的赞歌[3]：“一个操琴的艺人/怎能没有歌曲/这样光辉的建国十周年/怎能不来歌唱。”操琴艺人，是起兴的意象，也是对自己身份的说明，创作歌曲是艺人之所以为艺人的证明，歌唱祖国则应是歌曲中最美丽的音符。对比内蒙古解放前后毛依罕所演唱的好来宝，不难发现，此时他在对待政府的态度上发生了由批判到赞颂的天翻地覆的变化。新中国成立前，毛依罕曾表演过一个名为《虚伪的社会》的传统好来宝段子，其中充满了对社会的批判：“身穿红色缎袍子的人/到处耍威风的旧社会/自以为是装蒜的人/可以胡说八道的旧社会。”[4] 蒙古族传统艺人的这种改变，是对国家认同的表达。当然，这位民间歌者是用民族的独特形式来表达对国家的认同的，好来宝的形式自不必说，就是歌颂灿烂的祖国时所选取的意象，也是充溢着浓郁的民族色彩。我们知道奶制品是蒙古族的日常食品，歌者毛依罕在这首作品的第二节，就用“奶油”来起兴，由饱餐奶油引出对灿烂祖国的赞颂：“鲜美可口的奶油/

① 《编者的话》，《人民文学》，1959 年第 10 期。

② 《编者的话》，《人民文学》，1959 年第 10 期。

③ 《诗刊》1958 年第 1 期上发表了毛依罕的《呼和浩特颂》，其体式和《歌颂灿烂的祖国》完全一样，而《诗刊》在发表《呼和浩特颂》时，将其标注为“好来宝”。

④ 安柯钦夫，茫·牧林译：《毛依罕好来宝选集》，作家出版社，1959 年版。

可以饱餐一顿/我们伟大的祖国/却怎么也歌唱不完。”奶油这一意象朴素而充满生活气息，和饱餐动作相关联，显示出蒙古族文学中所推崇的朴野之美。如果同也是为国庆而作的未央的诗歌《祖国》中的月光、棉花等意象作比①，更能见出毛依罕这首作品的民族特性。同是歌颂新中国的作品所表现出的意象差异性，是文学繁荣的表现和标志，也是《人民文学》构建新中国文学版图的目的之所在。

一、西藏故事

1949—1966 年出版的《人民文学》，关于西藏题材的作品总共有 92 篇，其中大部分为汉族作家所写，藏族作家只有 4 人，包括六世达赖喇嘛。当代的只有 3 人，其中饶阶巴桑有 9 篇作品，伊丹才让有 2 篇作品，1964 年第 12 期发表的尼玛的《战士快板诗》可忽略不计。饶阶巴桑是云南的藏族人，伊丹才让是生活在甘肃的青海籍藏族人。所以，在《人民文学》上讲述西藏故事的主要是来自内地的汉族人。概括作品的主要内容，他们先讲修路的故事，再讲历史的故事，最后讲“平定叛乱”，发展生产。在《人民文学》上发表西藏故事的线索，是随着国家对西藏控制力的增加而变化的。

顾工是随军入藏的文艺工作者，在进驻西藏过程中，他写了一系列有关藏区题材的作品。在这些作品中，《重逢》发表在《人民文学》1955 年第 8 期。作品描写当年红军女战士因身染高原病，被藏族阿妈收留。长期的藏区生活，已经使她的生活方式和当地的藏族没什么两样了，但她那颗革命的心，依然在等待，等待着离她而去的红军队伍。这种叙述模式，在当时写西藏生活的作品中别具代表性。

“一自萧关起战尘，河煌隔断异乡春。汉儿学得胡儿语，却向城头骂汉人。”这是司空图的《河湟有感》。顾工的这篇《重逢》也对“汉儿学得胡儿语”感叹，不同的是顾工小说中，已习得“胡儿语”的女主人公，并未“却向城头骂汉人”，而是通过修路的方式把汉人领入了藏区，把藏区引向了内陆民众的视野。

---

① 未央：《祖国》，《人民文学》，1959 年第 10 期。

年轻的秦师长被紧急任命为负责领导藏族民工修筑康藏公路的指挥长，他从重庆火速赶往地处康藏边区的工地。日夜兼程并没有使他感到劳顿，在车上的他看着路两旁的藏区风光，想起了自己的革命经历，回忆起了他的一位女战友：红军长征时，他是宣传队的“红小鬼”，路过这里时，一位名叫孙宝英的女战友因“被刺目的雪光烧坏了眼睛”而得了雪盲症。眼疾还没治好，她又患了“高原病”，红血球和血色素都在急剧增加，以致不能随部队继续前进。当年的秦师长还是宣传队里的小同志，“他奉了队长的命令，连扶带背地把她送到一顶藏胞住的黑顶帐篷里。一位藏族老婆婆，吹亮了已经熄灭的火屑，替他们熬起了酥油茶”。藏族老阿妈并不清楚这支队伍从何处来，到何处去，也不太明白队伍里同志们的远大革命理想是什么东西，但出于人道的同情，她收留了这个汉族女病人。而孙宝英对于留在藏区、不能和同志们一同追求革命理想则显得无奈。

当秦师长忆趣正浓时，前面的公路塌方，他不能前行，只好来到附近一个藏族人家暂住。小说的叙述也回到现实之中。迎接他们的是“一位三十多岁的妇女。她斜穿着一件羊皮褂子长袖子空荡荡地垂下来，腰间束着一根蓝色的布带子，用红头绳缠着的长辫子盘在头顶上，上面插着银色的簪子和玛瑙色的珠宝——这是最普通的藏族装束。她把几条惊起的牦牛赶向槽边”。这位妇女就是当年的红军女战士。作者如此细致地描写了她的藏族装束，是为了让读者相信她就是个藏人，以便后面用“惊奇”的手法，写这位革命女子在藏区顽强地生活下来的坚韧品质。此时的她不但装束是藏族化的，就是生活方式也已经完全藏族化了。“房子是用一根根木料钉成的，房间里有个箍着铜圈的木桶，放在一张矮桌上，这是背水用的。靠近木格子的窗边，铺着很多的羊皮、豹皮和粗厚的毛毡，这是坐椅，又是睡榻。地当中的一块空处吊着一个瓦罐，罐里面的牛奶在沸腾着。牛粪和干柴在熊熊地燃烧着，冒出一缕干燥的牲畜气味的薄烟”。她的丈夫是个“藏族壮汉”，作者是按照“能歌善舞，热情好客”的标准来写这位藏族汉子的。他见来了客人，立即按照踢踏舞的节奏站起来，然后张开两臂，像雄鹰似的转了一个圆圈，发出一声爽朗友善的大笑，对军人的到来表示欢迎，认为这是他们一家人的幸福。在描写了藏族装束、生活习俗之后，作者把笔墨集中到了修路的故事上。当师长和这位已经藏化了的汉族战友相认、重逢后，两颗革命的心互相激荡，女战友在藏区生活的经验，转化成帮助师长修路的优势。师长的这位老战友，明白康藏公路对他们的意义，所以积极地带领藏民修通了阻碍师长前行的塌方路段，还和藏民们一起参加修建康藏公路的工程。她展望着康藏公路修好后集体农庄的幸福生活。

路，在这篇小说里既是情节发展、人物刻画的重要意象，同时也是具有象征意义的意象。当年艰难坎坷的长征路，如今被塌方阻断了的藏区路，即将修通的康藏公路，在小说的叙述、人物的刻画中都起到了起承转合的作用。秦师长修路，首先是为了部队能进入藏区，而部队能把藏区和内陆紧密地联系在一起。同时，因为修路，在藏区生活了多年的女主人公才能与战友重逢，并由此展开了对自己后半生的幸福想象。由此看来，这篇写战友重逢的温情叙述，包含着民族国家的重大主题。只是这个主题还是不自觉的，是潜伏在革命与友情的叙述之中的。

随着国家权力在西藏的加强，对国家的认同要求在文学作品中开始有所表现，而这首先又是通过对历史故事的讲述实现的。刘克在《人民文学》1957 年第 3 期上发表的剧本《一九〇四年的枪声》、海默发表在 1962 年第 8 期《宝刀和盾牌》是这方面的代表作。

和近代之前的国人对西方的认识相似，西方人对西藏也是长时期不知不晓，在 16 世纪西方人绘制的地图中，都没有对西藏的描绘。直到 17 世纪，西方的传教士才开始进入西藏，西藏逐渐为西方人，特别是英国人、俄国人所觊觎。而这时的清朝政府，通过《钦定西藏章程》等法律文件和制度实体的建设，对西藏管辖的力度得到了空前的加强。西藏地方当局也对英国等西方势力保持相当的警惕，认为“凡是英人通商游历所在，将来即为英国之地”，清同治年间，拉萨格鲁派领袖还发出了“誓不与洋人往来”的号召，直到 1904 年第二次抗英斗争开始时，十三世达赖还表示即使是“男尽女绝”，也要抗敌到底。[①] 在这样的背景下，西方人最初多以朝圣为伪装进入西藏，了解风情、绘制舆图、传播文化。19 世纪下半叶，俄国人和英国人对西藏的占有欲愈发强烈。沙俄把西藏看成是其南下战略的一部分，沙俄派遣在哲蚌寺学经的布里亚特蒙古族僧人德尔智与十三世达赖喇嘛联络，企图通过控制西藏叩开印度的大门。已经控制了印度的英国则希望借西藏北上。1908 年英俄两国签署协议，英国将波斯湾的权益让给俄国，俄国则把在西藏、阿富汗的利益让渡英国。除英俄之外，日本、美

① 徐平：《1904 年西藏人民抗英斗争及其意义》，《西藏大学学报（汉文版）》，2004 年第 3 期。

国等也有在西藏谋求霸权的企图，19 世纪末 20 世纪初的西藏，已成为帝国列强瓜分世界的重要筹码。[①] 1904 年 1 月，英军进到西藏江孜边境，4 月 5 日发起进攻，4 月中旬攻克江孜城，7 月 7 日占领江孜全境后，英军遂向拉萨开进。8 月 3 日拉萨陷落，9 月 7 日，清朝驻藏大臣有泰和英军统帅、英国边务大臣荣赫鹏签订《拉萨条约》，战事结束。英国军队的入侵，遭到了藏军顽强的抵抗，他们用土枪、大刀、石子抗击英军。内地的报刊杂志也对英国的侵略行径进行了严厉的谴责。1904 年《东方杂志》发表时评指出："夫西藏隶属我版图，内与四川向连，外与蒙古相属，而旁通于甘肃、青海诸境。若与英国提论，即爱尔兰、苏格兰之密迩于伦敦也；濠州、印度尚非其比。假使有人谓爱尔兰宜独立、苏格兰宜独立，英人其许之乎？即不然，推而远之曰濠州宜独立、印度宜独立，英人许之乎？英人素以文明自居，今其言特野蛮若是。"[②] 虽然《东方杂志》的编辑工作者对西藏不一定了解，当时的西藏人民也不一定知道《东方杂志》，但《东方杂志》对西藏的关注，各方对英国的谴责，事实上形成了全民抗英的态势。

刘克的《一九〇四年的枪声》就是取材于 1904 年英国第二次侵略西藏前后的历史事实，描写了英国侵略者如何以印度为基地，从蚕食西藏属地开始，在与俄国的明争暗斗中再次入侵西藏，并图谋永久占有这样一段风云诡谲的历史。剧本以民族矛盾为主线，以清朝上层和西藏下层人民的阶级矛盾冲突为副线，于复杂的矛盾纠葛中，展现了"西藏是我们的"的国家认同主题。剧情是从西藏属地开始的，"印度政治委员"荣赫鹏从印度来到西藏属地，以到当地行政长官怀特家里做客为借口，同怀特商讨进军西藏的行动计划。在怀特家，荣赫鹏还见到了日本陆军参谋本部特务、潜伏在西藏扎蚌寺的玄弘喇嘛，作品透过荣赫鹏和玄弘喇嘛的对话，引出了沙俄在西藏势力的代表、俄国布里亚特蒙古人德尔智。至此，作品完成了对当时西藏地区所处的复杂国际环境的交代。作品借怀特之口，写出了英国人为什么特别看重这块世界屋脊："西藏不是单纯的西藏，由于宗教和民族的关系，它将直接影响青海和蒙古。并且从这里通过四川和云南，和我们的缅甸连成一片，它将稳定我们整个的中南亚。"在交代西藏地区

① 彼得·费莱明：《刺刀指向拉萨》，西藏人民出版社，1987 年版。

② 《英人宣言西藏独立》，《东方杂志》，第 1 卷第 4 号。

所处的国际环境和战略地位的同时，作者还描述了荣赫鹏企图把收养在怀特家做佣人的西藏青年奴隶曲贞、立马这对青年男女变成他占领西藏后的代言人，进而展开了戏剧中的矛盾冲突。

剧本首先用立马保护界碑、立马和曲贞的爱情故事，提出“西藏是我们的”命题，把西藏地区和英国做了分割叙述。在这种叙述中，英国是个充满贪婪欲望的阴险的他者，立马等西藏下层民众通过英国的殖民行动认同了自己的中国归属。作者是通过个人的优裕生活与文化上的历史认同之间的矛盾展开这个命题的。当荣赫鹏把曲贞和立马带回印度后，经过一段时间的改造，曾经为了西藏界碑而与怀特激烈抗争的充满血性的立马已经逐渐忘记了自己中国人的身份。立马觉得与其回西藏去做奴隶，还不如在印度做荣赫鹏的干儿子，过舒服优裕的生活。立马在印度乐不思蜀，他思慕、爱恋漂亮的姑娘曲贞，他送花丝巾给曲贞做爱情信物，曲贞则用爱情点醒立马，告诫立马如果要获得爱情，就不要忘记自己是西藏人，就要认清英国人不是好人。这种包含着文化身份认同的爱情，使立马明白了自己在荣赫鹏家中的地位，他在与藏族姑娘的爱情中觉醒了。曲贞要立马逃回西藏，把英国要进攻西藏、并且用带有鼠疫病毒的罐头毁灭拉萨的计划告诉驻藏大臣和西藏上层。曲贞的爱情激发了立马爱国爱藏的行动。在曲贞的帮助下，立马逃回西藏拉萨。而此时的拉萨还忙于欢迎十天前来履职的驻藏大臣有泰的欢宴之中。剧本于立马惊险脱逃、英军即将入侵的紧张气氛之中，不惜笔墨描写有泰官邸的歌舞升平，有泰在客厅笑纳各方贺礼，这里作者对统治者无能与腐化的批判态度不言自明。在这种氛围中，有泰的“藏式敞厅”官邸柱子上的对联“皇恩浩荡国泰民安山河壮；教化有方风调雨顺边陲福”自然成了反讽式的判词。于是剧本又将国家认同的主题向前推进了一步，不仅提出了西藏是中国的西藏，不是英国的西藏的国家认同主题，而且还提出了所认同的是什么样的朝廷、什么样的国家的问题，带有民族色彩的阶级矛盾这条线索出现了。惊险脱逃的立马没有想到，自己刚到有泰的官邸，便被日本特务玄弘诬陷为英国奸细，驻藏大臣的影子都没见到，就差点被斩首。幸亏拉丁等有正义感的藏族下级官吏相救，立马才保住性命。当拉丁心急火燎地向有泰禀报军情时，有泰则认为英军入侵，是因为藏军野蛮成性，惹起事端：“那英军为什么侵占？一定是你们这些愚昧成性的东西，惹是生非，不听招呼。我们乃礼仪之邦，一起以礼服人……”这是剧本中有泰这位驻藏大臣对英国的基本态度，也是有泰的基本性格动作。当知道达赖也在江孜等地扩充民兵、准备抵抗英军时，有泰斥责其“番蛮自不量力，胆敢如此”，认为“边事总以和缓计议，妥筹善办，庶不致糜烂”。这种下层和上层对英国不同态度的描写，和当时历史题材创作中正在形成的以革命史观指导创作的原则是一致的，也就是说这种叙事方式在当时是正统而入时的。也正是因为如此，作品才通过曲贞的口，反复说“西藏是我们的，不是几个老爷的”。从文学史的角度来看，这个剧本与当时众多的以革命史的模式展开叙事的历史题材作品不同的是，在阶级矛盾冲突中表现出的民族色彩。这主要表现在作为朝廷命官的有泰对边陲所表现出的中心意识以及由此带来的优越感。有泰在指称边陲藏地、藏民时，所用的都是“番蛮”、“番众”这样的语词，认为英军之所以要进入西藏，是因为西藏“藏政未休，汉官溺职”，是因为“番蛮狡诈”且有“桀骜之性”，所以他的职责是以礼仪教化边陲民众。这种居于中心的优越感，对有泰来说，来于他的权利，来于他倚靠的朝廷，对作者来说，之所以这样叙事，来自于作者的文化背景，来自于作者的革命职业。

《一九〇四年的枪声》这部作品，除了讲述国家的认同、阶级的认同，还讲述了个人身份的认同。这突出表现在曲贞这个形象上。前面我们已经讨论过曲贞用爱情激发立马的国家认同感的问题。曲贞之所以对英国的他者身份有深刻的认识，是因为她阿爸在英军第一次入侵西藏时战死了。她这样跟立马倾诉：“小时候，一天晚上，我们正在草地上唱歌跳舞，村子里突然冲进了一匹马，说英国鬼子打进来了！全村男人就拿起大刀和火枪走了。从那以后，我阿爸就一直没有回来，一直没有回来……后来阿妈哭着给我说，龙吐山下的血像河水一样，流了三天三夜，那是西藏人的血，西藏是我们的。”正是这种仇恨，使曲贞始终秉承着自己是西藏人的身份认同观。曲贞和立马都是荣赫鹏的试验品，荣赫鹏认为“英国人是世界上最聪明、最高尚的人”，他要在占领西藏的过程中，“附带做一件有意义的工作，那就是观察分析一个典型的普通的西藏年轻人，在优越的英国生活方式下，他思想感情的变化和发展”。荣赫鹏认为，这种变化发展的结果就是，这些被英国化了的年轻人，能使“英国国旗在这块世界最高的土地上永远插下去”。当曲贞看见立马在荣赫鹏家“一天比一天高兴”时，她就“一天比一天难受，难受”！这难受，来自于她对自己身份的坚持。正因为如此，曲贞才劝立马放弃英国贵族一样的生活方式，回拉萨报告军情。她自己虽然利用在英国人家里生活的方便学会了医术，但始终没有忘记对英国人的仇恨，没有忘记自己是中国西藏人的身份。当抗击英国入侵的战斗打响后，她利用自己的医生身份，勇敢而智慧地放走了被英军俘虏的两百多名西藏士兵。当荣赫鹏问她为什么这么做时，她的回答是："我是凭着一个西藏人的良心！中国人的良心！"最后，她面对刽子手，高喊："你们绞不死西藏！绞不死西藏！"所有这些，都在极力证明曲贞是有着强烈自我身份认同意识的女性。而她的自我身份认同，和剧本所要表达的国家认同、阶级认同是三位一体的，是紧密相联的一种情感。

在情节设置、人物塑造等关乎历史剧创作原则的问题上，《一九〇四年的枪声》明显地带有受郭沫若的《屈原》等历史剧影响的痕迹。这个剧本的核心情节、主要人物都是有历史依据的。荣赫鹏、有泰都是真实的历史人物，除历史上出现的真实人物之外，作者又塑造了曲贞等虚构的人物，在曲贞的身上，不难看到郭沫若《屈原》中婵娟的影子，其目的是为了更好地表达国家认同这一主题。从剧本中可看出，作者对那段历史是下了工夫的，以至于人物对话都有历史论文的色彩。1957 年 3 月 13 日，时任中国作协党组副书记的郭小川，从刚出版的《人民文学》上看到了这部作品，并在日记中评价说："这是一位住在西藏亚东的作者写的。看得出来，作者是有心人，对 1904 年英军入侵西藏的历史是做过研究的。从艺术的角度看，剧本也有不成熟的地方，但中间叙述了一段动人的历史。"① 郭小川没有明确指出剧本中有哪些不成熟的地方，在今天看来，这部剧作在以宏大叙事来处理这段惊心动魄的故事的同时，多少流露出概念化、脸谱化的痕迹。比如在人物性格的刻画上，官吏多昏庸而贪婪，奴隶多智慧而勇敢。这些或许就是郭小川所谓的不成熟的表现。但这个剧本涉及了现代化进程中的一些基本命题，是郭小川所没有注意到的，比如边界、商业与宗教等问题。在剧本的第一幕里，荣赫鹏在审问因越过边界放羊而被捕的立马时，立马就边界问题，同所谓的审判者荣赫鹏进行了激烈的辩论，立马反驳荣赫鹏说："你是说则拉普列的那个界碑吗？我们老爷说，那里自古以来就是我们西藏的地方，你们英国随随便便地立了个碑，那就是强盗……"写到这里，作者觉得有必要让立马把那个则拉普列既要说成是西藏的，更有必要说成是中国的，所以让立马的敌人、英国侵略者荣赫鹏把

① 郭小川：《郭小川 1957 年日记》，河南人民出版社，2000 年版，第 54 页。

立马引导到国家的认同方面来，荣赫鹏说："立马，你知道北京的皇帝吗?"立马立即回答："当然知道，那是我们中国的皇帝。"在这里荣赫鹏有点像相声中的捧哏角色，在写作上多少显示出作者的"不成熟"，但所讨论的问题却是中国当代文学中现代性因素的重要内容，正是因为有了边界等这样一些话题的展开，当代文学才有了和现代文学相对接的现代因子。在这部作品中，作者还借荣赫鹏之口，说出了商业化、市场化和西藏宗教社会制度的冲突："达赖凭借宗教的力量，虽然现在在西藏享有无上的权威，但只要我们的商业在那里一开展，宗教力量就会瓦解，而代替它的就必须是我们的法治精神和警察力量。西藏的贵族是专横的封建主，甚至比十四世纪西欧和俄国的那些封建主还要专横。"因为荣赫鹏在作品里是阴险狡诈的反面角色，所以荣赫鹏的话自然就是作者所批判的了。但是作者还是对商业化与宗教化进行了一些思考，这在全面革命化的当代文学中，也是值得注意的一点。

陈正祥《中国游记选注·再版序》中说到游记对于领土主权的文献意义，"《东番记》是有关台湾的第一篇游记，全文仅 1 400 多字，却写得非常周到。……成为中国人记载台湾最早也最确实的地理文献知识"。[①] 海默的游记《宝刀和盾牌》就是类似这样的游记。在这篇游记中，作者挖掘出"不能后退，我要用我的身躯作为祖国的疆界"这样一个现代民族国家的主题。作品写 1888 年和 1904 年西藏人民两次抗击英国侵略军的事迹。作者与历史考古学家一起沿帕里通往亚东的"险狭山径前行，目的是想去寻访隆吐山瞻仰的遗迹"。与历史学家不同的是，作者对近代史上藏族人民的抗英斗争以及由此"引起的想象更感兴趣"。

突出藏族百姓的中国意识和归属意识，是这篇作品的主旋律。这首先表现在作品用当时惯用的二元对立结构，从历史和现实的联想、高贵者和卑贱者的对比中展开叙述，抗英英雄用的锯齿状的宝刀和藏军司令逃跑时保命的盾牌引起作者关于历史和现实的想象。藏军司令为家族的利益而不顾西藏和国家的利益，在英军逼近的时候望风而逃。而下等军官阿达确旺则率部偷袭敌营，杀死 50 多名英军。英雄不断重复着一句话："不能后退，不能后退，我要用我的身躯作为祖国的疆界。"当作者和边防战士重温历史上的英雄故事时，产生了一种强烈的现实感受，"赶走了帝国主义

① 陈正祥：《中国游记选注》，商务印书馆（香港），1979 年版，第 2 页。

的西藏人民，消灭了农奴制度，阿达确旺的子孙已经站立起来了，站立在他用生命捍卫的国土上。与当时以二元结构表现阶级斗争的作品不同的是，海默的这篇作品把二元结构和民族国家联系起来，通过二元结构完成了国家认同、边界归属的叙事。在作品中，抗击英国侵略的英雄们和汉族人民团结在一起，共同战斗，共同抗英。看着英雄用过的宝刀，作者分明看到了“英勇的汉藏人民正用肉身筑成铁墙”！而高雅的贵族则和外国人联系在一起，他们以有张洋人的照片为荣耀。作品通过抗英老英雄自豪地说出了“我是中国人，我房里从来没挂过一张外国人的像”。

对宗教意识形态的消解体现了这篇作品的时代色彩。大军压境，藏军司令仍不忘礼佛拜神。“这是一套神圣而繁琐的宗教仪式。他先盘腿在来自印度的莲花生神像前坐好，头上捆起防鬼用的长毛熊皮，然后捏着糌粑搓成无数小丸，再在盘子上滚一滚，免得粘在一起。等搓满一罐后，才开始念经，一面念着经，一面把糌粑团一个一个取出放在盘内”。但如此虔诚地礼佛念经的司令，此时心里想的却全是自己的私欲。“经文从他嘴里不漏一字地溜过去，他却一会儿想起头人老婆的肥脚，想起自己没有传宗的后代，想起近日常犯的腰痛病，想起还要有个庄园。”与司令相对照的是，抗英英雄从现实中感到宗教的作用是有限的，被达赖喇嘛“摸过顶”藏兵的并不能抵御侵略者毛瑟枪的子弹，阿达确旺感到“神灵保佑的人死掉了，经咒也救不了土地和亲人，因为洋炮不相信佛爷”。在作者的描写中，宗教不但在历史的非常时期作用是有限的，在现实的日常生活中它也正被国家意识所取代。白玛老人在 1904 年曾“挥舞着长枪和英军作战”，在他的家中，作者看到“坐垫旁边挂着两幅毛主席像”，老人告诉作者“中国才是我的祖国，在我不知道谁才配称真正的领袖时，我宁愿让墙上的佛龛里像没有佛一样空着。”

民族间的关系，也是一种经济关系。从经济上建立起民族间的联系，是边疆经略中最有效的手段。新华社记者郭超人的小说《雅鲁藏布江畔的夜火》（《人民文学》1959 年第 5 期）写的是国家为藏族农民送种子、帮助藏民发展经济的故事，但作者把叙述的重点放在藏汉青年男女之间的爱情、兄妹的亲情纠葛之间所表现出的归属意识上。从中我们能依稀分辨出“和亲”、“怀柔”等传统边疆经略的影子。作者的新华社记者身份、对西藏现实的描写以及从中透露出的传统边疆经略的“原型”，都使这篇小说成为边疆经略的集大成者。

同许多民族文学作品一样，这篇小说也是在景色描写中展开故事的，在景色描写中展现西藏日常生活的点滴。“傍晚，风沙悄悄地停了。雅鲁藏布江喧闹着，弯弯曲曲地往下游流去。蓝色的浪涛冲击着岸边的岩石，翻卷起朵朵银色的水花。西方的天际，淡抹着最后一朵彩霞，把江面映得红艳艳的。几只羊皮筏，拖着船夫们低沉的歌声，顺流而下，不时惊起在河弯栖息的一群群大雁。岸边的村庄上空，缭绕着几缕淡青色的牛粪火烟。屋顶上、树梢间，片片经幡，徐徐抖动，为虔诚的教徒向佛爷祈祷。……衣着褴褛的农民，赤着脚，赶着牦牛，扛着弯弓似的木犁向村里走来。”这种景致，当是身为记者的作者的亲身经历。

在这神秘的氛围中，小说开始了边疆叙事。藏族女司机卓玛开着卡车和工作队汉族队长王平一起代表国家、代表党，为藏族乡亲送“种子和粮食”。两个人彼此已有好感，但都未向对方表白。春天到了，藏人没有种子种地，工作队要送种子给藏族乡亲，这两个不同民族的青年男女之间的爱也因这次国家行动而发芽了。卓玛阿爸死得早，阿妈“含辛茹苦地抚养她和哥哥扎西”。她十五岁那年，头人索康赛对她“打下了坏主意”，要她阿妈一天之内还清几代人的债务，否则要抢走卓玛。卓玛逃到城里，参加了革命工作，哥哥则到索康赛家当了奴隶。卓玛想回去看哥哥，让哥哥的主人知道自己是“国家干部”，她想“现在我是国家干部，看索康赛还能把我怎样”。善良的卓玛在思念哥哥的同时，也感受到了来自汉族干部王平的爱意。当王平把自己的羊皮大衣让卓玛披上时，“卓玛斜睨了王平一眼，脸上一阵发热，眼里闪耀着彩霞般的光芒，她的心卜卜跳起来”。“卓玛没有答话，只是深情地望着王平，沉默地点了点头。她觉得在此刻沉默比一切语言更能表现自己的激情。啊，正是他，这个队长，在生活的道路上，给了自己这么多的帮助、支持和力量；是他，擦亮了自己的眼睛，教育了自己去正确认识生活的意义；是他，把着手将开车的全套技术教会了自己。前不久，还是他，介绍自己光荣地加入了中国共产党。他是领导，是老师，还是朋友，而且是多么好的朋友啊！”

当卓玛体味着爱情的幸福时，他的哥哥扎西却被头人逼着来烧卓玛看守的运送种子的汽车。卓玛为了国家的汽车和种子同哥哥打斗起来，正在兄妹搏斗时，头人和王平出现了，最终王平救了卓玛，挽救了哥哥。王平和扎西“两只受伤的胳膊，紧紧地挎在一起了，卓玛的嘴角上浮现出一丝从所未有的幸福的微笑”。

1959年3月西藏发生叛乱后，《人民文学》集中地发表了描写平叛斗争内容的作品。其中，刘克发表在1959年第9期上的小说《古堡上的烽烟》是将国家认同和民族认同结合得比较好的作品。小说写的是女农奴玛莎从古堡庄园里逃出后，在解放军的农场得到了幸福，但叛乱使她回到了充满罪恶的庄园，最后又被解放军救出。玛莎问解放军战士："我还能得到幸福吗?"她得到的回答是肯定的。虽是写平叛斗争的，但小说从藏族同胞的婚姻、宗教等细节写起，于激烈的斗争中融入藏族同胞对心灵自由的追求。如玛莎终于从庄园来到布达拉宫时，"忍不住涌出了激动的眼泪。她颤抖着趴在地上，虔诚地对它磕了三个长头"。后来的遭遇，也使她切实地感觉到，只有国家才能让她过上好日子。

《人民文学》所发表的描写西藏生活题材的作品，多是在民族国家的背景下，强调汉藏人民团结，强调从西藏历史中发掘归属意识。

二、内蒙古叙述

如果说西藏故事强调的是历史和民族团结，那么内蒙古的蒙古族作家则是用现实和习俗为民族文学添色。

被研究者赞誉为"民族文学的主将和领路人"的玛拉沁夫①是由《人民文学》杂志发现并培养起来的作家，也是少数民族作家的一面旗帜。1952年第1期的《人民文学》以头条的位置发表了他的处女作《科尔沁草原的人们》，这篇写内蒙古草原的小说很快引起了《人民日报》等权威媒体的重视，那一期《人民文学》是1月1号出版的，1月18号《人民日报》就发表了题为《文化生活简评——〈人民文学〉发表了两篇优秀小说》的评论，称这篇小说是"反映了现实生活中的先进力量，用新的伦理和新的道德教育人民"的优秀小说。臧克家、张天民等也都很快写出了评论。玛拉沁夫从此走上文坛，成为《人民文学》的重要作者。玛拉沁夫在《人民文学》上发表的作品，多是讲说内蒙古的故事，这一时期主要有《在暴风雪中》（1954年第6期）、《路》（1959年10期）、《六月的第一个早晨》（1961年4月）、《暴风在草原上呼啸》（1961年第9期）、《歌声》

① 李鸿然：《中国当代少数民族文学史通论》，云南教育出版社，2004年版，第109页。

(1962 年 2 期)、《琴声》(1962 年 3 期)、《女篮六号》(1962 年 3 期)、《腾格里日出》(1964 年 10 期) 等。

据玛拉沁夫自己说,是秦兆阳从作者的来稿中发现了他的《科尔沁草原的人们》。秦兆阳之所以能在来稿中发现玛拉沁夫、《人民文学》之所以要培养玛拉沁夫,主要看中的是他的作品在描写草原新生活的同时,或多或少地展示了草原风情和习俗,使《人民文学》能够因此改善所刊发的作品普遍存在着的公式化、模式化现象。[①] 《人民文学》1952 年第 1 期的"编后记","特别"推荐了玛拉沁夫的小说《科尔沁草原的人们》,在这篇简短的"编后记"中,编者从"新"和"蒙古族"两方面介绍了这篇作品。编者是这样描述这个短篇所表现出的"新"的:"从这篇小说里我们不但看到蒙古民族新的生活、新的主题和新的人物,而且也可以看到作者丰富敏锐的艺术感觉和值得重视的艺术表现才能。"所谓"丰富敏锐的艺术感觉",其实还是指玛拉沁夫对蒙古族新的生活、新的主题、新的人物的发现和书写,为此,编者还不惜在这篇简短的编后记中引述了一段玛拉沁夫随小说底稿寄给编辑部的信:"今秋我到科尔沁草原和西拉木伦西做了几个月工作。我所见所闻的一切事物都同过去不同了。我总感得蒙古人在变着,蒙古地方在变着。我们的民族、我们的家乡在欣欣向荣。许多新的事物促使我不得不来动笔,不动笔心真难受,什么也干不下去,我写它是我的责任。"从这封带有蒙古语味道的信中,我们不难看出,从事实践工作的玛拉沁夫,"感得"内蒙古的新变化,觉得写出这些变化是他的责任,而这种工作中的责任感,在《人民文学》的编者看来,正是艺术上的敏锐感。《科尔沁草原的人们》让编者感兴趣的另一个重点是这篇作品和蒙古族的关系,玛拉沁夫这个蒙古族青年描写了内蒙古草原上的蒙古族人物。正因为如此,编者有些激动地说到:"他还只是个二十一岁的蒙古青年,十五岁便参加人民解放军,在那时候文化程度是高小毕业,还不会说汉话,只认识几个汉字,在逐渐看了许多苏联和现代中国的作品后,便开始爱好文学,开始有了写作的要求。"十五岁还不会说汉语,说明玛拉沁夫的心里有蒙古族文化的原型,他是在蒙古族文化氛围中长大的,蒙古族的心理文化,是他讲故事的根基。能从这个角度向读者推荐这篇小说,应该说《人民文学》编者的艺术感觉是丰富而敏锐的。

---

① 茅盾:《文艺创作问题》,《人民文学》,第 1 卷第 5 期。

《科尔沁草原的人们》其故事原型来自科尔沁草原上一位勇敢又机智的女牧民抓特务的故事。对于这篇取材于现实生活的短篇小说，人们首先注意到了它的现实性。1952年1月18日《人民日报》发表《文化生活简评——〈人民文学〉发表了两篇优秀的小说》，赞扬《科尔沁草原上的人们》是一篇“写了新的主题、新的生活、新的人物，反映了现实生活中先进的力量，用新的伦理和新的道德教育人民”的优秀作品。其次，评论者都强调了这篇小说带给人们的陌生感、新鲜感。新鲜感来自于边疆的风景，也来自于蒙古族的生活习俗。这篇小说所设置的人物较少，只有5位：草原上的青年萨仁高娃和桑布是一对恋人，阿木古朗和白依热分别是教育青年成长的嘎查达（村长）和家长，最后一个就是和草原、和国家作对的越狱“反革命”宝鲁。这既是篇幅所限，也是草原人生活简单的写照，在有限的篇幅内，作者还写了人与狗、马的关系，传达着内蒙古草原的生活气息。黄昏时分，牧归的美丽姑娘萨仁高娃“骑着一匹大红马”，带着条叫嘎鲁的猎狗，来到村边的沙丘上，在风沙中等待着自己的恋人桑布。这对习惯于“月上柳梢头，人约黄昏后”的读者来说，已经是相当陌生化的描写了。桑布因去城里“给马挂掌”（钉马蹄铁）而耽搁了约会时间。心神不安的萨仁高娃，等来的却是一位骑着“惨白的马”的“瘦得像黄羊”的反革命宝鲁。在宝鲁向她问路的时候，猛烈的西北风吹起了他的“黄毛毡”，机警的萨仁高娃看见了他腰间的枪。勇敢的萨仁高娃要夺过宝鲁的枪，抓住这个反革命。在搏斗中，与主人一样勇敢的大红马和猎狗，成了孤身一人的萨仁高娃的好帮手。先是狗叫声传递了战斗的警报，宝鲁被这狗叫给吓坏了，“枪被抢去了，屯子里的狗群也会成群地跑来，蒙古的狗群是不会放走我的”。当萨仁高娃被宝鲁打昏之后，马和狗就肩负起了追坏人的责任。马用“尥蹶子”的方式把宝鲁摔下马来，小狗嘎鲁在猛追宝鲁几步后，发现主人仍躺在沙地上，就回来守护主人。最后，马和狗协助萨仁高娃穿越火海，追赶逃跑的宝鲁。人与马和狗有如此亲密的关系、如此默契的合作，是这篇小说的亮点所在，也是这篇写新事物、新人物的小说，对蒙古族文学传统、文化心理的继承和表现。蒙古族被称为马背上的民族，在现实生活中，马是牧人的朋友。在文学作品里，不论是英雄史诗、还是一般的民间说唱，都会把描写马放在突出的位置。“在蒙古族和突厥各民族的史诗中，把勇士和他的坐骑一起交代，往往坐骑的名字（以毛色命名）摆在勇士名字的前头”。[①] 因为蒙古族爱马、蒙古族文学爱写马，所以在蒙古语中，形容马的毛色的词汇难以计数。玛拉沁夫在这篇小说中，显然是按照蒙古族的方式来叙述马和人的关系的。

臧克家以诗人的敏锐，对《科尔沁草原的人们》所描写的草原习俗称赞有加。他在《可喜的收获》中这样评论玛拉沁夫的这篇小说：“这个小说作者，一上来就把我们引领到一种生活里面去，这种生活是崭新的、丰富的、陌生而又亲切的。我们仿佛闻到了大草原喷放出来的香味，看到了牛马在风前飘动的鬃毛，听到了猎犬在平原上奔跑的足音。一种不同的情调、一种幸福的感觉使我们对于我们的女主角——萨仁高娃抱着深深的爱和同情，希望她对她爱人的期待美满得如愿以偿。”[②] 草原的香味、马的鬃毛、猎犬的奔跑，所有这些构成了这篇小说的草原风景。而对这些风景的发现与描写，是以玛拉沁夫的母语和生活经验做支撑的。

小说在八月的草原风景中开始：“夕阳被遥远的大地吞没了。西北风偷偷地卷起了草浪，草原变成了奔腾的海洋；空中密布着乌云，好似一张青牛皮盖在头顶。人们知道：草原的秋雨就要来临了。”对于同一风景，使用不同的语言描写，会给人不同的感受。所以柄谷行人才说，“作为写实的风景描写，首先是语言问题”。在对这段风景的描写中，玛拉沁夫用了草浪、青牛皮等和草原生活密切相关的语汇来形容风景，使风景在引出故事的同时，有了让臧克家这样的读者发现民族特性的作用。

在这篇写实性的小说中，结尾也是用风景描写来完成的，萨仁高娃经过一夜的拼搏，终于在阿木古朗村长等人的帮助下，抓住了反革命宝鲁后，自己的思想认识也得到了一次升华。这时小说的作者和编者都觉得完成了要表达新事物和新人物的诉求，于是风景描写再次出现：“弥漫的一团一团的烟云向南飞去，草原的东边天际露出了黎明的光；遍地的花朵微笑着抬起头来，鸿雁在高空歌唱……”和开始那段满是压抑而又有些凌乱、略带矛盾的风景描写不同，小说结尾的这段风景描写，意境辽远而温馨。本是鸿雁南飞，秋草低头的萧瑟风景，在这里却被写成旭日初升、花朵微笑的喜悦场景。为了表现新的人物、新的生活，玛拉沁夫对萧瑟的风景做了重写，这时的风景已经不是写实主义的描写了，而是作者内心情感

① 仁钦道尔吉：《江格尔论》，内蒙古大学出版社，1999年版，第338页。

② 臧克家：《可喜的收获》，《新观察》，1952年第4期。

的表达。

在玛拉沁夫的小说中，现实是对国家的认同，风情是对民族文化传统的留恋。小说《科尔沁草原的人们》的成功，使玛拉沁夫似乎看到了些许写小说的门道，那就是在现实和风俗中讲故事。从中央文学研习所结业后，玛拉沁夫到察哈尔草原深入生活，并担任明太旗委宣传部长。这个时期写的《在暴风雪中》（1954 年第 6 期）仍然用现实和风俗相结合的手法展开对内蒙古的叙述。作品用第一人称叙述，以增强其亲历的真实性。和《科尔沁草原的人们》一样，这篇小说开始也是写景。三月的草原还没有完全摆脱冬季的景象。拂晓时刻，灰白色的雾弥漫着，草原上一片寂静。这时虽然有一群一群的春雀穿过薄雾在空中飞来飞去，但他们并不歌唱，因为从北方吹过来的风警告着鸟和人们：三月的草原还不是真正的春天，歌唱的季节还没有到来呢。这是暴风雪到来之前的宁静，在这样的景色中，我和达瓦同志带领读者去迎接暴风雪，感受草原上的“新人新事”。小说向我们描述了蒙古族对外人、对马、对自然的态度，我们从中知道了蒙古族人是如何“啧啧”地夸奖事物的，又是如何“活日海、活日海”地怜悯弱者的。风景、风俗描写是民族文学中明显的特色，是民族文学的“衣服”。丁帆用“风景画、风俗画、风情画”来概括“西部现代文学美学品格的最基本元素”。说这“三画”“与奇诡堂奥的人生结合，不仅给人以审美享受，而且实现了对人性的深刻揭示。”① 玛拉沁夫并不满足于简单地介绍现实中的草原风景，在 1960 年代，他又开始了对蒙古人独特的日常生活和新中国历史、现实关系的探讨，于是有了《歌声》（1962 年第 2 期）、《琴声》（1962 年第 3 期）等作品。这两篇小说分别写草原歌手、好来宝艺人，通过他们展示了草原的日常生活习俗，使我们能隐约感觉到蒙古人的民族性格。

玛拉沁夫小说中的歌者，身背马头琴，放歌在草原上，游走在作者所书写的现实中，回荡在文学历史的字里行间。

在《人民文学》所发表的作品中，比较集中地展示蒙古族风俗、显现蒙古族民族精神的是敖德斯尔的《阿力玛斯之歌——一支古老民歌的诞生》。“千万匹骏马里啊，/海骝马首屈一指！/千万条好汉中间啊，/就数阿力玛斯！”发表在《人民文学》1962 年第 8 期头条的这篇小说，由一首

① 丁帆：《中国西部现代文学史》，人民文学出版社，2004 年版，第 20 页。

在草原上流传了千百年的民歌写起，通过摔跤手阿力玛斯这个富有传奇色彩的形象，表现了蒙古族崇尚义、力、勇的民族精神。

小说首先表现了蒙古人与歌的关系，歌是故事的全部，也是民族记忆的载体。作者曾说他小时候“接触的唯一的文化生活，就是那唱不完的蒙古民歌和充满浪漫色彩的蒙古民间故事以及拉四胡的民间艺人说唱的各种演义。这些富有民族特色的民间文学，给了我们奶汁一样的营养”①。由歌到人生再到故事，敖德斯尔把握到了蒙古人生命的轨迹，他为此而激动，所以他的故事中洋溢着诗的语言。小说从草原最美的时节春末夏初开始，汗山“静悄悄地披上了绿色的轻纱”，“清新凉爽”的草原上“万马千驹，成群结队，马蹄扬起的红尘直升云霄”。读着这样译自蒙古语文的文字，会使人产生对蒙语原文所表现的草原风情更多的想象。

其次，小说写了摔跤与蒙古人的关系。摔跤是蒙古人最为普及的一项运动，过去王公贵族都供养自己的摔跤手，每逢集会或喜庆日子便派自己的摔跤手前去参加比赛，以此来炫耀自己、娱乐乡亲。过去，“蒙古人从盟长到一般兵丁都很重视摔跤，认为摔跤冠军是世界上最了不起的男子汉。蒙古人从小就开始摔跤，身体好、力气大、头脑清醒、反应灵敏的大都会成为著名摔跤手，一旦成了著名摔跤手，盟旗的诺颜（官员）要分等级给予其称号，有了称号就不再服摔跤之役。各旗按大小配备摔跤手，如三十名、二十四名、十八名、八名等。每旗每三年选一次士兵，选士兵的同时也选拔摔跤手。此外，每个旗在每年正月专门开展摔跤比赛，令十八岁以上的青年务必参加，并从中选出旗一级或奴图克一级的选手……每遇过年过节，有称号的名摔跤手分一、二、三等从官库中得到赏品。一等选手的赏品以哈达为首，另有马、衣服、面、酒肉……这些赏品都按五、九计算……为显示勇敢无比的非凡力气，在集会摔跤时，凡出场的摔跤手要面对官员和观众表演一番，或狮子一样武斗，或凤凰展翅般摆动，或如虎添翼似的狂奔跳跃。在集会上获得第一名的摔跤手立即变成名扬全蒙古的大力士，受到高官下民的一致拥戴。”② 作者让阿力玛斯摔跤这种安排，已不仅仅是让他参加一种游戏，更是通过摔跤展现出蒙古人崇尚义、力、勇的民族精神。阿力玛斯先摔死神马，表现其孔武有力；再摔死“护林人”，

① 敖德斯尔：《哪是第一?》《敖德斯尔研究专集》，内蒙古人民出版社，1985 年版，第 73 页。

② 扎拉嘎胡：《扎拉嘎胡文集》第五卷，远方出版社，2003 年版，第 492 页。

表现其大力大勇；最后摔败孟巴特，表现其正义凛然。扎拉嘎胡说，文学作品“大致把蒙古民族性格概括为‘勇、力、义’三个字，即勇敢的精神、神奇的力量和见义勇为。这在一定意义上讲，是符合蒙古族过去到近代的民族性格的，是蒙古人能够接受的，但将它称为唯一的永恒的民族性格是不适合的。因为民族性格的形成过程较漫长，并不是一成不变的，它随时代的变化也在不断变化”。[①]

内蒙古诗人在《人民文学》上发表的诗歌，有着很高的艺术成就。纳·赛音朝克图的《蓝色软缎的特尔力克》（1956 年第 1 期），巴·布林贝赫的《心与乳》（1955 年第 10 期）、《车儿呀，你尽情奔驰》（1956 年第 10 期）都收入了中国作家协会 1956 年编的年度诗歌选。有作品入选年度诗选，是诗人的荣誉，也是读者和业界对作品的肯定。发表在《人民文学》上的蒙古族诗人的诗歌，同样是用了革命现实主义和蒙古族习俗相结合的手法来展开对内蒙古的叙述的。1956 年 10 月的《人民文学》，为了庆祝国庆发表了内蒙古诗人巴·布林贝赫的《车儿呀，你尽情奔驰》（胡日查译）、纳·赛音朝克图的《蓝色软缎的特尔力克》（胡日查、漠南译）。衣服作为人的第二皮肤，曾是不同民族身份的最显著特征之一。人们在喜庆的时候，也愿意用穿自己喜欢的衣服的形式来表达自己的情绪。在国庆的喜庆气氛中，《人民文学》选择了蒙古族的服装“特尔力克”作为自己对国家的献礼。纳·赛音朝克图的《蓝色软缎的特尔力克》是一首爱情诗，抒发的是十八岁的蒙古族姑娘，为自己的心上人缝制民族服装时所表现出来的甜蜜情绪。诗歌仍然是用现实加民俗的叙事模式完成抒情描写的，值得我们关注的是，因为其发表在“百花齐放”的时期，所以在这首爱情诗中，蒙古族的民俗成分更多些。诗歌用的是蒙古族诗歌中常见的四句一节的抒情体，在 18 节 72 句的篇幅中，直接抒发对现实的赞颂的只有两节，一节是赞颂新社会里的自由恋爱：“如今的姑娘们啊，/自由恋爱多幸福，/她们随着自己的心意，/选择自己的心上人。”一节是展望“新时代的孩子们/生活前程无限好”的。其他篇幅基本都是写蒙古族民俗和日常生活的。姑娘们在新社会里可随自己的心意选择心上人，但自己的心意则与民族文化传统和新社会所倡导的价值标准相关。诗歌通过姑娘母亲说出了姑娘的择偶标准：“乌恩尔的孩子吉尔嘎拉赛汗，/是个忠实可靠的好

① 同上，第 488 页。

青年，/牧马、摔跤是能手，/村庄里没有人不称赞。”不难看出，虽然是新社会，但姑娘择偶的标准仍然是蒙古族文化中所崇尚的忠实、勇敢和力量。在这首诗歌中，还描写了蒙古族男女的服装特色，女青年“该穿松绿色镶红边”的特尔力克，男青年则要穿蓝色的特尔力克。诗歌为我们描写了那达慕大会是男女青年相识相知的好时机：“在艾马克的那达慕大会上，/他还等着穿我做的新衣裳。”还有诸如“老妈妈正往茶里掺鲜奶”这样描写蒙古族日常生活场景的诗句。

巴·布林贝赫是在创作和诗歌理论方面都取得了突出成绩的蒙古族诗人。蒙古族的生活方式和文化传统、蒙古族的美好社会理想，在他的诗歌中都有直观、具体的体现。在1955年第10期的《人民文学》上，发表了巴·布林贝赫的《心与乳》（德·白彦、李永年译）。“我们对心里的爱，用乳来表示”，在这首唱给新中国的赞歌中，诗人选择蒙古文化中纯洁而神圣的意象“乳”，来抒发内心对祖国的大爱，来赞颂“父亲毛泽东”，赞颂“我们像无垢母乳一样的/各民族兄弟的和睦团结”。选择乳的意象，既与诗人的生活经历有关，也与诗人的文化心理相联。诗人后来回忆这首诗的创作情形时说：“我的诗，来自迷茫的沙漠和广袤的草原深处，来自童年天真的记忆和成年深沉的感受。小时候，每逢大年初一，母亲总是想方设法弄点鲜奶，给孩子们尝一口，以祝愿我们心灵纯洁和生活明亮。这件事，好像一颗珍贵的种子，深深埋藏在我幼小的心田。后来，当新生活的光辉照亮我的心灵的时候，我心中的种子，开始发芽，生长，开花，于是产生了我献给祖国的第一首诗《心与乳》。[①] 巴·布林贝赫的这首诗和因传统的祭洒习俗而产生的“洒祭词”有着文化的关联。只要我们读一遍下面这首《绵羊洒祭词》就可以感受到这一点。“花额母羊生下了羊羔/只有它的羊羔吸吮了母羊的奶头/尚未有谁品尝了这圣洁的初乳/黑头母羊生下了羊羔/只有它的羊羔第一个吸吮了奶头/尚未有人尝过这纯洁的初乳/为的是我们将其向您献祭/我们把白头羊的初乳/储放在洁白的毡房里/要说我们碰到了它/只是挤奶的五个手指/要说我们触到了它/只是将其盛装在洁净的奶桶里/如今我们口诵美好的献词/举行盛大的洒祭仪式/向您供奉这香甜的初乳/若问祭祀的原因/就是祈求保佑我们的羊群/请免于天灾人祸/

① 《中国作家自述》，上海教育出版社，1998年版，第343页。

使羊群繁殖旺盛。”①

《人民文学》的蒙古族作者，在用革命和建设现实加民族习俗的模式叙述内蒙古时，会遇到如何平衡二者关系的问题，也会遇到现实和习俗如何转换的问题。玛拉沁夫的《路》、《女篮六号》，敖德斯尔的《新春》等作品都在这方面做出了自己的思考。

《人民文学》（1949—1966）刊发蒙古族作品如下表所示：

小说类

序号	时间	刊期	篇名	作者	内容提示
1	1950. 11—1951. 4	2	草原上	杨平	为救草原大火而牺牲的内蒙古儿童
2	1952	1	科尔沁草原的人们	玛拉沁夫（蒙古族）	
3	1954	6	在暴风雪中	玛拉沁夫	未标民族。草原风情，暴风雪中互相救助，女护士
4	1959	3	草原日出	张长弓 沙里夫	北京医科大学学生王亚兰出于对草原的热爱和对支援边疆的热情，毕业后到内蒙古草原工作。噶布尔老妈妈因为她治好了孙子的病，双手合十向毛主席像“祝福”
5	1959	5	为了新春	敖德斯尔（蒙古族）	斯琴高娃译自《内蒙古日报》。医生敖根塔尔寻访“敖特尔”误了年夜饭。除夕早晨吃羊头

① 陈岗龙：《蒙古民间文学比较研究》，北京大学出版社，2001 年版，第 253 页。

6	1959	10	路	玛拉沁夫（蒙古族）	塔尔娃门前连接包钢的路，人生的路
7	1960	1	第一个春天	乌兰巴干（蒙古族）	爱喝酒的社长贺喜格，得知儿子在朝鲜牺牲后，喝酒打三百只黄羊送给政府。在“大跃进”时又把打黄羊的野地变成公社所在地，开了许多小工厂
8	1960	5	阿兰山探宝	程起骏	地质队员从阿兰寺里发现自然铜的标本，在蒙古族向导的帮助下完成勘探任务
9	1960	7	草原新史	乌兰巴干（蒙古族）	蒙汉团结；草原接纳“走西口”而来的汉人张大海，张大海把农业技术带到了草原；以绿瓦罐为线索
10	1960	11	欢乐的除夕	敖德斯尔（蒙古族）	除夕会战；蒙汉恋情
11	1961	4	六月的第一个早晨	玛拉沁夫（蒙古族）	内蒙矿山会战
12	1961	9	暴风在草原上呼啸	玛拉沁夫（蒙古族）	铁矿书记巴拉珠尔
13	1961	11	打狼	朋斯克（蒙古族）	蒙古族林业工人；打狼的技巧、经验
14	1962	2	歌声——过去的故事	玛拉沁夫（蒙古族）	“草原二仙”之一——马头琴手加米扬用歌声为牧民解困

15	1962	3	琴声——《歌声》姊妹篇	玛拉沁夫（蒙古族）	演唱好来宝的民间艺人
16	1962	8	阿力玛斯之歌	敖德斯尔（蒙古族）	和民歌有关的巴林草原故事
17	1963	2	女篮六号	玛拉沁夫（蒙古族）	边疆和爱情，学蒙语
18	1963	5	在墨绿色的球台旁	玛拉沁夫（蒙古族）	体育和民族精神
19	1963	9	风雪灰腾山	朋斯克（蒙古族）	灰腾山的雪崩被蒙古族老乡说成是喇嘛经上的喜马拉雅山上的狮子，科普工作者揭开了雪崩的秘密
20	1964	4	礼物	敖德斯尔（蒙古族）	分居三年的蒙古族夫妻见面的当晚，解决了丈夫的思想问题后，两人在清晨热烈拥抱
21	1964	9	旗委书记	敖德斯尔（蒙古族）	汉族旗委书记在工作中学会了蒙语，在离任时推荐工作踏实、讲风格的蒙古族同志任书记
22	1964	9	雪山双鹰	野艾	藏族丹增和蒙古族扎喜在雪灾中互相帮助的故事
23	1964	10	腾格里的日出	玛拉沁夫（蒙古族）	腾格里森林防洪瞭望哨里边疆和爱情的选择；上海人，广东人，蒙古族人

诗歌类

序号	时间	刊期	篇名	作者	内容提示
1	1949.10—1950.4	3	嘎达梅林	陈清漳等八人合译	内蒙古民族英雄嘎达梅林保卫蒙古族的土地，率领民众反抗汉族军阀、蒙古王公的故事
2	1951.5—1951.10	2	蒙藏诗抄		藏族的《歌唱毛主席》；蒙古族的《送子出征》、《决不再受折磨》；达斡尔族民间叙事诗《呼热海鄂基民》
3	1951.5—1951.10	3	歌颂毛主席		内蒙民歌《马头琴手的歌》、《举杯祝福毛主席》，新疆民歌《领袖颂》，还有俄罗斯族、藏族民歌
4	1954	4	草原上（三首）	海默	写内蒙古草原的歌词
5	1955	4	博斯腾湖滨（四首）	闻捷	摘自诗人日记的小序说：博斯腾湖位于塔里木盆地东北边缘，是新疆最大的淡水湖。湖滨是著名的和硕草原，“聚居着勤劳、勇敢而淳朴的蒙古族人民”
6	1955	6	幸福和友谊	纳·赛音朝克图（蒙古族）	标民族。蒙汉关系，牧民工人诗歌原名为《舞会》，翻译成现名，弱化了游乐成分

7	1955	10	心与乳	巴·布林贝赫	“我们对心里的爱，用乳来表示，我们对自由与解放，用乳来做献礼。”歌唱“我们的像污无垢的母乳一样的各兄弟民族的和睦团结”。国庆气氛，民族心理
8	1956	4	千里草原把身翻	白萍	唱词形式，歌颂草原变化
9	1956	4	科尔沁的黄昏	韩汝诚	写幕色中科尔沁草原的美
10	1956	8	草原的明天	戈非	“马头琴优美的曲调，/好像夜莺在月光下歌唱”。“集体牧场要在草原上出现，/草原牧民要住高大的楼房。”
11	1956	10	车儿呀，你尽情地奔驰吧	巴·布林贝赫（蒙古族）	坐火车回家乡的感觉：顺着那——/参加人民军队时，/驾着花牛坐着木轮车/曾经走过的道路：//火车纵情地奔驰着，/驰过漫长的路途。/我和那出生的故乡呀，/不久即将会晤……
12	1956	10	蓝色软缎的“特尔力克”	纳·赛音朝克图（蒙古族）	胡尔查、漠南译。“特尔力克”是蒙古族传统服装。姑娘为心上人缝制“特尔力克”

13	1956	10	嘎拉玛朝	田间	描写蒙古族女骑手
14	1956	12	草原小集（四首）	严阵	四首。写锡林郭勒草原；《雁》用“大雁归南嘴朝西”的谚语起兴
15	1957	3	富丽的宝山（外一首）	阮章竞	写白云鄂博、白云布拉格（蒙语：宝泉之义）
16	1957	4	听帕杰同志发言	公木	蒙古谚语：语言是真的好，狐皮是红的好
17	1957	5—6	远瞭近望慢慢儿听（爬山歌选）	韩燕如编	17 首少数民族民歌
18	1957	12	在尼泊尔访问期间（三首）	纳·赛音朝克图	
19	1958	9	草原赞（外二首）	邢野	写内蒙古商都县
20	1958	12	塔什干的召唤（三首）	纳·赛音朝克图（蒙古族）	《塔什干的召唤》、《塔什干城》、《伊萨克湖》；对苏联幸福的歌颂
21	1958	12	山民心上的红线（鄂伦春族民歌四首）		
22	1959	2	草原上升起五色云（内蒙民歌选，共十九首）		
23	1959	10	狂欢之歌	纳·赛音朝克图（蒙古族）	

24	1959	11	女仆和仙女	巴·布林贝赫（蒙古族）	我在纺织厂遇见曾是女仆的齐克
25	1959	11	歌颂灿烂的祖国	毛依罕（蒙古族）	丁师灏译。毛依罕是内蒙古著名的民间说唱艺人。“一个操琴的艺人/怎能没有歌曲/这样辉煌的建国十周年/怎能不来歌唱//鲜美可口的奶油/可以饱餐一顿/我们伟大的祖国/却怎么也唱不完……”
26	1960	1	团结之歌	帕杰（蒙古族）	丁师灏译。“让我奏起那用象牙雕刻的马头琴/让我这个年迈的艺人/唱一段优美的赞歌。”歌唱毛主席、共产党、民族团结
27	1960	3	乌兰察布放出金色的花朵	李清泗	
28	1960	3	猎手	严阵	
29	1960	9	白云鄂博交响诗	阮章竞	
30	1960	10	草原上的金桥	巴·布林贝赫	
31	1960	11	红色的瀑布（二首）	纳·赛音朝克图	《钢水》、《共同的幸福》
32	1961	7—8	傲塔奇——致毛主席派来的医生	巴·布林贝赫（蒙古族）	傲塔奇，医药的意思。“蒙族人民的心呵长成了翅膀/向伟大的北京城展翅飞翔”

33	1961	11	内蒙东部纪游（四首）	老舍	
34	1961	11	鄂伦春的歌（二首）	严辰	鄂伦春人的生活方式
35	1962	4	早晨的歌声	巴·布林贝赫（蒙族）	写海拉尔草原的早晨
36	1962	5	褐色的沙岗	纳·赛音朝克图（蒙古族）	“我”到生产队落户时的感受。“那些连绵起伏的沙丘/笼罩着绛红色的轻纱”
37	1962	7	胡杨英雄树	戈壁舟	
38	1963	7—8	沙原雄鹰（二首）	周雨明	毛乌素沙漠上的宝音图老人曾在战争年代掩护革命者
39	1963	9	我为生活在毛泽东时代而自豪	纳·赛音朝克图（蒙古族）	“伟大的祖国啊，你像慈母的怀抱一样将我们抚爱/各族人民把命运牢固地联结在一起”
40	1963	10	心与箭	巴·布林贝赫（蒙古族）	五月五是牧民出猎的日子。儿子“从军前夕/父亲要他打死一只豺狼或野猪/既为了预祝他光荣凯旋/也为了考查他枪上的工夫”
41	1964	10	光辉的红旗	纳·赛音朝克图（蒙古族）	

散文类

序号	时间	刊期	篇名	作者	内容提示
1	1952	11	中央访问团到内蒙古草原上	乌兰巴干	党中央为了总结民族工作经验，慰问各少数民族人民，于1952年7月至9月，派遣访问团，带着毛泽东主席送给各少数民族的珍贵礼物，来到内蒙古地区进行考察访问
2	1956	11	草原即景	萧乾（蒙古族）	我和年轻的勘探队员们坐卡车深入草原深处
3	1958	2	大青山赞	许淇	四篇。其中《雄健的山鹰在飞翔》写勘探队员
4	1959	7	沸腾的山谷——兴安岭素描	安柯钦夫	大连人“小迷糊”卫校毕业后到内蒙古大兴安岭原始森林深处当医生
5	1959	10	叶荷塔拉草原散记	乌兰巴干（蒙古族）	
6	1961	11	在草原上	端木蕻良	内蒙古草原的问候，鹰、虹、河
7	1961	11	山巅上的红松	扎拉嘎胡（蒙古族）	红松树是抗日游击队的交通站
8	1962	4	在鄂伦春族的一个屯子里	逯斐	鄂伦春族的孟老太太经常给国家森林调查队、地质勘察队、测绘队带路
9	1963	1	好啊，赛什克	杨友德	青海蒙古族种地解决粮食问题

报告文学类

序号	时间	刊期	篇名	作者	内容提示
1	1966	3	宝日勒代	庄坤（蒙古族）	宝日勒代读蒙文版的“毛选”；向沙漠进军；向汉族学种地

《人民文学》（1949—1966）刊发藏族文学作品如下表所示：

小说类

序号	时间	刊期	篇名	作者	内容提示
1	1952	1	八十一号车	柯岗	康藏运输军人所见的民族风情
2	1952	9	卡扎纳河上的桥	柯岗	康藏公路，苗族连长带队修桥
3	1955	8	重逢	顾工	师长在前往康藏指挥部的路上，遇到长征时留在藏区的已在生活上藏化了的女战友
4	1959	5	雅鲁藏布江畔的夜火	郭超人 刘汉君	藏汉爱情
5	1959	7	巴莎	刘克	汉族医生和藏族奴隶的故事
6	1959	9	古堡上的烽烟	刘克	西藏女奴玛莎的幸福追求，宗教，叛乱
7	1960	4	达瓦品错	寒风	中路平叛大军的藏族向导。 班长：“什么是祖国需要的时刻呢？不就是为了解放一百多万藏胞吗？这不就是保卫祖国领土的完整和统一的时刻吗？”

8	1964	9	雪山双鹰	野艾	藏族丹增和蒙古族扎喜在雪灾中互相帮助的故事
9	1965	2	女兽医	杨德友	汉族姑娘到青海藏区做兽医，顶住了宗教、反动牧主的打击；生活习惯藏化
10	1966	2	高原上的春天	汪承栋	随部队进藏的白玉珍由卫生员成为医生，为藏族人治病
11	1966	3	黑刺林	李沛生	作者前加“西藏”，强调区域。编者按：这是一篇写西藏新生活的小说。我们看到西藏一代新人在成长。这些“骏马”“雄鹰”般的青年，在党的阳光雨露滋润下，以伟大的毛泽东思想武装自己。他们向往明天，昂首挺胸，无所畏惧地向前挺进。我们止不住要为他们在阶级斗争、生产斗争中取得的每一个胜利击掌欢呼！我们希望能读到更多的反映兄弟民族新的生活的作品

诗歌类

序号	时间	刊期	篇名	作者	内容提示
1	1951. 5—1951. 10	2	蒙藏诗抄		藏族的《歌唱毛主席》；蒙古族的《送子出征》、《决不再受折磨》；达斡尔族民间叙事诗《呼热海鄂基民》
2	1951. 5—1951. 10	3	歌颂毛主席		内蒙民歌《马头琴手的歌》、《举杯祝福毛主席》，新疆民歌《领袖颂》，还有俄罗斯族、藏族民歌
3	1955	1	诗二首	梁上泉	藏族卫生员、赶牦牛的姑娘
4	1955	4	寻找太阳的故事	江虹整理	想象；经过37种动植物的引导，藏族寻找到了太阳；过程神奇；最后点出太阳就是毛主席
5	1956	10	情歌	仓央嘉措（藏族）	
6	1956	10	诗二首	饶阶巴桑（藏族）	《让我变成一条金鱼》写姑娘对即将上中央民族学院读书的青年的爱慕
7	1957	1	拉桑的歌	予白	拉桑对金玛的爱情表白
8	1957	2	波萝达娃	杨星火	界碑，爱情
9	1957	2	恋歌三首	饶阶巴桑（藏族）	《想》、《愿》、《嘱》

10	1957	5—6	大雪纷飞	高平	女奴央瑾受主人指派寻找传说中的冈斯拉。在大雪中呼唤着恋人江卡，在倾诉中死去
11	1957	5—6	藏族民歌六首	峻篁整理	拒绝爱：对面山上的獐子不要慌/我不打你，因为你没有好的麝香/年轻人不要多说废话吧/没有本领打死凶恶的野狼/休想我爱上你
12	1957	8	草原组曲（七首）	程彼德	藏族故事
13	1957	8	工程师	饶阶巴桑（藏族）	北京来的工程师为西藏设计疗养院
14	1958	12	一万个人一颗心（藏族民歌五首）		
15	1960	4	星星和月亮在一起（十二首）	兄弟民族	藏族、回族、维族、苦聪人、哈尼族、侗族、彝族、拉祜族民歌
16	1960	10	步步向太阳	饶阶巴桑（藏族）	“歌唱祖国”总标题下五首民族诗歌
17	1960	10	德吉达娃	汪承栋（土家族）	“郎生”在民主改革后成了主任，需要个名字，于是叫德吉达娃。意为“幸福的月亮”
18	1961	1—2	采茶献给毛主席	饶阶巴桑（藏族）	茶是藏族人生活中的必需品。茶树是毛主席“亲手栽下”

19	1962	5	雪山之歌	饶阶巴桑（藏族）	藏族边防战士
20	1962	8	轻骑蹄花（四首）	饶阶巴桑（藏族）	以山魂喻骑兵
21	1962	12	相玛劳	伊丹才让（藏族）	相玛劳即农妇；歌头、歌身、歌尾
22	1963	9	山之子（外二首）	饶阶巴桑（藏族）	《山》、《战士和小鸟》
23	1963	10	云中牧人	伊丹才让（藏族）	《歌声》、《搬家》
24	1963	11	新民歌十六首		藏族、怒族、佧佤族、尼尼波族等民歌
25	1964	4	雁翎集（诗三首）	饶阶巴桑（藏族）	边防战士
26	1964	8	一个战士的话	饶阶巴桑（藏族）	战士讲述过去的苦
27	1964	9	塞上新曲（甘肃宁夏诗歌小集）	伊丹才让、汪承栋等 11 人	藏族、东乡族等

散文类

序号	时间	刊期	篇名	作者	内容提示
1	1962	8	宝刀和盾牌	海默	西藏人民抗英斗争
2	1965	10	欢庆的拉萨	伍杰	写社会主义新英雄

戏剧类

序号	时间	刊期	篇名	作者	内容提示
1	1955	9	森林中的火光	顾工	砍树修路的故事。解放军带我们搭起一道彩虹，/那就是通到拉萨的桥梁，/毛主席带我们找到一条神龙，/那就是通到北京的公路
2	1957	3	一九〇四年的枪声	刘克	西藏人民抗英斗争
3	1959	11	柯山红日	陈其通	康藏边界少数上层藏族分子叛乱。写作的目的是想告诉人们“什么制度对人类有益”

报告文学类

序号	时间	刊期	篇名	作者	内容提示
1	1959	4	拉萨两姊妹	郭超人	
2	1959	6	流浪儿索郎	郭超人	索郎被送进学校，作者想象他可以成为医生、教师、科学家……
3	1959	9	藏北轻骑兵	田武	为修新疆达西藏的公路探路
4	1960	8	在珠穆朗玛的日子	景家栋 郭超人	
5	1961	1—2	翻身一农奴	桑克	和帝国主义的愿望相反，翻身农奴丹巴次仁“在党的阳光哺育下迅速成长”

6	1965	3	扎西书记	桑克	噶玛扎西是红星吉祥的意思。藏族用这个名字称呼曾是解放军班长的生活藏化了的汉族书记
7	1965	7	翻身农奴创新天	桑克	以诗的语言写解放了的农奴治沙、栽树、修水库，办互助组。驳斥“农奴主阶级分子”对农奴的“讥笑”以及“帝国主义”“西藏发生了‘人间悲剧’”的“嚷叫”

第五章　民族图像

通过对发表在《人民文学》杂志上的民族题材的美术作品的分析，阐述在功利文学观的影响下，插图也成为《人民文学》杂志建构民族文学的手段。插图直观地反映了《人民文学》与民族国家和民族文学之间的关系。

作为文学杂志，《人民文学》对美术作品也是情有独钟。其封面设计多采用美术作品自不必说，就是内页正文也时有画页插图，和文字一起传达着编辑者的办刊思想，营造着新中国的形象。

《人民文学》从创刊开始，在栏目设计上就有“画页”一项，发表美术、摄影作品，每期 2 到 7 幅不等，[①] 和小说等诸文学体裁并列而排。1950 年刊登在每期封三的“本刊约稿”，还把美术作品列在文学作品、理论批评、苏联的翻译作品之后，给予特别的强调：“本刊欢迎下列稿件……4. 歌曲、木刻、雕塑、绘画、漫画及有艺术价值的照片等。”1953 年的“本刊约稿”中，美术作品的地位又有所提高，列在征稿的第一项内容里，排在小说等文学作品之后、理论和翻译作品之前，并广为征集，表示刊物“欢迎各种形式的美术作品”。1953 年下半年，邵荃麟、严文井出任《人民文学》的主编、副主编[②]，从他们主持编务后出版的第七、八两期合刊开始，《人民文学》封三刊登的“稿约”中虽不再列出美术作品一项，但他们在编辑工作中对美术作品征集的方法却更为实际而有效。他们的方法之一就是聘请华君武作顾问。“他们决心改变《人民文学》的面貌，包括封面设计，装帧及增加美术作品插页，以使刊物从里到外给读者、作

① 从 1957 年第 8 期到 1958 年第 7 期，封面是素面，画页也暂时取消。

② 胡风 1953 年 6 月 10 日在跟路翎谈给《人民文学》投稿技巧时说到“严君已专负《人民文学》编责”。见晓风：《胡风路翎文学书简》，安徽文艺出版社，1994 年版。而曾任中国作协秘书长的张僖却说 8 月份“严文井被调到《人民文学》当副主编”。见张僖：《只言片语——中国作协前秘书长的回忆》，北京十月文艺出版社，2002 年版，第 30 页。

者以新鲜的观感，表明编者改进刊物的决心。为做好杂志的内外装帧及插图工作，两位领导决定请一个美术顾问。这位美术顾问就是漫画家华君武。"[①] 华君武是严文井在延安鲁艺和《东北日报》时期的同事，当时和袁水拍一起负责《人民日报》的文艺部，从1953年10月起又兼任中国美术家协会秘书长。从聘请这位在艺术上、政治上都有相当资历的人物作顾问，《人民文学》对美术作品的重视可见一斑。1954年、1955年两年的办刊历程中，《人民文学》每期发表的美术作品都在5幅左右，比起以前每期3幅有所提高，由此可见聘请美术顾问的措施是有成效的。

一、文学杂志的图像传统

《人民文学》为什么如此重视美术作品呢?

这与中国文学杂志的办刊传统有关。在印刷技术的支持下，1902年梁启超在日本创办的《新民丛报》、《新小说》都设有图画专栏，《新小说》杂志的编者更是强调"图画"为自己办刊之特色，1902年7月15日出版的《新民丛报》刊发《新小说》的"广告"——《中国唯一之文学报〈新小说〉》中就说"专搜罗东西古今英雄名士美人之影像"。《新小说》杂志有两类图像最值得我们关注：一是外国作家的照片，二是"泰西美人"画像。前者和杂志的文学性质相关，后者则与办刊人的政治追求相连。在创刊号上，《新小说》刊发了托尔斯泰的照片，以后又陆续刊出了拜伦、雪莱、歌德、席勒、雨果、马克·吐温等作家的照片，中国读者对这些作家多是未读其文而先识其人，这也算是文学传播史上的一桩趣事。不可低估《新小说》这种图像的力量，到了1925年鲁迅还在《伤逝》中用雪莱像作叙述元素来刻画子君的性格呢！《新小说》杂志还刊登"泰西美人"图画，如在1904年出版的第十号上就刊登了两幅西方美人图。和中国传统的美人俯首低眉、削肩宽衣不同，这两幅昂首挺胸、曲线明朗的西方美人图颇具梁启超所追求的"鹅眉豹略"气质，给当时读者以"陌生化"的冲击是显而易见的。我们要强调的是，西方美人是梁启超讲述中国

① 涂光群：《五十年文坛亲历记》，辽宁教育出版社，2005年版，第673页。

和西方故事的重要意象，[①] 而正因为和别人的不同，我们的民族意识才得以形成。梁启超认为在当时“盖大地今日只有两文明：一泰西文明，欧美是也；二泰东文明，中华是也。二十世纪，则两文明结婚之时代也。吾欲我同胞张灯置酒，迓轮俟门，三揖三让，以行迎亲之大典，彼西方美人，必能为我育宁馨儿以亢我宗。”[②]《新小说》杂志刊发泰西美人图，也是对梁启超“亢宗”的政治想象在视觉上的反映。

用美人图像表现杂志风格的还有鸳鸯蝴蝶派。所不同的是，以消闲性、游戏性、商业性为特色的鸳鸯蝴蝶派的杂志多是用“惊鸿艳影”一类的美人照来做杂志的卖点，而这些美人照又多来自“北里中人”、青楼女子。[③] 这些图片也成了鸳鸯蝴蝶派杂志的标志，正如魏绍昌所说：“鸳鸯蝴蝶派的各种杂志，创刊已在二十世纪，因而都是平装铅印的，开本一般也是十六开或三十二开，外部与现代期刊没有什么不同，主要的差异是在封面上的图片，一望可知其编辑杂志的宗旨和意趣。”[④] 妓女照片在 1930 年代以后的通俗文学杂志中为电影明星照片所取代。

1910 年创刊的《小说月报》虽然也用过“北京妓女谢卿卿”、“上海名妓花元春”等图像，但很快就表示“封面插图用美人、名士、风景、古迹诸摄影，或东、西男女文豪小影。其妓女照片虽美不录”[⑤]。1920 年 11 月沈雁冰接编《小说月报》后，依托文学研究会作家群，使《小说月报》成为新文学的重镇，其图像的刊用情况也随编者的文学立场发生了变化，反映中外文学故事的图像明显增加了，杨义在《新中国文学图志》中所选用的《小说月报》的封面图像中就有《潘多拉和她的箱》、吴道子的《孔子像》等。[⑥]

1930 年代的左翼文学杂志同样重视用图像来表达自己的文学和革命立场。由于鲁迅的倡导[⑦]、物质条件的制约等因素，在左翼文学杂志所选用的图像中，木刻占相当大的比重，这一点我在后面将专题论述。1934 年 9

---

① 参见袁向东：《20 世纪中国文学对西方美人的叙述》，《太原日报》2003 年 9 月 3 日。
② 梁启超：《饮冰室文集点校》第 1 集，云南教育出版社，2001 年版，第 217 页。
③ 参见包天笑：《钏影楼回忆录》，（台北）龙文出版社，1990 年版。
④ 魏绍昌：《我看鸳鸯蝴蝶派》，（香港）中华书局，1990 年版，第 244 页。
⑤ 郓铁樵：《本社特别广告》，《小说月报》，第 3 卷第 7 期。
⑥ 杨义：《中国新文学图志》，人民文学出版社，1996 年版，第 141 页。
⑦ 江丰：《江丰美术论集》（上），人民美术出版社，1983 年版，第 128 页。

月创刊、1935年9月停刊的左翼文学杂志《太白》，“每期还刊出漫画、木刻，少则一二幅，多则三四幅，有少量外国作品，多为中国作者创作”①。1940年代的延安文艺报章杂志中的图像所传达的是为工农兵服务的立场。木刻成为图像的主要形式，描写劳动模范、边区人民的斗争生活和幸福未来是报章杂志中的图像所传达的主要信息。

作家们对文学杂志刊载图像的态度也值得关注，因为这涉及作家和文学杂志的关系，而文学杂志是离不开作家的支持的。20世纪中国的许多作家同时也是文学杂志的编辑者，像梁启超、鲁迅、茅盾等。他们对杂志刊载图像是持积极态度的。在著名作家中，老舍是较少参与文学杂志编辑活动的一位，即使是出任中华全国文艺界抗敌协会总务主任期间，也是“会刊由（姚）蓬子负责筹划，期早日刊行”② 而已。1937年，老舍写了《理想的文学月刊》一文，谈到文学杂志和图像的问题。“封面：素的与花的相间，半年素，半年花……花的是由名画家绘图，中西画都可以，不要图案画。一画一换，永不重复……每期封面画都能使人至少出神看上几分钟，有的人甚至于专收藏他们，裱起来当册页看。”③ 从行文中可以看出，老舍在这里是以作家兼读者的身份谈文学杂志的，他理想中的文学杂志是包含意味隽永的图像在内的文学杂志。新中国成立后在天津日报社工作的孙犁，1982年写了《文学期刊的封面》，对1980年代中国文学杂志出现以美女作封面的现象提出批评，主张把封面图像和画页分开，把美术作品和广告分开。“在三十年代，以上提到的那些刊物中间，有时也登过三色版的裸体女人画，例如《小说月报》。当然没有放在封面上，而是作为插页，供读者欣赏的。当时，并没有遭到非议，因为读者知道这是美术作品。”“有一家刊物，由于编辑的疏忽，把封四广告上的美人画，同封面上的美人画，一视同仁地作为美术作品，列入了刊物的目录。这真是把美术和广告合二为一了。”④ 人们或许会批评孙犁的保守态度，但他对文学杂志所刊发的图像的分类还是有意义的。

从上述的简单梳理中，我们不难看出，尽管文学杂志和图像的关系驳

① 杨义：《中国新文学图志》，人民文学出版社，1996年版，第485页。

② 老舍1938年4月16日给胡风的信。

③ 老舍：《老舍全集》第15卷，人民文学出版社，1999年版，第410页。

④ 孙犁：《文学期刊的封面》，《中国编辑》，2004年第4期。

杂、历史漫长，但中国文学杂志通过图像表达自己的立场、争取读者的做法却是一贯的。办刊人的文学观念决定着对图像内容和形式的选择。印刷技术的进步、诗画同源的文化传统、市场竞争的需要都可以成为解释中国文学杂志与图像关系的路径。

二、人民文学的图像选择

作为中国作协机关刊物的《人民文学》，首先采用了一种简明易行的方法，在中国文学杂志重视图像的传统中表明自己的文学立场。所谓简明是指《人民文学》所依据的传统既能说明自己的文学主张，又能证明这种主张的历史合法性；所谓易行是指在组稿方面的操作简便性。在当时的条件下，能满足这两个要求的首选当属经由鲁迅倡导、在延安得到发展的、极富革命性和思想性的木刻艺术。在《人民文学》发表的美术作品中，特别是1955年以前的美术作品中，木刻作品占有相当大的比重，仅在头两卷共12期杂志中，在目录中标明的木刻作品就有14幅，有些目录中标注为年画的作品，其实也是木刻年画，如刊登在第2卷第2期上力群的年画《选举图》。

如此多地使用木刻作品，首先是《人民文学》所秉持的功利文学观念的结果。前文已论述过，毛泽东的《在延安文艺座谈会上的讲话》在界定什么是文学的时候，用了转化的策略，将“什么是文学”的问题转化成“文学是什么”，侧重的是文学的功能。在中国20世纪文学史中，每当强调文学功能的时候，往往会出现另一个尚未引起学者们充分注意的文学现象，那就是模糊文体、艺术形式之间的界限。前者如胡适的诗文边界的移动，后者的典型则是木刻和文学之间界限的模糊。这种现象在抗战时期已经出现过，姜德明在《新文学版本》中说到由于鲁迅的倡导，当时左翼和进步刊物莫不以发表木刻作品为时尚，当年一般喜欢文学的读者，也都爱上了木刻作品，在读书界和出版界形成一种风气，甚至出现了抗战期间巴金为文化生活出版社编撰的“烽火小文丛书”，将陈桥烟的木刻作品编成《桥烟木刻选》，和茅盾、王统照、萧乾、巴金等人的文学作品一起出版的现象。[1] 周扬曾从功利文学角度论述过秧歌存在的合理性问题："任何艺术形式，只要反映人民大众的现实生活和斗争与历史的革命内容，都应该让其存在，促其发展。……我们的任务，只是将各种艺术形式引用到一个共同正确的方向，而同时使之互相配合，各尽其长。"[2] 重要的是要有个"共同正确的方向"，至于以什么艺术形式来实现这个"共同正确的方向"是次要的问题。对于《人民文学》来说，木刻就是周扬所论的"秧歌"，杂志的编者要求于它的首先是国家的"共同正确的方向"，这一点在《人民文学》的发刊词中说得很清楚："积极参加人民解放斗争和新民主主义国家建设，通过各种文学形式，反映新中国的成长，表现和赞美人民大众在革命斗争和生产建设中的伟大业绩，创造富有思想内容和艺术价值，为人民大众所喜闻乐见的人民文学，以发挥其教育人民的伟大效能。"尽管茅盾的这个发刊词曾受到丁玲的严厉批评，说那是一篇没有思想的懒惰之作。[3] 但是我们还是可以通过这个发刊词读到周扬所论的"共同正确的方向"的内容。正是在这种功利文学观念的支配下，《人民文学》才会在征稿启事中把以木刻为首的美术作品和小说、诗歌等文学体裁并列起来。

鲁迅的倡导和延安的传统也是使木刻在《人民文学》的美术作品中居多数的一个原因。《人民文学》所奉行的是为国家"共同正确的方向"服务的文学观。为了使这文学主张更具有历史的合理性，《人民文学》将被毛泽东誉为"文化总司令"的鲁迅作为自己的一个精神资源。这种意图在创刊号的作品构成上就已表现得十分醒目。在创刊号上发表有关鲁迅的照片 2 幅；关于鲁迅的文章 3 篇：郑振铎的《中国小说史家鲁迅》、巴金的《忆鲁迅先生》、胡风的《鲁迅还活着》。在以后的编辑实践中，木刻则成为显示《人民文学》与鲁迅资源发生联系的重要指标。我们知道，20 世纪的中国木刻是在鲁迅倡导下发展起来的。[4] 由于"当革命之时，版画之用最广，虽极匆忙，顷刻能办"[5] 的原因，鲁迅倡导的木刻在延安得到了充分的发展。1939 年毛泽东曾给刘岘的木刻题词："我不懂木刻的道理，但

---

① 姜明德：《新文学版本》，江苏古籍出版社，2002 年版，第 133 页。

② 周扬：《表现新的群众时代——看了春节秧歌以后》，《周扬文集》第 1 卷，人民文学出版社，1984 年版，第 444 页。

③ 丁玲：《为提高我们的思想性、战斗性而斗争》，《人民文学》，1952 年第 1 期。

④ 参见范梦：《中国现代版画史》，中国青年出版社，1997 年版，第 7 ~ 16 页。

⑤ 鲁迅：《〈新俄画选〉小引》，《鲁迅全集》第 7 卷，人民文学出版社，1981 年版，第 345 页。

我喜欢看木刻。刘岘同志来边区时间不久，已有了许多作品，希望继续努力，为创造中华民族的新艺术而奋斗。”较为艰苦的生活条件、渴望普及的读者群体，再加上领袖的倡导和鼓励，木刻这种对原材料要求相对较低的传统艺术形式，在延安获得了广阔的发展空间，培养了作者和读者，形成了木刻的“延安学派”。[①]《人民文学》主要的木刻作者李桦、古元、力群等就是这个学派的代表。

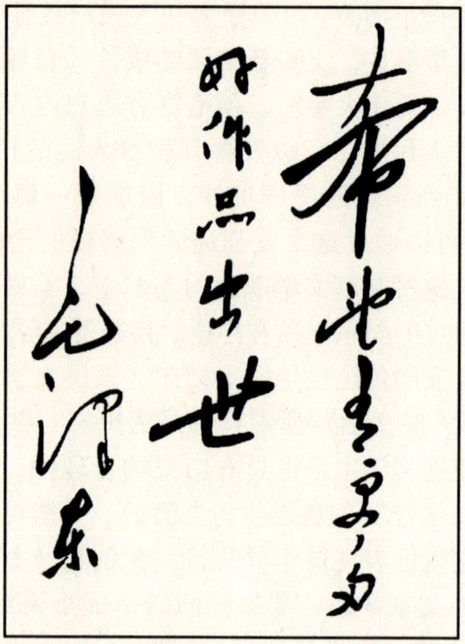

1949 年毛泽东为《人民文学》创刊题词

① 邹跃进：《新中国美术史》，湖南美术出版社，2002 年版，第 93 页。

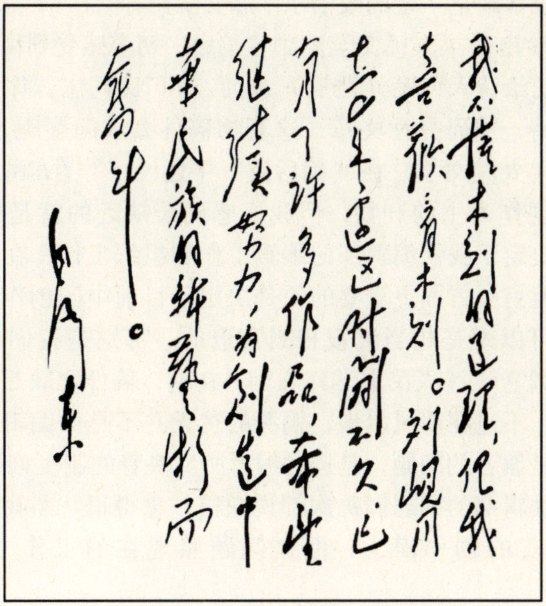

1939 年毛泽东为刘岘木刻题词

稿源的贫乏是《人民文学》重视美术作品的另一个原因。在《人民文学》创办初期，遇到的突出问题是文学稿件的质量问题。在 1950 年 9 月 1 日出版的第 2 卷第 5 期的“编后记”中写到：“我们这个刊物一直主要依靠在各种实际工作中的作者支持。他们自己就是那些实际斗争的参加者，他们的作品往往能够比较迅速地反映出一些新鲜事物。但这些作者还必须努力提高自己。在大量的稿件中，有许多作品常常不是写得单纯而意义丰富，却是冗长而内容单薄。有的写得近乎流水账，不会把那些最精彩最动人的部分集中起来。有的相当枯燥，连文学意味都很少。有的甚至字迹也很潦草，好像信手写来，并未经过细心的反复的推敲，随便删掉它许多都可以。”第 5 卷第 2 期发表署名策（秦兆阳）的《必须全面深入地认识生活》，文章又说到稿源问题：在来稿中，“以专业文学工作者来稿最少，这当然有很多原因，比如在全国范围内专门从事文学工作的人数本来不多，而全国各地都有文艺刊物，稿件分散，又有不少创作者做了文艺部门中的组织工作，或因其他原因长期脱离了生活。其他来稿较多的这些作者里面，绝大多数也都缺乏一定的政治水平和文学修养”。

1952年丁玲出任《人民文学》副主编后，切实感受到稿件问题的严重性，所以她写信给诗人厂民（严辰）求助：“厂民同志，你必须为《人民文学》写一点诗，或研究性文章，这刊物稿件太成问题呢。”① 直到1953年2月出版的《人民文学》在“编后记”中还说：“《人民文学》是一个以发表国内的创作为主的刊物，但我们感到最缺乏的就是创作方面的稿件。这一方面决定于我们编辑部的编辑工作和组织工作，在这方面我们仍是有缺点的；但另一方面更重要的便是决定于目前中国创作的状况。目前中国的创作，可以说是相当沉寂相当衰退的。特别是我们有许多专业作家，已经长久搁笔。”《人民文学》在创办初期，稿件之缺乏以及稿件质量之差由此可见。不过在胡风看来，稿源的贫乏并不是像编辑部所说的是作者的问题，而是编者的问题，是透过编者所反映着的制度问题：“邵荃麟、严文井同志和编辑部的同志们每次都说缺稿，急得很。照我理解客观上广泛地存在着坚实的创作潜力，但这问题照现在的工作方式是无法解决的。”②

但与文学作品的相对薄弱而言，当时的美术作者和作品要成熟得多。这些作者多是延安鲁艺出身的画家，他们在木刻方面的特长，正适合《人民文学》要继承鲁迅的传统。所以《人民文学》在创刊初期刊登了李桦（创刊号的封面《抢修发电厂》等）、古元（创刊号插页《鞍山钢铁炉之修复》等）、石鲁（第1卷第3期《说理》）、彦涵（第2卷第5期封面《召集》）、刘岘（1956年的封面及其扉页）等一批从延安走出来的画家的作品。这些木刻作品强调画面的叙述性，直接地反映了建国初期的现实生活。

① 丁玲：《丁玲全集》第12卷，河北人民出版社，2001年版，第45页。
② 胡风：《胡风三十万言书》，湖北人民出版社，2003年版，第83页。

1949 年《人民文学》创刊号选李桦的木刻作品《抢修发电厂》做封面

彦涵的木刻作品《召集》被选为 1950 年第 2 卷第 5 期《人民文学》的封面

石鲁的木刻作品《说理》
（发表在《人民文学》1950年第1卷第3期）

三、民族的视觉表现

文化研究者从鲁迅对其看幻灯片的记述中看到了鲁迅的民族意识："作为一个中国人，究竟意味着什么。"① 美术史家从南宋的"边角山水"中读出了南宋朝廷偏安一隅，丧失民族气节；② 两种解读，都是研究者"看"出来的。而《人民文学》所发表的关于民族题材的图像所传达的信息，就不仅仅是研究者和作者所"看"的，国家也在"看"。我们这里所谓的"看"是对图像的观看，也是对图像的建构。

《人民文学》最早是用图像来表达自己对民族文学的建构和对民族国家的想象的，也就是说未有文字文本而先有图像文本。在1949年12月出版的第2卷第2期上，刊登了尹瘦石的两幅"内蒙古年画"《人畜两旺》和《地照到家》。紧接着在第1卷第3期上，又发表了满族画家乌恩的

① 周蕾：《视觉性、现代性与原始激情》，罗岗：《视觉文化读本》，广西师范大学出版社，2003年版，第264页。

② 邹跃进：《新中国美术史》，湖南人民美术出版社，2000年版，第1页。

“内蒙古”年画《新年慰问军属》。这时，作为文字文本的民族文学作品才在《人民文学》上出现。《人民文学》在创刊后的第2期上就发表年画作品，不仅仅是年底的应景行为，发表年画本身就是《人民文学》和民族国家建设互动的结果，具体地说是《人民文学》主编茅盾以文化部长的身份向全国发布有关年画指示的结果。作为从宋朝就开始出现的古老画种，年画在中国民间传播广泛，是中国民间百姓在过春节时表达心情和愿望的视觉形式。国家很重视利用这种形式来争取民众、宣传民众。据画家蔡若虹回忆，1949年10月，文化部刚一成立，毛泽东就对周扬说“年画是全国老百姓老老少少特别是劳动人民最喜欢的东西，应该引起注意”。根据毛泽东的要求，文化部部长茅盾签发了文化部《关于开展新年画工作的指示》，并发表在1949年11月27日的《人民日报》上。指示中对年画的性质、创作目的、要达到的目标都作了具体的规定：“年画是中国民间艺术中最流行的形式之一。在封建社会，年画曾经是封建思想的传播工具，自一九四二年毛主席在延安文艺座谈会上的讲话号召文艺工作者利用旧文艺形式从事文艺普及运动以后，各解放区的美术工作者，改造旧年画以传播人民民主思想的工作已经获得相当成绩，新年画已被证明是人民所喜爱的富于教育意义的一种形式。现在春节快到，这是中华人民共和国成立后的第一个春节，各地文教机关团体，应当将开展新年画工作作为今年文教宣传工作的重要任务之一。今年的新年画应当宣传中国人民解放战争和人民大革命的伟大胜利，宣传中华人民共和国成立，宣传共同纲领，宣传把革命战争进行到底，宣传工农业生产的恢复与发展。在年画中，应当着重表现劳动人民新的、愉快的斗争生活和他们英勇健康的形象。在技术上，必须充分利用民间形式，力求适合广大群众的欣赏习惯。在印刷上，必须避免浮华，减低成本，照顾到群众的购买力。”①

① 《关于开展新年画工作的指示》，《人民日报》，1949年11月27日。

尹瘦石的年画作品《人畜两旺》

（发表在《人民文学》1949 年第 1 卷第 2 期）

满族画家乌恩的年画作品《新年慰问军属》

（发表在《人民文学》1950 年第 1 卷第 3 期）

对年画的创作与出版规定得如此之详细，说明国家参与程度之深，也表明国家通过艺术作品宣传建国思想、树立国家形象的策略。这种方式后来发展成为国家组织艺术生产的一个模型。

文化部的指示下达后，尹瘦石主持的内蒙古画报社担任了内蒙古年画的创作与出版任务。《人民文学》发表的这三幅年画就是这时创作的作品。从1946年就到内蒙古的尹瘦石，以蒙古包、勒勒车和马群为背景，以蒙古族的老人和儿童为主要构图元素，怀抱儿童的蒙古族老人向抱着羊羔嬉耍的孩童唱着古老的歌谣，蒙古族的歌声和汉族画家的画面一起表现着蒙古族人民的欢乐祥和生活图景。透过蒙古族老人的歌声，我们仿佛听到了他们对历史的骄傲和对未来的想象。虽是年画，但抒情性很强。满族画家乌恩的《新年慰问军属》所表现出的政治色彩更强烈些。画面的场景热烈而富有叙述性：蒙汉人民慰问蒙古族军属，汉字的锦旗、春联透露出蒙汉之间、军民之间的关系，鲜艳的色彩又把这种关系烘托得友好、和谐。

侯一民、邓澍的年画作品《中国共产党万岁》
（发表在《人民文学》1951年第4卷第2期）

在国家规划之下创作的两幅反映地方生活场景的年画，已经向我们透露了一些关于民族认同、疆界等信息。但这还属于散章，对于《人民文学》这样的文学杂志，在表达自己的国家立场时，还需要那种整体关照的作品。于是侯一民、邓澍夫妇创作的年画《中国共产党万岁》发表在第4卷第2期上。从画面看，这是一幅根据《关于新年画的指示》中“宣传中华人民共和国成立，宣传共同纲领”的要求而创作的。画面按照《共同纲领》对国家性质的规定及各群体在国家中的权利而构图。居中的人物是站在马克思、恩格斯、列宁、斯大林画像下的以毛泽东为代表的中央领导集体，左侧站着的是民主党派的领导人，台下是欢呼的群众。欢呼的群众分两部分，汉族群众占画面的1/3，居左下角，右下角是7位身着民族服装的少数民族代表，占画面的1/6。显然这是按照人口来划分画面“疆界”的。这幅显示开国气象的年会，原名为《庆祝中国共产党成立三十周年》，在1952年被文化部年画评奖委员会评为“年画创作奖金”三等奖。[①]《人民文学》再次发表少数民族题材的年画已是1964年了。在这一年的第1期上，发表了周令钊、陈若菊夫妇共同创作的年画《琵琶歌》。琵琶歌是侗族以琵琶伴唱的民间艺术形式，也是侗族人谈情说爱、迎宾待客的重要手段。因为侗语里没有与汉语“文学”相对应的文学观念，只有歌等和文学相关的语汇，[②] 所以这幅画——《琵琶歌》也可以理解为是侗族文学的图像表达。作为年画，《琵琶歌》弥漫着喜庆的气氛，画面正上方是唱琵琶歌的老者，旁边有汉族干部、解放军战士。听弹唱的少女们，围坐在火塘四周，或看书或纺线或绣花或烧火，各个衣着鲜艳、线条优美、表情单纯恬静。墙上的毛主席像表明民族幸福的源泉。因为是对侗族民间生活形态的描绘，所以这幅画表现出了较为浓郁的民族风格。

周令钊、陈若菊的年画作品《琵琶歌》

（发表在《人民文学》1964年第1期）

① 《人民日报》，1952年9月5日。

② 邓敏文：《中国多民族文学史论》，社会科学文献出版社，1995年版，第48页。

从上面的分析我们可以看出，新中国民族题材年画的创作是在国家的规划和奖励下展开的，从最高领袖到文化部长茅盾都参与了新中国图像的建构工作。由于所刊发的画稿并不专为《人民文学》而创作，所以，与建构文字文本的民族文学不同，《人民文学》对于民族图像的选择和传播，作为编者的修改权已被合并到选择权里去了。

于月川的国画作品《翻身奴隶的儿女》

（发表在《人民文学》1963 年第 5 期）

董希文的油画作品《春到康藏》

（发表在《人民文学》1955 年第 2 期）

《人民文学》发表的有关民族图像，多为汉族画家的作品，透过他们所创作的民族图像，我们发现他们看到的多是牛马羊、毡房、火塘、竹楼等少数民族生活中本来就有的东西。但在西藏题材的民族图像中，则添加了藏族生活中原来没有或少有的东西，这些东西又往往是民族国家的象征物。如1963年第5期上的国画《翻身奴隶的儿女》（于月川）中的小学校；[①] 董希文的油画《春到康藏》这幅曾被周恩来用以展示国家形象的作品，[②] 则用远处的汽车队来表现西藏和国家的联系。

《人民文学》（1949—1966）刊载民族题材的美术作品如下表：

序号	刊期	篇名	作者	体裁
1	第1卷2	人畜两旺	尹瘦石	内蒙古年画
2	2	地照到家	尹瘦石	内蒙古年画
3	3	新年慰问军属	乌恩	内蒙古年画
4	4	伐木	宁可	木刻
5	6	行军途中	炜克	木刻
6	第2卷4	流送	宝音代来	木刻
7	第4卷1	察哈尔民间剪纸	古塞收集	剪纸
8	2	中国共产党万岁	侯一民 邓澍	年画
9	1952年 3—4	在康藏高原上	炜克	木刻
10	8	分到羊了（云南彝族土改雕塑）	袁晓岑	雕塑
11	8	西北少数民族人物速写（4幅）	梁黄胄	插图
12	9	母女学文化	袁晓岑	雕塑

① 内斯特·盖尔纳认为国家权力的工具和象征，不是断头台，而是教育。见《民族与民族主义》，中央编译出版社，2002年版，第46页。

② 张振声：《董希文的艺术道路》，《光明日报》，2000年9月10日。

13	1953 年 10	祁连山的早晨	董希文	国画
14	10	山间铃响马帮来（3 幅）		插图
15	1955 年 2	春到康藏	董希文	油画
16	3	台湾高山族妇女	刘崙	水彩画
17	3	行军途中	列阳	油画
18	3	托儿所	列阳	油画
19	10	牧场	古元	水彩画
20	10	图里河木场	古元	水彩画
21	12	敦煌壁画（2 幅）	冯仲年、李其琼临摹	壁画
22	1959 年 12	漓江边上	李可染	国画
23	1960 年 1	傣族的阳台	程十发	国画
24	8	红旗插上珠穆朗玛峰	吴作人	油画
25	1961 年 5	五指山歌	王恤珠	油画
26	1963 年 5	翻身奴隶的儿女	于月川	国画
27	11	旧恨新家	贺友直刘旦宅林锴	国画
28	1964 年 1	琵琶歌	周令钊 陈若菊	年画
29	1	红云	牛文	木刻
30	7	澜沧江上	江敉	木刻
31	11	牧场新泉	胡钧	国画

统计结果如下：

1. 1949—1966 年《人民文学》共发表民族题材的美术作品 37 幅。

2. 在反映民族题材的 37 幅作品中：国画作品 7 幅，插图作品 7 幅，油画作品 4 幅，木刻作品 6 幅，年画作品 5 幅，水彩画作品 3 幅，雕塑作品 2 幅，壁画作品 2 幅，剪纸作品 1 幅。

3. 反映民族题材作品发表情况说明：

①1949 年 10 月至 1951 年 12 月，《人民文学》共出版 5 卷 26 期，发表 8 幅反映民族题材内容的美术作品；

②1952 年至 1959 年发表 19 幅反映民族题材内容的美术作品；

③1960 年至 1966 年发表 10 幅反映民族题材内容的美术作品。

结 语

民族文学丰富了《人民文学》的文学表达

《人民文学》（1949—1966）对民族文学的建构，是在民族国家的参与下、人民文学的文学观指导下完成的。作为中国作家协会机关刊物，《人民文学》在建构民族文学的过程中，经历了一个从自在到自觉的过程。

《人民文学》在创刊号上，就以“发刊词”的形式明确提出建构民族文学的主张，把“开展国内各少数民族”文学运动“作为自己的一个必须完成的任务”。但这还不是出自《人民文学》编者的自觉，而是因为全国文协（1953 年改为中国作协）是一个体现国家文学意志的政治集团，《人民文学》必须“遵循全国文协章程所规定的我们集团的任务”。① 所以我们说《人民文学》开始建构民族文学，并不是一种自觉的行为。这从当时任中国作协负责人的丁玲对茅盾写的“发刊词”的严厉批评中，也可略知一二。丁玲在 1951 年指责《人民文学》的“发刊词”是一篇没有自己的思想、照搬全国文协章程的“懒惰之作”②。1950 年 1 月出版的《人民文学》第 1 卷第 3 期上，发表了“内蒙古民间叙述诗”《嘎达梅林》，传奇的英雄故事，蒙古族味道十足的表现方式，使这篇作品受到了“普遍的欢迎”③。在这之后，《人民文学》发表少数民族民歌类的作品开始逐渐增多。1951 年 6 月出版的《人民文学》第 4 卷第 2 期，以《蒙藏诗抄》为题，发表了蒙古族、藏族、达斡尔族民歌四首。在 1951 年 7 月出版的第 4 卷第 3 期上，《人民文学》又发表了维吾尔族民歌七首，还在《歌颂毛主席》的题目下，发表了蒙古族、藏族等兄弟民族民歌。到 1952 年，第 1 期的《人民文学》“比较集中发表了一些少数民族和有关少数民族的创作和论文”。这是《人民文学》的编者第二次通过杂志表达对民族文学的看法。结合当时

---

① 茅盾：《〈人民文学〉发刊词》，《人民文学》创刊号。

② 丁玲：《为提高我们的思想性、战斗性而斗争》，《人民文学》，1952 年第 1 期。

③ 《〈阿诗玛〉编者按》，《人民文学》，1954 年第 5 期。

的小说编辑秦兆阳发现和培养蒙古族青年作者玛拉沁夫的传记资料，我们可以说，到这个时候，《人民文学》对民族文学的建构开始由自在行为向自觉行为转变。

之所以这样说，原因如下：第一，编者明确提出了自己对民族文学范围的界定，那就是“少数民族和有关少数民族的创作和论文”。事实上，一直到1966年停刊，《人民文学》一直是按照这个思路来理解和建构民族文学的。第二，编者从来稿中开始注意少数民族作家的稿件。蒙古族作家玛拉沁夫曾在2003年11月的一次交流中告诉笔者，是秦兆阳发现并修改了他的小说《科尔沁草原的人们》。第三，尽管是机关刊物，需要承担中国作协这一政治集团所赋予的政治任务，但《人民文学》对以往所发表作品中普遍表现出的题材狭窄化、表现形式公式化的弊端，是不满意的。茅盾、秦兆阳都表达过这样的意见。发表《嘎达梅林》等民族文学作品后，获得了读者的好评，这使编者看到了用民族文学来丰富文学题材的途径。第四，这时发表民族文学作品，已不是单从民族政策、民族照顾的角度考虑了，文学因素也开始受到重视。在1952年第1期的《人民文学》上，编者在向读者推荐小说头条作品《科尔沁草原的人们》时说，“从这篇小说里我们不但看蒙古族新的生活、新的主题和新的人物，而且也可以看到作者丰富敏锐的艺术感觉和值得重视的艺术表现才能”①。以上四点可以说明，《人民文学》对民族文学建构的出发点，已经从接受政治集团的任务转变为机关刊物的任务和文学刊物的任务兼顾，谋求二者平衡发展的方面上来。丰富自身的文学表达是这种转变的内在动因。

这种转变的彻底完成，应该是在1955年到1956年间。具体表现在：第一，这一时期的《人民文学》发表民族文学的数量明显增多，所发表的民族文学作品影响也不断扩大。像闻捷的《吐鲁番情歌》（1955年第3期）、巴·布林贝赫的《心与乳》（1955年第10期）、《车儿呀，你尽情地奔驰吧》（1956年第10期）、纳·赛音朝克图的《蓝色软缎的“特尔力克”》（1956年第10期）等在全国有广泛影响的作品都是在这时发表在《人民文学》上的。另外，老舍的剧本《西望长安》以及六世达赖喇嘛仓央嘉措的《情歌》等也是《人民文学》在这时发表的有影响的作品。第二，《人民文学》的编者对个别读者就有关民族文学作品提出的批评，采

① 《编后记》，《人民文学》，1952年第1期。

取了重视并且采纳的做法，[①] 这也说明他们对民族文学的建构已经是自觉的了。若是比照在创刊初期《人民文学》对读者批评“一闻即改”的态度，更能感觉到这本文学杂志对民族文学建构的坚持和追求。当然，《人民文学》对建构民族文学的努力，与中国作家协会及少数民族作家对民族文学的要求讲是密切相关的。《人民文学》对民族文学建构的自觉过程，也是其文学表达得到丰富的过程。

正因为《人民文学》对民族文学建构的坚持，所以才有大量的民族文学作品发表在这本国家杂志上。从 1949 年 10 月到 1966 年 5 月，《人民文学》总共出版了 198 期，发表了 670 篇民族文学作品。尽管《人民文学》是以发表短篇作品为主的文学杂志，但这 670 篇民族文学作品，在数量上讲也是颇为可观的。由于是第一次研究这一时期《人民文学》对民族文学的建构，所以，本课题研究所做的第一步工作就是对资料的清理，把相关资料编成年表，以附录的形式呈现出来。这项工作看似琐碎，但表明我们从历史出发的学术态度，也为今后的研究提供了基础性资料。

在梳理资料时，我遇到的第一个问题就是如何界定民族文学。我们尊重《人民文学》把“少数民族和有关少数民族的”看做是民族文学的历史建构。我们这里所谓的民族文学，是指少数民族文学，这和国外的“民族文学”（National Literature）所指的“国家文学”不同。[②] 我们之所以采用民族文学的说法来指称少数民族文学，原因有两个：一是从中国的民族理论和实践的发展趋势来看，以民族来指称少数民族，以“国族”来指称中华民族正逐渐为人们所接受，在这种情况下，以民族文学来表示少数民族文学也更规范和简洁。白庚胜曾从规范、简洁、适用三个方面论证了把中国科学院少数民族文学研究所改为民族文学研究所的可行性。[③] 二是《人民文学》在建构民族文学时所使用的称谓并不规范，有时叫少数民族文学，有时称兄弟民族文学等。这样一来，我们使用民族文学的称谓则更便于研究和叙述。

长期以来，人们普遍认为，中国现代文学的知识谱系对于当代文学是

---

① 《读者对本刊的意见》，《人民文学》，1956 年第 2 期。

② 李鸿然：《中国当代少数民族文学史论》，云南教育出版社，2004 年版，第 3 页。

③ 白庚胜：《正门、立规、改制、定位、固向》，《社会科学管理与评论》，1999 年第 3 期。

不适用的，因为“当代文学具有了不同于现代文学的性质”[①]。通过对《人民文学》建构民族文学的研究，我们发现，从20世纪初开始的中国文学对中国人现代化欲望的表达，在当代文学中并没有终止，只不过是以民族国家的空间形式表现着的。我们这个结论使中国当代文学和中国现代文学在现代化的知识谱系上建立起了更深刻的联系。这时期《人民文学》对民族文学的建构，是以汉语为通用语、对“多元一体”的民族国家展开想象的过程。作为一个体现“想象共同体”的印刷品，《人民文学》以汉语建构民族文学的特征，也为新时期以来中国民族文学的发展留下了联系的端口，这种联系表现为继承和否定两个方面：一方面，像玛拉沁夫等作家，选择继续以汉语写作；另一方面，一些年轻的民族作家则提出了“宁肯欧化，也不汉化”的主张。[②] 这些民族作家的主张，有可能使这一时期的《人民文学》对民族文学的建构成为历史中间物。但无论如何，《人民文学》因为建构民族文学而与现代文学和新时期文学发生了联系，也使这本文学杂志的文学表达得到了丰富和加强。

① 朱栋霖等：《中国现代文学史》，高等教育出版社，1999年版，第4页。

② 玛拉沁夫：《中国少数民族文学经典文库·理论评论卷》，云南人民出版社，1999年版，第483页。

《人民文学》（1949—1966）刊载民族文学作品辑录

《人民文学》（1949—1966）刊载民族文学作品辑录如下表所示：

以下分类是以作品发表时《人民文学》对其体裁的分类为标准。不在小说、诗歌、戏剧、散文、报告文学之列的归为其他类。以下统计结果包括前文“蒙藏叙述”列表中的蒙古族、藏族文学作品。

小说类（共88篇）

序号	时间	刊期	篇名	作者	内容提示
1	1950.11—1951.4	2	春子姑娘	杨朔	写回族女性由家庭而革命的过程
2	1951.5—1951.10	2	长白山中	克秋	
3	1952	1	母亲和家乡	赤布	汉藏、军民关系
4	1952	6	竹哨	白桦	瑶族、驻军；法国、土匪
5	1952	7	八庄苗家	胡学文	于跳花习俗中展示新旧变化
6	1953	3	山间铃响马帮来	白桦	
7	1954	2	不准走那条路	李准	
8	1954	9	钟	端木蕻良	农村
9	1954	11	孟广泰老头	李准	
10	1954	11	一个无铃的马帮	白桦	
11	1955	3	在祖国的东方	马加	
12	1955	4	祝你一路平安	公刘	以边境剿匪和拉祜族的禁忌推动情节发展

13	1955	5	在欢乐的天山草原上	梁学政	广东姑娘到新疆支边，勘察物产，迷路时偶遇哈萨克族婚礼，由此展开情节
14	1956	5	帕蒙在幻想	季康	瑶族少年的想象
15	1957	3	李四先生	李准	
16	1957	10	阿娜	胡学文	大胆健壮的苗族青年突击队女队长阿娜带领队员到无人区雷劈岩割草，向自然和传统挑战
17	1958	3	起点	郝力斯汗（哈萨克族）	编者按：这篇小说的译文，原载《延河》1957年12月号。本刊选载时做了一些删节和修改。写合作化。茅盾说其“思想性和艺术性都达到了相当高的水平”
18	1958	6	喃哪	刘传辉	景颇族。镖牛指夫；喃娜与做外国生意、参加“汉人”工作组的召桑之间的故事
19	1958	9	爱提意见的姑娘	李准	编者的话：强调“打算经常地从各地刊物和报纸上选载作家们和工农业余作者的优秀作品，向全国读者推荐”
20	1958	12	新工人的母亲	苏小星（彝族）	彝汉人民因炼钢铁而由牧人变工人；新修了通往最偏僻地区的公路，“生铁东运，客人西来”

21	1959	1	高炉边的彝家	熊正国（彝族）	以最快的速度赶英超美；彝族青年东生去当工人，相好的春梅在家当生产队长
22	1959	3	哈伊娜	綦水源	哈萨克族的哈伊娜为勘探队带路
23	1959	4	种花人	苏小星	
24	1959	6	求婚	杨苏	景颇族。党员嫁团员，父亲觉得没面子
25	1959	6	寄自两个鄂伦春人的身旁	丁仁堂	来自中央民族学院的叙述者讲述鄂伦春人吉尼达和孙女尼南打罕的故事
26	1959	9	留在远方的“奴隶”	安枫	小凉山，彝族，阿尔都火
27	1959	10	两代人	李准	
28	1959	11	肉都帕衣	祖农·哈迪尔（维吾尔族）	肉都帕衣是去麦加朝圣途中的一种怪物
29	1960	1	牧村纪事	郝斯力汗（哈萨克族）	赫捷耶夫译自《天山》。落后分子奴尔哈里劝说夏里甫娶生产队队长达麦特干，欲借此报复夺了他权的达麦特干
30	1960	1	援朝·阿列克姆	刘克勤	援朝·阿列克姆是汉族部队和哈萨克生父团结的象征 “共产党领导汉人，也领导哈萨克人。”

31	1960	3	李双双小传	李准（蒙古族）	编者的话：为“热烈庆祝‘三八’国际劳动妇女节五十周年”，发表几篇“反映我国劳动妇女在伟大的社会主义建设事业中的跃进雄心、冲天干劲或精神面貌的变化。这些妇女形象，是异常光辉而感人的。”
32	1960	5	草原的儿子	孟左恭	吉尔汉参加了八路军，给儿子阿尤勒一个五角星。阿尤勒在苦难中成长，最后成为骑兵战士
33	1960	9	耕耘记	李准	
34	1961	5	春笋	李准	
35	1961	5	红河涨满了春潮	端木蕻良（满族）	
36	1961	6	早来的春天	李乔（彝族）	
37	1961	10	猴子岩	杨苏（白族）	在景颇族传说中，猴子岩是天鬼格莱到人间给景颇人带来幸福的必经之路，是景颇人死后回到“代作门”的天梯。修水库要通过猴子岩，情节由此展开
38	1961	11	高原上	艾芜	
39	1962	5	野牛寨——南行记续篇之一	艾芜	中缅边界；记忆和现实；傣族串姑娘风俗

40	1962	7	撒尼大爹	李纳（彝族）	回乡探亲记
41	1962	11	马	海默	
42	1962	12	芒景寨	艾芜	傣族，婚姻
43	1962	12	噶珠	徐绍武	
44	1963	1	哈姐寨	艾芜	傣族在汉族干部影响下改变风俗
45	1963	3	云层上	欧琳	哈萨克族人在公社里的冲突；思想、生活习惯
46	1963	6	斯拉木的同年	郝斯力汗（哈萨克族）	斯拉木毛拉和队长奴尔塔孜同岁，按哈萨克族习俗，同龄人互无禁忌，无话不说。奴尔塔牧利用这个习俗和斯拉木斗嘴，批评他只为富人着想
47	1963	9	进村	李准	
48	1963	9	边寨人家的历史——南行记续篇之一	艾芜	阿星、阿月的传奇人生；结尾："路走对了"
49	1963	12	归侨小凤	苗延秀（苗族）	印尼归侨在华侨农场的幸福生活
50	1964	1	春风马蹄	伍略（苗族）	苗族生产队长阿娜姑娘的故事
51	1964	1	梅恩莎	杨苏（白族）	傣族姑娘梅恩莎的爱情选择
52	1965	1	笙歌岁月	干戈	苦聪人，战士
53	1965	1	老人和枪	普飞（彝族）	彝族老人普保德在社会舆论的影响下，开始喜欢曾经让自己讨厌的枪

54	1965	2	阿瑙支书	伍略（苗族）	年轻的苗族女支书阿瑙为抗旱和家庭、族群发生矛盾
55	1965	3	“老粮秣”新事	孙建忠（土家族）	老革命在土家族聚居区生活民族化，思想革命化
56	1965	11	阿佤兄弟	张勤	过去的奴隶岩老二参军后改名叫共保国，当了连长，学毛选，没有时间给恋人娜香写信
57	1966	1	挺拔的银杉	李栋	编者按：作者是一位年轻的科学工作者。“我”和森林考察队到亚热带原始森林考察时见到听到的瑶族故事。叙述者“我”认为：这是在另一条战线上捍卫着我们社国的珍宝

诗歌类（共454首）

序号	时间	刊期	篇名	作者	内容提示
1	1949.10—1950.4	5	进军喀什城	邵燕祥	吸收民歌形式赞大军西进
2	1950.5—1950.10	3	战斗在祖国的边疆	赵洋	追击在十万大山：茫茫的云雾罩住了山峰，/我们向十万大山发出怒吼：溃散的匪军不要梦想吧，/“这里没有你逃向越南的道路” 结尾：人民大军带来了胜利，/十万大山更加雄伟
3	1950.11—1951.4	1	民歌选辑	庠	维吾尔族的《阿娜尔汉》；蒙古族的《克什克腾的骑兵》；苗族的《想念毛主席》
4	1950.11—1951.4	4	我们要把五星红旗插上帕米尔高原	黄药眠	
5	1950.11—1951.4	6	边疆战士	赵洋	
6	1951.5—1951.10	3	维族诗歌七首	景道韫、张森棠译	译自维语版的《新疆日报》
7	1952	1	高山彝族和尼苏	朱叶	500行，彝族史诗
8	1952	1	我们是一群苗家	永英（苗族）	新旧社会苗族的不同社会地位。放蛊。结尾：“把往后的日子过得更好些”

9	1952	1	复仇的姑娘	布卡拉（哈萨克族）	译自《西北文艺》
10	1953	5	幸福的苗家青年	王余	苗家青年男女“摇马郎”（谈恋爱）幸福叙事是杂志初期的主旋律之一
11	1953	10	东方升起了金黄色的太阳（二首）	张苛	藏族生活
12	1954	3	高原散歌（三首）	王余	藏族生活
13	1954	3	短诗三首	井岩盾	
14	1954	5	阿诗玛（撒尼族叙事长诗）	云南人民文工团工作组搜集黄铁、杨知勇、刘绮、公刘编译	
15	1954	7	碧蓝碧蓝宝石一样的海南岛呵	李琦	描写海疆
16	1954	12	西盟的早晨（四首）	公刘	其中《夜闻木鼓》写佧佤人
17	1955	2	我赞美北京西郊	牛汉	从一个偏僻的角落奔跑着赞美。“幸福像蝴蝶和蜜蜂，在到处飞舞和歌唱”
18	1955	3	吐鲁番情歌（五首）	闻捷	

19	1955	6	圭山散歌（三首）	公刘	写撒尼人和石林；有“让我们共同想象吧”之类的句子
20	1955	6	东来的云啊	溅绮	包括高山族在内的台湾人和国民党的矛盾
21	1955	7	百鸟衣	韦其麟（壮族）	根据壮族民间故事写成的叙事长诗
22	1955	7	欢腾的高原	梁上泉	六首。康藏公路
23	1955	8	哈萨克牧人夜送“千里驹”	闻捷	写军队和哈萨克牧民的关系
24	1955	11	果子沟山谣	闻捷	
25	1956	1	林边问答	闻捷	
26	1956	2	黎·穆特里夫诗四首	黎·穆特里夫（维吾尔族）	“介绍”栏中两篇民族文学作品之一。选译诗人1930年代的四首诗歌，其中有《中国》、《我们是新疆的儿女》。“编者的话”说：“这几首诗经过翻译或许不能完全保持原诗的面貌，但从诗中仍然可以看到这位兄弟民族诗人崇高的精神品质和充沛的战斗激情。”
27	1956	8	虹	包玉堂（仫佬族）	
28	1956	8	在北方（九首）	公刘	其中《运杨柳的骆驼》写边疆大漠

29	1956	10	幻想的追求	黎·穆特里夫（维吾尔族）	“由于我听过祖母讲述给我的童话，/因此我向来就是一个富有幻想的抑郁的青年。”
30	1956	10	逃亡的奴隶（记一个女奴隶吉黑勒姆的谈话）	方纪	彝族故事
31	1956	10	诗两首	徐迟	《撒尼人》、《青海》
32	1957	1	游悲	周良沛整理	纳西族抒情长诗，游悲是纳西语意为殉情者的歌
33	1957	2	南方的边境（四首）	梁上泉	《茶山新歌》：采茶女对边防军人“默默地想呀悄悄地问”。 《梦里的微笑》：边防司机的梦。 《喧闹的夜》：西双版纳。 《巡逻组就要出动》：“去国境搜捕可能越境的匪徒。”
34	1957	2	西北杂诗（二首）	冯至	其二《戈壁滩》：千古驰名的甘州、凉州/本来不过是较大的绿洲/现在却要变成现代的城市/要拥抱几十万的人口//怎么能拥抱这么多的人口/祁连山好像给我们回答/我的积雪创造了绿洲/我的矿石保证绿洲的扩大

35	1957	2	我爱你东布拉	塔里木（维吾尔族）	写维吾尔族民间歌手阿布拉
36	1957	2	母亲和孩子（二首）	李旭（朝鲜族）	《母亲和孩子》：母亲/用慈爱的心/在孩子的体温里/感受到幸福。《栽梨树》写朝鲜族青年的爱情："美好的时光来临/人们的心愿像盛开的梨花/幸福像熟透了的梨"
37	1957	3	五指山行（四首）	李瑛	《第一条河》、《路——给修筑贯穿五指山的公路的战士和民工》、《过五指山》、《鼓》
38	1957	3	青海湖边	沙鸥	青海湖畔的毡房、公路、雪山
39	1957	3	苗乡抒情	白榕	《迎客》：苗家把地质队队员看作贵客。《为什么》：以地理回答苗族性格。《边城》：写凤凰县
40	1957	3	平静的疆界	徐群	边界因哨兵在酷暑中执勤而平静
41	1957	4	在师长的地图上	顾工	在新疆开荒
42	1957	5—6	西沙群岛之歌	蔡其矫	
43	1957	5—6	伊斯塞克库尔湖（二首）	铁衣甫江（维吾尔族）	创作于苏联的两首诗歌。《伊斯塞克库尔湖》：我亲眼看见了花似的幸福。《赛克斯阿亚克》：用19世纪哈萨克诗人阿巴依的同题而作

44	1957	5—6	帕米尔情歌（二首）	梧菲力妲（塔吉克族）罗绍文	《帕米尔情歌》男女对唱的形式。《秋曼地》：苹果丢在大河里/它不浮起/也不沉/姑娘我的爱情——你不让它燃烧/我不让它熄
45	1957	5—6	哈萨克民歌三首	李兴沛整理	《故乡》：我不愿在异乡做个国王/我宁愿在故乡做个鞋匠。《爱情》：年轻人，你是熊熊的火焰/我的心似油一样融在你面前。《忧怨》：因为不自由，所以“我虽然日日夜夜盼着你/只不过是相思而已”
46	1957	5—6	清水江回春曲（苗族民歌）	苗丁整理（苗族）	清水江苗语叫翁孃。“有好菜哟就去赶早弄/有情人哟就去实现团圆梦//社会主义哟到来了/不得哪个哟单身有苦痛”
47	1957	5—6	傣族情歌（两首）	季康整理	《柚子花和凤凰鸟》、《竹篱外的姑娘》
48	1957	5—6	北山姑娘（朝鲜族民歌）	李根全辑译	情歌
49	1957	8	滇池呵	艾青	
50	1957	8	南海国门（外一首）	张永枚	
51	1957	9	您好啊，疏勒河	井频	赞美像骆驼一样忠实的疏勒河

52	1957	11	大凉山情歌（二首）	高缨	《寻觅》的注释说大凉山的彝族曾处于奴隶社会，奴隶主可以随便卖掉奴隶，民族改革后许多人去寻找家人、情人。这是首寻找情人的诗。 《等待》女青年对爱情的呼唤：快来吧，同夜晚的雾一道来吧，我的木嘎
53	1957	11	在领袖面前	尼木塞依提（维吾尔族）	祝福领袖
54	1957	12	牧人之歌	方旷	
55	1958	2	苗山走寨歌	萧甘牛	
56	1958	6	青稞成熟了（外二首）	周迈由	《爸爸到拉萨去》、《织氆氇》
57	1958	6	希望·山·盐田	李旭（朝鲜族）	新生活
58	1958	6	金鸟——欢呼苗族文字诞生	杨光汉（苗族）	以前苗家在火塘边口耳相传自己的故事时，希望传说中的金鸟“用脚给我们绘出美丽的文字”。今天，北京的金鸟来了
59	1958	6	扫街的人	黎明（壮族）	歌唱环卫工人

60	1958	12	共产党的恩情满树挂（回族民歌三首）	《百花欣向太阳开》（各民族民歌选辑）题下编者按：我国边疆地区的各兄弟民族创作了许多新民歌。这些民歌以不同的色彩和音响歌颂了各民族的新生活，反映了各民族对党和毛主席的无比信任和热爱。今年内，不少地区的刊物都经常地选登了各兄弟民族的新民歌，有的还出了特辑或专号，对反映兄弟民族生活，发扬兄弟民族优秀的诗歌传统起了提倡和推动的作用。我们这次发表的新民歌，主要是从西南、西北和内蒙古地区的《边疆文艺》《天山》《青海湖》《山花》《草原》等刊物上选出
61	1958	12	采茶先敬毛主席（白族民歌二首）	
62	1958	12	石榴开花红又红（瑶族民歌三首）	
63	1958	12	金银铜铁亮闪闪（苗族民歌三首）	
64	1958	12	壮人永跟毛泽东（壮族民歌）鲜花向阳朵朵红（布依族民歌二首）	

65	1958	12	彝家有了钢铁厂(彝族民歌三首)		我国各兄弟民族,有丰富的文学遗产,几年来,有不少青年作者成长起来,创作不少作品。这一期,“百花欣向太阳开”组诗,都是从各刊选出的。两篇民间传说和故事,是从徐嘉瑞编著的《云南民间文学概况》中转载的。徐嘉瑞同志这几年一直致力云南民族民间文学的发掘和研究工作,供给本刊许多宝贵的资料,我们很感谢。苏小星同志是彝族的一个青年作者,他的小说《新工人的母亲》使我们看到边区人民对工业建设的热烈情感
66	1958	12	全靠有了共产党(侗族民歌三首)		
67	1958	12	园湖小唱(撒尼族民歌)		
68	1958	12	草原上的歌声(哈萨克族民歌二首)		
69	1958	12	毛主席的恩情不能忘(佤族民歌)		
70	1958	12	有了你,毛主席!(傈僳族民歌)		
71	1958	12	我们的西双版纳(傣族民歌)		
72	1959	4	天河流过凤凰山(二首)	包玉堂	
73	1959	4	唱一唱跃进的家乡(九首)	汪玉良	
74	1959	4	灰腾梁的风光(二首)	邢乃让	
75	1959	5	流沙河之歌(长诗)	康朗英(傣族)	
76	1959	9	云南行(五首)	戈壁舟	

77	1959	10	献给共产党	艾里喀木·艾哈台木（维吾尔族）	
78	1959	10	我的第一支歌	库尔班·阿里（哈萨克族）	我找到了幸福/.......我遇到困难时/汉族哥哥就来帮忙
79	1959	10	幸福的开端	康朗英（傣族）	
80	1959	10	猎歌	张长（白族）	傣族“幸福公社”的猎人；“毛主席啊，我们的父亲”
81	1960	4	懒惰的老汉（三首）	阿不都拉（哈萨克族）	
82	1960	7	山村	包玉堂（仫佬族）	作者在《人民文学》发表的诗由民间传说到民俗新风再到现实歌唱
83	1960	10	天安门有多宽	辛苦（瑶族）	
84	1960	10	回音壁	包玉堂（仫佬族）	
85	1960	10	纳西人的歌越唱越多	木龙沙口述（纳西族）	有了党的栽培/纳西族的文学/花朵鲜艳/青春永在
86	1961	1—2	象脚鼓手	蔡克治	歌颂傣族第一个自治政权的诞生

87	1961	4	瑶寨诗抄（二首）	莎红（壮族）	《背篓姑娘》赞美瑶家姑娘“光亮的前额/像盛满阳光的葵花一样”
88	1961	6	走坡新歌（诗五首）	包玉堂（仫佬族）	《奶奶的嘱咐》：奶奶嘱咐孙女唱好第一首情歌
89	1961	6	花朵	晓雪（白族）	白族青年开荒
90	1961	7—8	唱太阳	康朗英（傣族）	“伟大的党，各族人民的太阳”，“为了分享您给我们民族带来的荣耀/我愿终生跪在您的怀里/聆听您的教导/在建设共产主义的天堂里/争取立下很小的功劳”
91	1961	10	拉骆驼的人	剑羽	
92	1961	10	海螺	汪承栋（土家族）	西藏平叛
93	1961	10	壮族情歌	黄力	清早门前把粪装/斜眼望见妹梳妆/心怕情妹看不见/假装喊娘要箩筐
94	1961	12	伊犁行（三首）	李瑛	《霍尔果斯河上的月亮》：苏联农庄和中国牧场的士兵
95	1962	2	南宁风采（三首）	亢进	《南宁的路》：路是一条条录音的磁带/幸福歌播得多么遥远

96	1962	3	忆南海（二首）	萧三	《过石碌》：四个黎族姑娘个个身强体壮/耳坠颈环穿戴/花边黑衣短裳/轻轻几道蓝纹/画在姑娘面上
97	1962	3	南国诗草（四首）	柯原	黎族生活
98	1962	3	伊帕尔汗	严辰	香妃；"爱情不能用暴力取得/自由呵决不能在强权面前投降……英雄的民族不可欺侮/伊帕尔汗就是最好的榜样"
99	1962	5	我盖起了新瓦房	康朗甩	汉族解放军、傣族、爱尼族兄弟帮我盖瓦房
100	1962	6	深山情歌	廖公弦	
101	1962	7	马尔康诗抄	傅仇	镣铐铸成犁铆
102	1962	7	喀什风情	李幼荣	《边城路上》；《欢乐的肉孜节》：阿訇；毛主席是欢乐的源泉
103	1962	10	赫哲人的歌（二首）	严辰	《大路》：江水铺就的大路曾经越走越窄。自从"大路洒满了党的光辉/每一朵花儿上都舒展着友爱"
104	1962	12	天安门	克里木·赫捷耶夫（维吾尔族）	选自《塔里木》

105	1963	1	柔巴依（六首）	铁衣甫江·艾里耶夫（维吾尔族）	如果艾沙圣人真的住在天上/并且天堂还为我开放/那天堂的欢乐只是毒饵/因为，离开祖国我不如死亡
106	1963	1	丹洲寨抒情	包玉堂（仫佬族）	侗家，红七军
107	1963	2	新民歌（二首）		柯尔克孜族
108	1963	3	海南山水	柯原	
109	1963	3	帐篷花	汪承栋（土家族）	在西藏修水电站建设者的帐篷里
110	1963	3	“一”颂	张长（白族）	写攸乐人的第一所小学
111	1963	5	火车经过我们村前	铁衣甫江·艾里耶夫（维吾尔族）	铁路改变了生活；“火车经过我们村前/就像血液在血管里循环/北京是这条铁路的起点/它也是我们这个村庄的来源”
112	1963	5	去葱岭路上	李幼容	
113	1963	5	新民歌：留客		湘西苗族与勘探队员
114	1963	7—8	天山顶上放歌（诗四首）	田间	
115	1963	7—8	把歌声载往北京		
116	1963	10	柔巴依——献给党、领袖和祖国	克里木·霍加（维吾尔族）	十首。花儿道：我的一切都来自这块土地/没有它，我不过是一株枯萎的草杆
117	1963	10	南海诗抄（诗三首）	严辰	转业到地方的汉族战士

118	1963	11	滇边草（诗二首）	张长（白族）	两首写于国境线上的作品
119	1964	4	保管员	晓雪	公社保管员保护种子
120	1964	4	风沙歌	东虹	开垦新疆
121	1964	7	柔巴依——献给毛主席（诗五首）	克里木·霍加（维吾尔族）	
122	1964	7	祖国的春天	晓雪（白族）	用有代表性的地区、行业歌唱祖国的春天
123	1964	7	风雪夜	李幸福（朝鲜族）	朝鲜族“抗联”战士在给杨司令送信途中受到汉族老人的照顾
124	1964	8	通向塔里木的道路	东虹	
125	1964	10	延安的灯光	郝力斯汗	站在杨家岭前的感想
126	1964	10	绕着天安门歌唱	岩敦（傣族）	
127	1965	1	一代新歌唱太阳——全国少数民族群众业余艺术观摩演出会作品选		22个民族的新民歌、说唱
128	1965	5	水壶	汪玉良（东乡族）	建设兵团师办公室里的水壶“紧挨着开发戈壁的地图像春天引人注目”。因为这个水壶，腾格里“沙海里倾泻了一个个水库”
129	1966	3	彝家娃子当了飞行员	李玲修	写社会主义新英雄

散文类（共78篇）

序号	时间	刊期	篇名	作者	内容提示
1	1949. 10—1950. 4	4	由三藩市到天津	老舍	归国历程
2	1950. 5—1950. 10	6	《开不败的花朵》小记	马加	作品写内蒙古的蒙古族生活
3	1953	4	化悲痛为力量	老舍	“斯大林同志永垂不朽”特辑
4	1955	6	哈萨克民间诗人司马古勒	王玉胡	在散文栏发的评论
5	1956	3	察汗通沟一日夜	碧野	“在社会主义革命的高潮中”
6	1956	9	风雪天山	碧野	
7	1956	12	天山景物记	碧野	
8	1957	3	南疆景物记	碧野	
9	1957	8	一点回忆、一点感想	沈从文	一组反右文章中的一篇
10	1957	10	年轮（外二篇）	端木蕻良	《年轮》：由柏树的年轮想到思想应随着年龄的增长而增长。《月亮最圆的时候》：1957年的中秋，“我们的民族多么富有想象力，多么懂得生活。我们这一代子孙就在一年中最美丽的一天里加进崭新的内容
11	1959	8	泼水节	张长（白族）	四篇：象脚鼓、丢包、孔雀、泼水

12	1959	8	边疆散曲	毛正三 周民震 霍新	《钟声》：荔枝树下，两间房子、一个老师和一群壮族孩子的学校。 《路》：中越铁路，这时称越南为“伟大的兄弟之邦”。 《红棉》：中越边境的红棉
13	1959	9	在塔里木盆地	碧野	
14	1959	10	英雄的史诗	和谷岩	
15	1960	1	重访色满	碧野	“顺着通往葱岭的公路”重访色满的维吾尔人
16	1960	8	石林之歌	马加	赞美石林的自然美、历史、现实
17	1961	10	打猎	周竞	青海湖打猎，打着了人工驯养的天鹅
18	1962	1	戈壁水长流	袁鹰	
19	1962	2	通什随笔	井岩盾	从海南的路开始写起，原本连汉话都不会说，现在可以读汉语的政治读物的黎族女乡长
20	1962	3	碧罗雪山——滇西北考察片断	雷加	马帮；西番族；地质、植物考察
21	1962	4	洱海一枝春	曹靖华	写大理。用鲁迅的话结尾：有地方色彩的，倒容易成为世界的，即为别国所注意。打出世界去，即于中国之活动有利

22	1962	4	节日欢歌	骞先艾	侗汉杂居的村庄，侗族说的是半侗半汉的语言
23	1962	4	苗乡曲	周民震（壮族）	一个生产队里有两个民族，“牧牛的是个傈傈族的男孩，牧羊的是一个苗族女孩”。新中国成立前两个民族经常为这块牧场而械斗
24	1962	7	佧佤族的新世纪	李乔（彝族）	我同中央民族访问团第一次访问佤族时，所见男女都是赤身露体的，下身只有一块遮羞布。十年后又来访问，佧佤人的房屋的布置“同内地房屋没有多大差别”了
25	1962	7	车马大店	许淇	“公共空间”里的蒙古族性格
26	1962	9	从怒江到片马	冯牧	片马边境上的这块“小小的土地上”，只有几百个居民，但有纳西族、白族、景颇族、傈傈族等多个民族，组成“片马人”。“恐怕再也难于找到这样的处处都洋溢着亲密的民族友爱情感的地方了。”
27	1962	12	花一样的石头	端木蕻良	
28	1963	4	过节和观灯	沈从文	端午节、云南跑马节、灯节和灯
29	1963	6	海南杂忆	茅盾	

30	1963	6	摩梭人的家乡	冯牧	洛水村。女主人用不熟练的汉话说跟“汉族老大哥学会了种稻谷”
31	1963	7—8	椰林喜歌	逯斐	黎族“龙仔”王国因“龙公”（财主）抢走妻子参加琼崖纵队。新中国成立后自己出钱办水利
32	1963	11	伊特拉山上	闻捷	
33	1964	3	思茅女儿	那家伦（白族）	被部队救活的“洪海”，傣族少女成为解放军军官
34	1964	9	山谷里的侗家	梁其彦	民族学院的夏老师到侗族青年邝杏芳家的见闻
35	1965	7	呼玛河水哟	林青	
36	1965	10	琼崖战鼓	黄浪华	
37	1965	10	礼物	张祖渠	“风展红旗如画”专栏
38	1966	1	马乙沙尔夜渡黄河	杨友德	马索菲亚在家里用激将法鼓励当生产大队长的丈夫马乙沙尔在第三个五年计划中争先进
39	1966	4	再访兰考	穆青	

戏剧类（共9部）

序号	时间	刊期	篇名	作者	内容提示
1	1954	3	哈森与加米拉	王玉胡 布哈拉	新疆“三区起义”
2	1956	1	西望长安	老舍	
3	1957	4	阿诗玛	公刘	现实性更强
4	1959	3	女店员	老舍	都是对中国妇女的颂歌
5	1959	6	摩雅傣	季康 公浦	新中国培养的傣族医生和疾病、落后习俗作斗争
6	1960	6	青蛙骑手	老舍	
7	1961	3	宝船	老舍	

报告文学类（共9篇）

序号	时间	刊期	篇名	作者	内容提示
1	1951. 5— 1951. 10	6	拉猛回来了	李乔 （彝族）	佧佤人拉猛去北京参加国庆活动，一去半年，谣传在昆明被汉人杀了。拉猛回来后，佧佤人对共产党有了信心
2	1965	3	姊妹花开大凉山	万世祥 （四川凉水）	成都高中毕业生到汉族少的彝族中心区做彝语的“汉族新型农民”
3	1965	10	太阳花	张长 （白族）	傣族回乡青年在劳动竞赛中发扬风格的故事

其他类（共32篇）

第1卷　1949．10—1950．4

序号	刊期	篇名	作者	体裁
1	1	发刊词	茅盾	
2	3	关于《嘎达梅林》	陈清漳	评论

第2卷　1950.5—1950.10

序号	刊期	篇名	作者	体裁
1	2	鼓词与新诗	老舍	论文

第3卷第　1950.11—1951.4

序号	刊期	篇名	作者	体裁
1	2	从美国兵说起	老舍	政论

第4卷　1951.5—1951.10

序号	刊期	篇名	作者	体裁
1	6	新社会就是一座大学校	老舍	杂感

1952年

序号	刊期	篇名	作者	体裁
1	1	苗家的歌	范荣康	论文
2	5	志愿军、工人专集		

1953年

序号	刊期	篇名	作者	体裁
1	10	读《金星英雄》	萧乾	评论

1954 年

序号	刊期	篇名	作者	体裁
1	1	《初雪》等抗美援朝作品。1953 年胡风给路翎写信，告诉他给《人民文学》投稿的技巧		
2	7	大喜	老舍	
3	12	红楼梦并不是梦	老舍	

1955 年

序号	刊期	篇名	作者	体裁
1	2	在柴达木盆地	李若冰	特写
2	3	多给青年们写点	老舍	时评
3	4	金君玛梅	顾工	特写
4	6	小黑	李准	特写
5	7	用 24 页发 15 篇批胡风的文章，其中有编辑部总结性文章的		
6	10	公路现场终点	杨居人	
7	11	赶着高炉跑	戈扬	特写
8	11	奔驰在草原上	逯斐	特写

1956 年

序号	刊期	篇名	作者	体裁
1	2	维吾尔诗人黎·穆特里夫	刘肖无	评论
2	2	激情的赞歌——读闻捷的诗	叶橹	评论
3	2	谈闻捷的诗歌创作	力扬	评论
4	2	在成长中的青年诗人——评梁上泉的诗	沙鸥	评论
5	2	千里草原把身翻	白萍	歌词
6	3	科尔沁草原的黄昏	韩汝诚	歌词

1957 年略。

1958 年

序号	刊期	篇名	作者	体裁
1	2	答某青年	老舍	短论
2	3	打倒洋八股	老舍	短论
3	6	谈我的短篇小说	老舍	短论
4	10	阿妈尼，别撵火车	韩希梁	特写
5	11	读报笔记一则	老舍	
6	12	辘角庄（白族民间故事）	徐嘉瑞采编	故事
7	12	谷子的故事（傣族民间传说）	岩峰　整理	传说

1959 年

序号	刊期	篇名	作者	体裁
1	1	读《草原烽火》	叶圣陶	评论
2	1	马小翠的故事	李准	特写
3	1	春联（十六副）	老舍等	
4	5	盐茶的故事		藏族故事
5	5	木且苦苦的故事		藏族故事
6	5	只要一只口袋		藏族故事
7	5	巨人		藏族故事
8	5	靴子哪里去了？		藏族故事
9	6	雨过天晴（拉萨平乱两周日记）	单超	日记
10	11	答友书（谈简练）	老舍	评论

1960 年

序号	刊期	篇名	作者	体裁
1	5	推荐《月光下》和《草原的儿子》	许以	评论
2	6	新中国妇女的赞歌——读李准同志的三篇小说	为群	评论
3	7	一些可爱的故事	老舍	评论
4	11	关于民族化与群众化	周立波	评论
5	12	万方歌唱新时代——评毛主席握着我的手	袁勃	评论

1962 年

序号	刊期	篇名	作者	体裁
1	2	祁连山下(上)	徐迟	特写
2	9	敕勒歌歌唱者家族的命运	吴晗	杂文

1963 年

序号	刊期	篇名	作者	体裁
1	7—8	把歌声载往北京		新民歌
2	10	槽头兴旺	李准	农村速写
3	12	夫妇俩	李乔(彝族)	农村速写

1964 年

序号	刊期	篇名	作者	体裁
1	3	邻居	吴连增	速写
2	8	二送藏袍	徐联	故事
3	11	咱们的好医生	巴·布林贝贺（蒙古族）	速写
4	11	沙枣成行	奎曾	速写
5	11	刀光闪闪战马飞	照日格巴图（蒙古族）	速写
6	11	河套的风浪	贾漫	速写
7	11	猎村歌声	巴图宝音（达斡尔族）	速写
8	11	草原新画	文桂	速写
9	11	大兴安岭	安柯钦夫（蒙古族）	速写
10	11	汉蒙回三姊妹	乔澍声　邢俭	速写
11	12	战士快板	尼玛（藏族）	快板
12	12	路	戴兆淦	速写
13	12	最理想的镜头	陈柱国	速写
14	12	山道上	张祖渠	速写
15	12	苗寨之夜	刘流	速写
16	12	“白鹇鸟”	蓝凌	速写
17	12	1963 年、1964 年，毛泽东两次对文艺工作作出批示。这期刊登“大写社会主义英雄征文”启示是对批示的一个回应。征文是为了“贯彻执行党的文艺为工农兵、为社会主义革命和社会主义建设服务的方针，充分发挥文艺的战斗作用，促进无产阶级文艺新生力量的迅速成长”，征文对象是“活跃在全国各地各种实际工作岗位上的同志们”。形式是短篇小说、报告文学、故事等。这个征文活动一直持续到 1965 年停刊			

1965 年

序号	刊期	篇名	作者	体裁
1	1	瑶家女儿上北京	吴超	速写
2	1	一代新歌唱太阳——全国少数民族群众业余艺术观摩演出会作品选		民歌
3	2	寄自图们江畔——延边素描	金哲学等(朝鲜族)	速写
4	3	春天的图画	张祖渠	速写
5	6	边境线上的民兵	江峰	速写

1966 年

序号	刊期	篇名	作者	体裁
1	1	第 1 期开始封二登毛主席语录(1966 年的 5 期当中选用《讲话》语录 3 次)。本期是:我们的文学艺术都是为人民大众的。 1965 年 12 期有继续开展“大写社会主义英雄征文”的启事,继续欢迎业余作者写短篇小说、报告文学等体裁的征文		
2	1	战天斗地的哲里木人	王士美(内蒙古)	速写
3	5	吴晗鼓吹反革命到底的一棵大毒草	中国人民大学文艺评论组	大批判
4	5	剥开吴晗《〈敕勒歌〉歌唱者家族命运》的画皮	公盾朱通	大批判
5	5	《白曲献给毛主席》	龙门公社创作组	黑板报

《人民文学》(1949—1966 年) 发表的民族文学作品统计结果如下:

总计发表了 670 篇反映民族题材的作品。其中小说 88 篇,诗歌 454 篇,散文 78 篇,戏剧 9 篇,报告文学 9 篇,其他 32 篇。

参考文献

一、报刊

《人民文学》(1949—1966 年，总计 198 期，不含胜利一周年特刊)

《文艺报》、《人民日报》、《光明日报》、《新文学史料》、《民族文学研究》等。

二、书籍

(按作者姓氏中文拼音的第一个字母音序排列)

1. 阿英:《中国新文学大系史料索引》，上海文艺出版社，2003 年版。

2. [英] 安东尼·吉登斯著，胡宗泽等译:《民族—国家与暴力》，三联书店，1998 年版。

3. [英] 安东尼·吉登斯著，田禾译:《现代性的后果》，译林出版社，2000 年版。

4. [日] 坂元ひろ子:《中国民族主義の神話——人種身体ジェンダ》，岩波書店，2004 年版。

5. [美] 本尼迪克特·安德森著，吴叡人译:《想象的共同体——民族主义的起源与散布》，上海人民出版社，2005 年版。

6. [英] 彼得·伯克著，姚朋等译:《历史学与社会理论》，上海人民出版社，2001 年版。

7. 陈岗龙:《蒙古民间文学比较研究》，北京大学出版社，2001 年版。

8. 陈平原:《中国小说叙述模式的转变》，上海人民出版社，1988 年版。

9. 陈平原、山口守:《大众传媒与现代文学》，新世界出版社，2003 年版。

10. 陈万雄:《五四新文化的源流》，三联书店，1997 年版。

11. 程光炜:《大众媒介与中国现当代文学》，人民文学出版社，2005 年版。

12. 程文超:《百年追寻》，广东人民出版社，1999 年版。

13. 程文超：《反叛之路》，中山大学出版社，1999 年版。

14. 邓敏文：《中国多民族文学史论》，社会科学文献出版社，1995 年版。

15. 丁玲：《丁玲全集》第 12 卷，河北人民出版社，2001 年版。

16. ［英］厄内斯特·盖尔纳著，王建娥译：《民族与民族主义》，中央编译出版社，2002 年版。

17. 范伯群：《中国近现代通俗文学史》，江苏教育出版社，2000 年版。

18. ［美］菲利克斯·格罗斯著，王建娥译：《公民与国家：民族、部族和族属身份》，新华出版社，2003 年版。

19. 费孝通：《中华民族多元一体格局》，中央民族学院出版社，1989 年版。

20. 戈公振：《中国报学业史》，台湾学生书局，1964 年版。

21. 葛兆光：《中国思想史》，复旦大学出版社，2000 年版。

22. 龚自珍：《龚自珍全集》，上海人民出版社，1975 年版。

23. ［日］沟口雄三著，索介然等译：《中国前近代思想演变》，中华书局，1997 年版。

24. 关纪新：《20 世纪中华各民族文学关系研究》，民族出版社，2006 年版。

25. 郭小川：《郭小川 1957 年日记》，河南人民出版社，2000 年版。

26. 国家民委政研室：《民族问题文献汇编》，中共中央党校出版社，1991 年版。

27. 洪子诚：《1956 百花时代》，山东教育出版社，1998 年版。

28. 洪子诚：《问题与方法》，北京大学出版社，1999 年版。

29. 胡适：《胡适文集》，人民文学出版社，1998 年版。

30. 胡风：《胡风全集》第 5～9 卷，湖北人民出版社，1999 年版。

31. 黄修己：《中国新文学史编纂史》，北京大学出版社，1995 年版。

32. ［日］吉田富夫：《原典中国现代史》第 5 卷，岩波書店，1994 年版。

33. 贾英健：《全球化背景下的民族国家研究》，中国社会科学出版社，2005 年版。

34. 蒋述卓：《在文化的关照下》，广东人民出版社，1997 年版。

35. 赖光临：《中国近代报人与报业》，（台湾）商务印书馆，1987年版。

36. 老舍：《老舍全集》第15～18卷，人民文学出版社，1999年版。

37. 李鸿然：《中国当代少数民族文学史论》，云南教育出版社，2004年版。

38. 李济：《中国学术经典·李济卷》，河北教育出版社，1999年版。

39. 李欧梵：《现代性的追求》，三联书店，2000年版。

40. 李欧梵：《徘徊在现代和后现代之间》，上海三联书店，2000年版。

41. 李泽厚：《中国现代思想史论》，东方出版社，1987年版。

42. 李自彦：《美国近代杂志事业概论》，台北新闻记者协会，1968年版。

43. ［日］歴史研究会编集：《地域と民眾》，青木書店，1981年版。

44. 梁启超：《饮冰室文集点校》，云南教育出版社，2001年版。

45. 梁庭望：《中国少数民族文学》，山西教育出版社，2003年版。

46. 梁一儒：《文艺民族化论稿》，内蒙古人民出版社，1984年版。

47. 林岗：《明清之际小说点评学之研究》，北京大学出版社，2000年版。

48. 林曼邦：《中国当代文学史》，香港观察家，1978年版。

49. 林默涵：《林默涵文论集（1952—1966）》，当代中国出版社，2001年版。

50. 刘禾：《跨语际书写》，上海三联书店，1999年版。

51. 刘魁立：《刘魁立民俗学论集》，上海文艺出版社，1998年版。

52. 刘师培：《刘申叔遗书》，江苏古籍出版社影印，1997年版。

53. 刘小枫：《现代性社会理论绪论》，上海三联书店，1998年版。

54. 刘小枫：《沉重的肉身》，上海人民出版社，1999年版。

55. 刘再复、林岗：《传统与中国人》，香港三联书店，1988年版。

56. 刘增杰：《中国解放区文学史》，河南大学出版社，1988年版。

57. 陆定一：《陆定一文集》，人民出版社，1992年版。

58. 吕思勉：《中国民族志》，东方出版社，1999年版。

59. 罗岗：《视觉文化读本》，广西师范大学出版社，2003年版。

60. 马大正：《中国边疆经略史》，中州古籍出版社，2000年版。

61. 玛拉沁夫：《中国少数民族文学经典文库·理论批评卷》，云南人民出版社，1999 年版。

62. 马戎：《中华民族凝聚力的形成与发展》，北京大学出版社，1999 年版。

63. 马戎：《民族社会学的族群关系研究》，北京大学出版社，2004 年版。

64. 马学良：《素园集》，中国民间文艺出版社，1989 年版。

65. 茅盾：《茅盾全集》第 23 ~ 26 卷，人民文学出版社，1996 年版。

66. [加] 麦克卢汉著，何道宽译：《理解媒介——论人的延伸》，商务印书馆，2001 年版。

67. 毛泽东：《毛泽东选集》第 5 卷，人民出版社，1977 年版。

68. 毛泽东：《毛泽东选集》第 1 ~ 4 卷，人民出版社，1991 年版。

69. 孟繁华：《传媒与文化领导权》，山东教育出版社，2003 年版。

70. [英] R. 麦克法夸尔、费正清著，俞金戈等译：《剑桥中华人民共和国史》，中国社会科学出版社，1998 年版。

71. [日] 松本真澄著，鲁忠慧等译：《中国民族政策之研究——以清末至 1945 年的“民族论”为中心》，民族出版社，2003 年版。

72. 邵荃麟：《邵荃麟评论选集》，人民文学出版社，1981 年版。

73. 宋蜀华：《中国民族学 50 年》，人民出版社，2004 年版。

74. 宋原放：《中国出版史料》第 1 ~ 3 卷，山东教育出版社，2001 年版。

75. 孙中山：《孙中山文集》，团结出版社，1997 年版。

76. 谭好哲：《现代性与民族性》，社会科学文献出版社，2005 年版。

77. 陶立璠：《民族民间文学理论基础》，中央民族学院出版社，1980 年版。

78. 特·赛音巴雅尔：《中国当代少数民族文学史》，北京十月文艺出版社，1999 年版。

79. 佟锦华：《藏族文学研究》，中国藏学出版社，1992 年版。

80. 涂光群：《五十年文坛亲历记》，辽宁教育出版社，2005 年版。

81. 王德威：《被压抑的现代性——晚清小说新论》，北京大学出版社，2005 年版。

82. 王德威：《想象中国的方法：历史·小说·叙事》，三联书店，

1998 年版。

83. 王国维：《王国维遗书》，上海古籍出版社，1983 年版。

84. 王建娥：《族际政治与现代民族国家》，社会科学文献出版社，2004 年版。

85. 王名珂：《华夏边缘——历史记忆与族群认同》，社会科学文献出版社，2006 年版。

86. 王元化：《思辨录》，上海古籍出版社，2004 年版。

87. 王一川：《文学理论讲演录》，广西师范大学出版社，2004 年版。

88. ［美］沃纳・塞佛林等著，郭镇之主译：《传播理论——起源、方法与应用》，华夏出版社，2000 年版。

89. 夏晓虹编：《饮冰室合集集外文》，北京大学出版社，2005 年版。

90. 徐光耀：《昨夜西风凋碧树》，北京十月文艺出版社，2001 年版。

91. 徐庆全：《周扬与冯雪峰》，湖北人民出版社，2005 年版。

92. 许纪霖编：《20 世纪中国思想史论》，东方出版中心，2000 年版。

93. 盐泽实信：《日本百年杂志巡礼》，（台北）三思堂，1995 年版。

94. ［英］巴特・穆尔－伯特等编撰，杨乃乔等译：《后殖民批评》，北京大学出版社，2001 年版。

95. 杨义：《重绘中国文学地图》，中国社会科学出版社，2003 年版。

96. 义都合西格：《蒙古民族通史》，内蒙古大学出版社，2002 年版。

97. 应国靖：《现代文学期刊漫话》，花城出版社，1986 年版。

98. ［德］尤尔根・哈贝马斯著，曹卫东译：《后民族结构》，上海人民出版社，2002 年版。

99. 余虹：《革命审美解构》，广西师范大学出版社，2001 年版。

100. 余也鲁：《杂志编辑学》，（香港）海天书楼，1994 年版。

101. ［美］约翰・迈尔斯・弗里著，朝戈金译：《口头诗学：帕里—洛德理论》，中国社会科学出版社，2000 年版。

102. 张光年：《张光年文集》，人民文学出版社，2002 年版。

103. 张静庐：《中国近代出版史料》，中华书局，1957 年版。

104. 张僖：《只言片语——中国作协前秘书长的回忆》，北京十月文艺出版社，2002 年版。

105. 张学正：《文学争鸣档案》，南开大学出版社，2002 年版。

106. 张植荣：《中国边界民族问题》，北京大学出版社，2005 年版。